U0137708

吴语历史文献整理与研究丛书　　石汝杰　盛益民 主编

《三才福》校注

吴存存 校注　石汝杰 校订

上海教育出版社
SHANGHAI EDUCATIONAL
PUBLISHING HOUSE

"吴语历史文献整理与研究丛书"总序

  在汉语研究的领域里,从 20 世纪后半叶开始,对近代汉语的研究成为一股潮流,其成果丰硕,赢得了学界的瞩目,但是多数研究重点还是放在官话(作为通语,其前身则是先秦以来地位稳固的文言)的历史上。相比之下,其他方言的历史研究就极为薄弱了。一方面,官话作为权威方言,其通语的身份"力压"其他方言,地位很不平等,"天然地"形成了上下、强弱的定位;另一方面,因为这一"传统"观念的巨大影响,官话以外方言的文献总量要少得多,其保存和流传都受到很大的限制。

  一部完整的汉语史,应该包括通语和方言两方面的内容。要了解通语的历史,必须同时重视方言的历史,因为全国各地丰富多彩、纷繁复杂的方言现象以及相关的历史文献,能为整个汉语历史的研究提供极为丰富的材料,能补充官话历史文献的不足,是一个取之不尽的宝藏。而这个宝藏的开发和利用,可以说才刚起步,还有很多未曾涉足的领域。

  跟其他方言区比,明清以来,以长江三角洲为中心的吴语地区是中国经济文化最发达的区域,随着社会的发展和印刷技术的不断进步,这里出版的各种图书典籍汗牛充栋,其中也包含大量有关方言资料的文献。这是以前各个历史时期所没有的现象。

  所谓吴语文献,是指用吴语写作的作品,也包括对吴语地区语言现象的记录。明清两朝以来,产生了很多相关的文献。但是,常见的现象是,在以官话为主体的作品中,夹杂着一些吴语的段落(如对白、歌谣等)。还有的是作者无意中在其作品中使用了方言的词语和语法形式。因为在那个时期,作为强势方言的官话已经崛起,其口语以及书面形式(白话文的著作,如小说、戏剧等),在多个方面对吴语地区作家的写作产生巨大的影响。所以,我们很难找到纯粹的吴语文献,即使是公认的吴语作品(如冯梦龙编的《山歌》),也难以避免官话的影响。因此,如何鉴别方言成分及其使用方式,也是值得研究的一个课题。无论如何,以上所说的这些都应该算作方言的文献,是重要的研究对象。

对方言文献及其历史的研究,包括文献学的考察和语言本体的研究,这是两个重要的侧面。因而,研究者需要熟悉文献及其作者生活的时代(如社会、名物、风俗等),也需要扎实的语言研究的基本功,把语音、词汇和语法等各个方面综合起来进行分析。同时,还需要对现代活的方言有深入的了解,把古今串联起来,这样才有助于得到比较全面可靠的结论。

最近几十年,有很多学者对吴语的文献做了搜集、整理和研究的工作,为进一步的深入研究打好了良好的基础。在这样的背景下,上海教育出版社推出"吴语历史文献整理与研究丛书",是非常及时的。顾名思义,这一丛书要汇集与吴语历史有关的研究著作,包括文献的整理和校注,也包括对方言各个侧面的本体研究等,为学界提供新鲜的研究成果。

这一丛书的构想,其启发来自我们正在做的《明清吴语词典》的修订增补工作(暂定名《近代吴语大词典》),共同主持此事的盛益民教授积极倡议,身体力行,其功劳也是不能不提的。

在此,要感谢上海教育出版社,也要感谢为此盛举出力的各位作者,并谢谢诸位读者的支持。

石汝杰

2023 年中秋

目　　録

《三才福》下卷

附　錄

前　言

　　《三才福》是一部在國內消失了至少一百六十年的昆曲劇本，今天得以在上海教育出版社的"吳語歷史文獻整理與研究叢書"中出版，我深感欣慰，也興奮地期待着它能夠促進學界對清代吳語劇本、對姑蘇的歷史文化、對昆曲以及對海外漢籍的進一步研究的興趣。

　　雖然從現代的角度來看，今天的讀者可能會對這個劇本中的某些觀念不以爲然，但《三才福》情節曲折，唱詞典雅，對白生動幽默，戲劇衝突設計得引人入勝，顯然是一個寫作水平高超的劇本。《三才福》劇情採用清中期流行的才子佳人故事模式，叙蘇州書生文佩蘭才高八斗而賦性風流，愛美人多於功名，常爲此荒廢時光。其好友吳因之不願他浪費自己的才華，就利用他的性格弱點，與友人及幾個佳人一起設計捉弄他，衆人佯裝棄他而去，使他處處受挫，氣急敗壞。百般無奈之下，文佩蘭發奮用功，終得金榜題名，衣錦還鄉。至此他方得知這一切都是因爲吳因之故意設計激他，而他所鍾情的美人其實也沒有一個真正離開過，於是洞房花燭大團圓。除此故事主綫之外，這個劇本還有好幾條故事副綫，主旨雖是揚善懲惡的俗套，情節卻十分曲折幽默，與主綫交錯而並不凌亂，全劇語言亦十分典雅生動，蘇白的使用尤爲本色當行，放在清代那些著名的傳奇作品中毫不遜色。

　　在這篇前言裏，我希望能夠給讀者交待一下這個劇本的來龍去脈，並討論《三才福》中吳語對白安排特點及其意義，進而從這個帶着濃厚蘇州平民氣息的劇本中探索其對蘇州都市平民生活，尤其是平民女性的理解和表現，最後也要説明本書校註的原則和條例。

一、《三才福》文本的來龍去脈

　　《三才福》在中國失傳已久，或者説，它很可能從來就沒有在中國的舞臺上演出過或書面流傳過。這個劇本的前生後世看起來頗爲神秘。除了莫斯科國家圖書館(RSL)1972 年所編的目録之外,目前國内外所有關於中國戲曲的書目,包括黄文暘《曲海總目》、姚燮《今樂考證》、莊一拂《古典戲曲存目彙考》,以及近年黄仕忠所編的《日藏中國戲曲文獻綜録》,均没有著録此劇,亦未見有任何學者曾經對它進行過研究,甚至提及它。①

　　2016 年 12 月,筆者在莫斯科國家圖書館手稿閲覽室意外發現那裏藏有一部完整的昆曲劇本《三才福》的朱墨精抄本。這個抄本共兩卷,上卷二十折,下卷十二折,全劇共三十二折。文字内容共二百五十三頁,計四萬八千餘字,保存完好。莫斯科國家圖書館目前還收藏有兩卷昆曲抄本《財星照》,筆跡、格式、紙張和裝幀都與《三才福》完全一致,可以推測這兩個劇本很可能都是由某叢鈔中散逸出來的。《三才福》的抄寫格式及裝幀都十分精緻,綿紙朱欄,小楷工整,字體秀逸,墨色潤潔。每頁八行,每行二十字。唱詞用大字,對白用小字,字體的大小和每行的字數都很規整。然而,這劇本卻没有作者署名,並且無序跋、無印鑒、無眉批、無句讀、無圈點,全書除了書名和每折的目録之外,只有正文。或許在它原來所屬叢鈔的卷首或目録中,會有序跋,也對劇本的作者已有所交代,但我們現在無從得知。而還需要交待的是,這個抄本(以及《財星照》抄本)没有任何塗改或字跡潦草之處,頁面之精潔宛如刻本,由此我們也可以肯定它不是劇作家的手稿,而是出自專業抄手的精抄本。

　　《三才福》現收藏於莫斯科國家圖書館的斯卡奇科夫文庫。斯卡奇科夫(K.A.Skachkov, 1821—1883),中文名孔氣(亦譯作孔琪或孔琪庭),十九世紀俄國著名的漢學家和外交家。斯氏於道光二十八年至咸豐七年(1848—1857)在北京傳教士團擔任氣象觀測臺臺長以及俄

---

　　①　關於清代劇本著録情況,可參考陸萼庭《清代戲曲作家作品的著録問題》,見陸萼庭《清代戲曲家叢考》,上海:學林出版社,2002,頁 305—322。案:《三才福》未被陸氏所羅列的任何曲目著録,包括陸氏自己的《曲目拾遺》(同上,頁 323—347)。

《三才福》上卷封面,莫斯科國家圖書館藏本。

國駐華領事。斯卡奇科夫對中國文化懷有濃厚的興趣,他在京期間努力學習漢語,收集了大量漢文書籍、圖畫、地圖以及各種印刻品,並且他立志要搜集罕見的孤本善本。他一生中也翻譯了許多中國的天文、農業和工藝技術方面的著作。[①]1863 年,他將所有藏書帶回俄國。1873 年,從事俄蒙茶葉邊貿的商人羅季奧諾夫買走斯氏的藏書

---

① 李福清《與眾不同的俄羅斯漢學家 K. A.斯卡奇科夫》,載麥爾納爾克斯尼斯著,張芳譯,王菡注釋,《康·安·斯卡奇科夫所藏漢籍寫本和地圖題録》,北京:國家圖書館出版社,2010,頁 1—28。

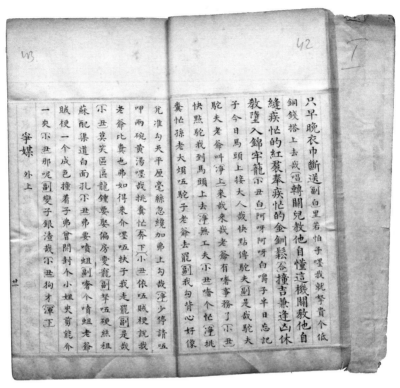

《三才福》上卷,頁 42B、43A,莫斯科國家圖書館藏本。

並全部(1435 種藏品)捐贈給魯緬采夫圖書館——莫斯科國家圖書館的前身。①雖然有很多學者知道這批藏書的重要價值,但這些藏書此後一直藏在圖書館,極少被利用,直到一個世紀之後的 1972 年,

①　關於斯卡奇洛夫及其文庫的來龍去脈,可參見 Joseph Gershevitch, "A Pioneer of Russian Sinology: K. A. Skachkov(1821—1883)," *Asian Affairs*, v.4, no.1(1973): pp.46—54; Stuart Thompstone, "Russia's Tea Traders: A Neglected Segment of a Still Neglected Entrepreneurial Class," *Culture*, *Theory and Critique* 24, no.1(1980): 131—63, esp.pp.138—39;李福清《與衆不同的俄羅斯漢學家 K. A.斯卡奇科夫》,頁 1—28;榮新江《懷李福清——記斯卡奇科夫藏書調查的學術因緣》,《書城》2013 年 2 月號,頁 24—28。

俄國漢學家 Arnol'd Ivanovich Melnalksnis 纔在莫斯科國家圖書
館爲斯氏所藏的書籍和地圖編了一本俄文的目録，使學者們更
多地注意到並利用它們。①鑒於《三才福》是斯氏在 1857 年之前在
京期間收集的，我們至少可以肯定這個劇本寫作於十九世紀五十年
代之前。

　　清代關於《三才福》的記録極其有限。我們目前唯一可以看到的
清人提及此劇的是金連凱《業海扁舟》自序（1834），其中談到《三才
福》是作者平生所愛讀的劇本之一：

　　　　平生所愛，獨酷好觀詞譜，如《律吕正義》《九宮大成》《雍熙
　　樂府》以及《元人百種》《六十種曲》《笠翁十二種曲》《納書楹》《昇
　　平寶筏》《勸善金科》《鼎峙春秋》《忠義璇圖》《昭代簫韶》《闡道驅
　　邪》《芝龕記》《燈月閑情十二種》《綴白裘》《歸元鏡》《三才福》《三
　　星圓》《雷峰墻》《燕子箋》，更有湯若士之《牡丹亭》、洪昉思之《長
　　生殿》《琵琶》《幽閨》等記，並各種時興雜劇院本，不可枚舉，插架
　　連床，曷勝詳載。無一不閱，未有塵封。②

　　由此序言可推測，《三才福》至少在 1830 年代已經存世並得到關
注。同時，這樣一部大量使用吳語方言對白的劇本，卻没有任何一折
被收入《綴白裘》（編成於 1770 年），也説明它應該寫作於《綴白裘》編
成之後。据學者顏長珂考證，金連凱即清宗室綿愷（1795—1838，嘉
慶皇帝之第三子）。③綿愷平生行跡恣肆荒唐，爲人傲慢殘忍，曾多次
因行爲放蕩不檢受到其兄長道光皇帝的處罰。綿愷酷好戲曲，徵歌
逐伎，廣搜劇集，並親自撰寫過劇本。作爲同父異母並且關係親密的
兄弟，道光皇帝對綿愷這個弟弟愛恨交加，曾因他行爲不當一再褫奪

---

　　①　А.И. Мелналкснис, *Описание китайских рукописных книг и карт из собрания
К.А.Скачкова*, Москва, 1974. 此書有中譯本，《康·安·斯卡奇科夫所藏漢籍寫本和地圖
題録》（麥爾納爾克斯尼斯著，張芳譯，王菡注釋），北京：國家圖書館出版社，2010。

　　②　金連凱《業海扁舟序》，道光十七年朱墨稿本，見王文章主編《傅惜華藏古典戲曲
珍本叢刊》第 89 册，北京：學苑出版社，2010，頁 3—4.

　　③　同上，頁 266—273。

其親王封號或降級,但也經常百般祖護而讓他恢復爵位。道光十八年(1838 年)五月,綿愷因在自己的王府及寓園私自囚禁八十餘人(其中包括兩名伶人)被人告發,道光皇帝震怒,免去綿愷在朝廷的一切職務,並在六月將他降爲郡王。當年十二月,綿愷夫世,道光皇帝不能説不傷感,爲他"追復親王爵",並且"親臨其喪,三次賜奠"。①綿愷去世時年僅四十四歲。道光二十六年(1846 年),在綿愷去世八年之後,念及綿愷沒有子嗣,道光皇帝"以皇五子奕誴爲綿愷後,襲郡王"。②值得注意的是,斯卡奇科夫在北京時,綿愷嗣子奕誴(1831—1889)時任欽天監監正,因爲兩人的工作都跟天文有關,他們有較密切的交往。据斯卡奇科夫記載,奕誴曾向斯氏學習天文學和數學,也曾幫他購買書籍。③

作爲一部情節完整曲折、語言優雅生動的長篇傳奇,《三才福》在清代銷聲匿跡、不見於任何曲目著録本來就是一件比較奇怪的事,這至少説明這部劇本完稿後並沒有流傳開來——它應該是因某種原因沒有能够上演過,甚至也沒有被普通的讀者讀到過。而唯有綿愷在其《業海扁舟》自序裏提及《三才福》,加上斯卡奇科夫和奕誴曾經的密切聯係,再考慮到這個抄本講究的内府風格——如果將它與綿愷《業海扁舟》的道光十七年(1837 年)的抄本進行比較,也可以發現這兩個本子抄寫的書體高度相似(見附圖),甚至有可能就出自同一抄者之手。所有這些因素,都讓我們推測現在莫斯科的這個抄本很有可能直接來自綿愷的收藏。

有意思的是,爲什麽綿愷在序言裏要將實際上在清代不見於著録的《三才福》跟許多明清家喻户曉的傳奇名著並提,並列爲他愛讀的傳奇呢? 他是否有推薦這部名不見經傳作品的意圖? 綿愷本人寫過劇本《業海扁舟》,那麽他本人是否也是《三才福》的作者呢? 鑒於

---

① 《清史稿·宣宗本紀》,北京:中華書局,2002,第四册,頁 673—674;關於這個事件的具體細節,還可參見馬哲非《綿愷囚禁多人案始末》,《紫禁城》1992 年第 2 期,頁 26—27。

② 《清史稿·列傳八·諸王七》,北京:中華書局,2002,第三十册,頁 9100。

③ 李福清《與衆不同的俄羅斯漢學家 K. A.斯卡奇科夫》,頁 2。

《三才福》大量使用吳語對白,而綿愷生於深宮,一生長居京城,他能用吳語寫作的可能性幾乎没有。那麽,如果不是他自己的作品,他通過什麽途徑獲得這部並未流傳的劇本,又是爲什麽要試圖推薦這部傳奇?

　　一個比較合理的推測是,它很可能是綿愷的門客或朋友的作品。清代中期以後,滿族的王公貴族十分沉迷於戲曲並熱衷於搜集劇本,徵聲逐律,也經常自己動手編寫劇本,甚至上戲臺串演。他們還經常吸引了一批科場失意的曲家來做門客,共同切磋曲藝。①從寫作的純熟程度來看,《三才福》顯然並非出自業餘愛好者之手,而是深諳傳奇寫作技巧的曲家作品。這樣的劇本没有得到流傳和著録,或别有隱情。它很有可能本來就是在綿愷的授意下寫作的,劇中男主角文佩蘭風流放誕而不諳人事的特點,也很可能讓綿愷產生自我認同感,因此劇本完成後頗得綿愷的贊賞並在王府中請專業的抄手將之謄録成精抄本收藏。②不幸的是,這個劇本没有來得及傳播流行就因爲綿愷的案子和去世而被擱置一邊。綿愷作爲罪人,他的一些罪行都跟梨園有關。③据史載,道光皇帝崇尚節儉,對綿愷的沉迷聲色流連梨園十分不滿。④因此綿愷在 1838 年去世後,其豐富的戲曲藏本可能亦因而塵封在家,家人未必敢於冒險把這些書拿出來傳播。斯卡奇科夫來京時(1849 年),距綿愷去世已經十多年。因爲距綿愷的大案時日已久,並且考慮到斯卡奇科夫是一個外國人,而且綿愷嗣子奕諒與

---

　　①　梁帥《清宗室戲曲創作芻論》,《中南大學學報》(社會科學版),2018 年第 4 期,頁182—190。

　　②　案:《三才福》的抄寫風格跟現存綿愷的《業海扁舟》抄本高度相似,或出自其王府中同一抄者之手,見這裏所附的兩書頁面的照片。又案:從《三才福》抄本的一些錯別字來看,抄者可能不懂吳語。如"這裏"一詞,吳語通常寫爲"己裏",而《三才福》皆寫爲"已里",説明抄者並不清楚這個詞的發音。另外。其中一些一詞多寫的狀況,如"個""箇""个"在文本中通用,也很可能是抄者的問題。

　　③　顔長珂《〈靈臺小補〉、〈業海扁舟〉作者金連凱考》,頁 266—269;梁帥《清宗室戲曲創作芻論》,頁 183。

　　④　顔長珂《〈靈臺小補〉、〈業海扁舟〉作者金連凱考》,頁 271—273。

斯氏有較深的交情,奕諒很有可能將綿愷戲曲藏本中的《三才福》和《財星照》一起賣給或贈送給斯氏。

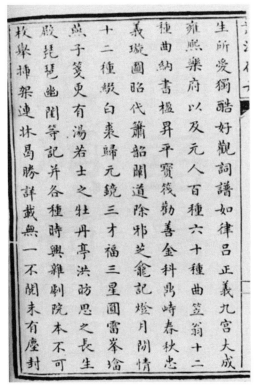

金連凱《業海扁舟序》,道光十七年朱墨稿本,見王文章主編
《傅惜華藏古典戲曲珍本叢刊》第 89 冊,北京:學苑出版社,2010,頁 4。

我們現在無法考證綿愷愛好戲曲的門客或朋友包括哪些人,然而《三才福》本身可以幫助我們瞭解一些關於其作者的信息。大量的吳語對白和以蘇州城生活爲故事背景是《三才福》的特色,這説明作者很大可能是蘇州人。我們都知道在明清兩代,蘇州一帶的文人對昆曲一直十分沉迷,而這種風氣隨着大量江南舉子入京趕考和做官,

《三才福》上卷，頁 3A，莫斯科國家圖書館藏本。

也導致昆曲在京城的盛行。可以説，在清中期京劇在北京崛起之前，昆曲在北京的戲園一直占有最重要的位置。在清代，一些來自蘇州一帶的科考失意的士人也經常滯留在京城，以做達官貴人的門客維生，如《品花寶鑒》的作者陳森(常熟人，活躍於嘉慶道光年間，具體生卒年不詳)就曾長期在京城以門客身份維生。這些士人往往精通音律曲詞，在做門客時也主要是從事以戲曲爲主的活動，這種現象在清代中後期的都門十分常見。①我們在傳奇盛行的蘇州一帶看不到任何當時人關於《三才福》的記録，而在京城的綿愷卻提到這是他喜愛閱讀的劇作，並且斯卡奇科夫也是在北京獲得這個劇本，這些都表明這個劇本寫作於京城的可能性最大。這大概就是我們目前所能提供的關於《三才福》作者的所有信息。

二、清代的吳語傳奇與《三才福》在吳語對白方面的特點及意義

明清兩代，江南經濟的繁榮和文化的强大影響力直接導致了吳語文學的崛起，其中尤以都市化的文化中心蘇州爲最。吳語在清代的俗文學如小説、民歌和彈詞中曾廣汎應用，晚明馮夢龍搜集編輯的《山歌》、晚清張南莊《何典》和韓邦慶《海上花列傳》，都是人們耳熟能詳的吳語文學代表作。相比於小説、彈詞和民歌時調，戲曲使用吳語相對較少，大量使用蘇白的時間似乎也相對更晚一些，因此學界對吳語傳奇狀況的關注和研究要少得多。

其實以吳語入對白的寫法，在明代萬曆年間已經出現。②清初昆曲中插入蘇白開始流行，如李玉(1610？—1670？)的不少劇本都摻入一些吳語插科打諢，但數量還不算太多。乾隆年間，以吳語寫對白漸成風尚，乾隆三十五年(1770年)蘇州人錢德蒼根據當時舞臺上常演的昆曲折子戲，對前人舊編進行一番增删修改，重編成選集《綴白裘》四十八卷在蘇州出版，風行一時，其中就經常可以看到吳語對白。在

---

①　吳存存《戲外之戲：清中晚期京城的戲園文化與梨園私寓制》，香港：香港大學出版社，2017，頁116—121。

②　徐扶明《試論昆劇蘇白問題》，《藝術百家》，1989年第1期，頁95。又案：筆者在與陳亮亮博士討論這個問題時，她認爲清代用於舞臺演出的伶人抄本經常大量使用蘇白，而文人創作的傳奇中，蘇白相對較少，僅用於點綴，因此在討論清代昆曲蘇白的問題時，要注意文學劇本和舞臺本的區别。她進而提出"《三才福》有可能由藝人演出傳入北京，再由宫廷/王府精抄保留"。這是一個很有價值的猜想，但目前因没有資料可以證明，因記録於此，留待將來進一步的研究。

這些折子戲中,有相當一部分都是前人的作品,其中很多劇本本來是用官話寫的對白,但錢德蒼根據的是蘇州戲班裏使用的演出底本,因此對白也經常被改寫成蘇州話。胡適《綴白裘序》(1937 年)對清代戲曲中的吳語對白的狀況總結得比較清楚:

> 《綴白裘》是蘇州人編纂的,蘇州是昆曲的中心,所以這裏面的戲文是當時蘇州戲班裏通行的修改本,其中"科範"和"道白"都很有大膽的修改,有一大部分的說白都改成蘇州話了,科範也往往更詳細了。例如《六十種曲》的《水滸記》的說白全是官話,而《綴白裘》選《水滸記》的《前誘》《後誘》兩齣裏的張文遠的說白全是蘇州話,就生動得多了。又如《六十種曲》的《義俠記》的說白,也全是官話,而《綴白裘》選的《戲叔》《別兄》《挑簾》《做衣》諸齣裏武大和西門慶說的都是蘇州話,也就生動得多了。這些吳語說白裏也有許多猥褻的話,但那些地方也可以表示當年戲臺上的風氣。大概說來,改說蘇白的都是"丑"和"付",都是戲裏的壞人或可笑的人。①

胡適在對比了《六十種曲》和《綴白裘》中水滸戲文之後,敏銳地注意到了清代傳奇發展的新傾向。徐扶明曾總結蘇白在昆曲中的發展軌跡道:

> 昆劇蘇白,始於萬曆時期,流行於明末清初時期,盛於乾嘉時期。②

徐扶明進而還引用吳梅的論點,指出蘇白入昆曲,其作用並不僅僅是人們通常所理解的"總以可發人笑爲主",而是爲了"取悅鄉人之耳"。③這種變化當然意味着地方語言文化意識的樹立和影響。

　　從現存材料看,從乾隆到嘉、道年間,在傳奇裏使用吳語對白十分普遍,並且其範圍似乎超出蘇州而成爲傳奇創作中的新潮流,其中

---

① 胡適《綴白裘序》,錢德蒼編《綴白裘》,北京:中華書局,2005,頁 6。
② 徐扶明《試論昆劇蘇白問題》,頁 96。
③ 同上。

尤其突出的是乾嘉時期的著名劇作家沈起鳳(1741—1802)。沈起
鳳,字桐威,號賁漁,又號紅心詞客,蘇州人,他的生年與《三才福》的
創作年代相距不遠。据吴門獨學老人(石韞玉)《沈賁漁四種曲序》,
沈氏在乾隆戊子(1768年)二十八歲時中舉,但此後科場不利,"抑鬱
無聊,輒以感憤牢愁之思寄諸詞曲,所制不下三四十種,當其時,風行
於大江南北。梨園子弟登其門而求者踵相接"。①乾隆皇帝晚年下江
南時(1780—1784),揚州鹽政、蘇杭織造爲迎接乾隆所演的大戲,皆
出自沈起鳳的手筆,②可見他的劇作當時在江南梨園受推崇的程度。
沈起鳳一生落拓,僅在五十歲以後做過一段時間安徽祁門縣學教官
和全椒教諭,六十二歲(1802年)以候選官員的身份客死京城。③他
一生創作過很多劇作,但"生平著作不自收拾,晚年以選人客死都門。
叢殘遺草,悉化灰燼"。④案:石韞玉(1756—1837)和沈氏都是蘇州
人,但比沈氏年輕十五歲,兩人有很深的詩文交誼。⑤石氏在乾隆五
十五年(1790年)中進士一甲一名(狀元),授翰林院修撰,官至湖南
學政,後因事引退,但仍屬社會名流。石氏在序言裏稱沈起鳳爲"古
歡"(老友),對他的行跡知之甚詳,並在退休之後尋訪搜羅故友舊作,
刊印了《沈賁漁四種曲》。有賴於石氏的收集和出版,目前我們能够
看到沈起鳳的四種劇作:《報恩緣》《才人福》《文星榜》《伏虎韜》。學

---

　　①　石韞玉《沈賁漁四種曲序》,王文章主編《傅惜華藏古典戲曲珍本叢刊》第56册,
北京:學苑出版社,2010,頁3。案:《沈賁漁四種曲》的影印本現見收於《傅惜華藏古典戲曲
珍本叢刊》第56—58册。此本前署"乾隆四十九年(1784)古香林刻本",若這是可靠的,則
正是沈氏鼎盛時期的刻本,這一年也是乾隆下江南上演他的劇作的時期。但現在的影印
本上看不到時間,而石氏序言顯然寫在沈氏去世多年之後,故定爲乾隆四十九年頗爲可
疑。又吴曉鈴《古本戲曲叢刊七集目録初稿》署"嘉慶間古香林刊本",似較可信。
　　②　石韞玉《沈賁漁四種曲序》,頁3—4。
　　③　關於沈起鳳生平,現在的研究以陸萼庭《沈起鳳年表》最爲詳備,見陸萼庭《清代
戲曲家叢考》,上海:學林出版社,1995,頁153—161。
　　④　石韞玉《沈賁漁四種曲序》,頁4。
　　⑤　陸萼庭《沈起鳳年表》,頁158。

者也推測現在昆曲中的一些無名氏的作品,很可能亦出自沈氏之手。①有意思的是,沈起鳳的這四種傳奇的寫作風格和格式都是相當地接近。在格式上,這些劇本都是在劇本開頭先寫一折關於仙界的來源,接下來展開俗世的故事。内容大多以蘇州或鄰近的城鎮爲故事背景,而劇情往往都是恃才放誕仕途坎坷的才子的婚戀故事,從某種意義上説,也是沈氏個人生活的折射。他的劇作尤其引起人們興趣的是,他經常大量使用蘇州話來寫劇本中的對白。這些特點,與《三才福》的寫作思路和風格完全一致。

　　考慮到沈起鳳一生寫過三四十個劇本,卻完全不在意保留,絶大部分遺失或淪爲"無名氏"的作品,這使我們不能不想到《三才福》是不是有可能出自沈氏的手筆? 綜合考察各種史料,這種可能性似乎不是很大。以沈起鳳的生活年代看,他比綿愷年長五十多歲,他去世時綿愷才七歲,因此他不可能做過綿愷門客。其實石韞玉也曾形容沈起鳳"雖工鬱輪調,恥入岐王宅",他個性孤傲放誕,不是樂意做王公門客的士人。②當然,即使沈起鳳並非綿愷的門客,他的作品也仍有可能以其他途徑被綿愷收藏。鑒於《三才福》的風格明顯接近沈氏四種曲,我們現在不能肯定它是沈起鳳的作品,卻至少可以説它顯然受到沈氏劇作影響,也可能是他的朋友或學生的作品。沈氏一生一直與當代的劇作家有密切的交往並在同行中享有很高的聲譽,③他的風格受到當時其他曲家的追捧和模仿是可以想見的。另外,值得注意的是,沈氏四種曲與《三才福》在一些吳語用詞的寫法上亦時有不同,如"這些"一詞,在沈氏《才人福》中常寫爲"貴星",而《三才福》多寫爲"故星"。當然因爲吳語從來没有規範化,同一作家在不同時期不同文本中對同一個詞采用不同寫法也不是不可能的,但這種差異當然具有參考價值。總之,從現有的材料看,《三才福》雖然不太可

①　陸萼庭《沈起鳳年表》,頁153。
②　同上,頁158—159。
③　同上,頁157、160。

能是沈起鳳的作品，但至少應該跟沈起鳳所主導的以吳語寫對白的潮流有關。

與全部使用吳語來寫的小說、彈詞或時調不同，清代的吳語戲曲一直只是局部使用吳語——把方言雜在典雅的文言唱詞和規範的官話對白中來寫。而與使用吳語對白最普遍的《綴白裘》對比，可以發現《三才福》中吳語使用率還要更高一些。清代的許多昆曲經常把使用吳語作爲一種諧謔嬉鬧的點綴，但其大部分對白仍以官話爲主，而《三才福》全劇約三分之二的對白是用蘇州話寫作的。仔細地分析《三才福》語言使用的安排，無疑對於理清這些安排的原則及其背後的意識形態具有重要的意義。

與當時使用吳語對白的其他傳奇一樣，《三才福》使用三種語言來寫：所有的唱詞使用類似詞曲的文言，而對白則分別使用官話或蘇州話。需要注意的是，蘇州話在這個劇本中不像其他清代傳奇那樣衹是偶爾用來插科打諢，而是一個角色如果講官話就在劇中一直官話到底；而如果講蘇州話，也會在劇中一直使用蘇州話。根據劇情交代，劇中所有人物來自蘇州，因此方言跟人物的地域背景或母語沒有關係。那麼，作者根據怎樣的原則分派一個角色使用吳語對白或官話對白？從《三才福》的文本來看，行當、受教育程度、社會地位以及道德評判是其中最重要的四個因素。

從最初的印象看，雖然大致上如胡適所說的，"改說蘇白的都是'丑'和'付'，都是戲裏的壞人或可笑的人"，《三才福》中的生、旦、外、末都使用官話對白，而淨、付、丑、雜都基本使用吳語對白，但是細讀之下，可以發現行當的分別在這個劇本的語言安排上並非絕對的標準，如劇中第一折裏的神仙張騫和第九折裏的丐婆陸老媽的角色都是"大淨"，但張騫使用官話，陸老媽卻講蘇州話；而扮演角色"雜"的"院子"（僕役）也因他們主人的不同而分別使用官話或蘇州話，可見作者並沒有在形式上把角色的語言安排固定化。

而從內容上看，《三才福》的語言安排同樣存在很多不穩定因素。從人物的社會身份看，作者安排劇中的大部分書生和上層社會人物講官話,而寫下層平民的對話時,則用地道的方言。因此,是否受過教育似乎是決定劇中角色講官話還是蘇州話的標準,如上面提到的兩個"大淨"角色,講官話的張騫是上界的仙人,而講蘇州話的陸老媽卻是社會最底層的丐婆。但這個原則在全劇同樣没有貫徹到底。劇中的人物語言與他們的社會身份的聯繫有四個很突出的例外:(一)蘇州府學教授鍾焕,進士出身,年過七十而試圖利用自己的權力娶一個窮書生的年輕女兒爲妻,鍾被安排使用方言;(二)已故禮部侍郎之子錢恕士,紈绔子弟,與尼姑有染並致其懷孕,亦被安排使用方言;(三)童養媳出身的平民女子張翠雲,没有受過教育,但有眼光有抱負,機智靈活,她的對白使用官話;(四)文佩蘭的妾春娘,丫鬟出身,没有受過教育,但守禮端莊,深明大義,她也使用官話。此外,劇中的無名小角色如謝小姐貼身女僕,吳因之的老僕,雖然都屬社會身份低賤,卻也都使用官話到底。

　　把這些矛盾的現象跟劇情一起考量,我們會發現作者在安排角色使用何種語言時往往還加入了對這些角色的道德上的評判。很顯然作者似乎認爲語言也是其筆下人物的道德水平的標識。官話代表文雅和正派,而方言則顯示粗俗或邪惡。因此,劇中的一些人物雖然有着讀書人最高的頭衔(進士)或者出身名門(禮部侍郎),但因他們道德水平低下,"不配"説官話而衹能讓他們説方言;而另一些人雖然出身低賤並且没有受過教育,但因其行爲正派,見識出衆,照樣可以説官話而非方言。下面這段出自第七折《改粧》的挑夫張小大(方言)和他妹妹張翠雲(官話)之間的對話就很有代表性:

　　　【淨】妹子。【花旦】唤我出來有何見教?【淨】坐子勒看,我且問你,做阿哥勾替你攀親,你説要攀啥才子。故故才子到底那哼一件物事?【花旦】哥哥虧你做了一箇人,怎麼連才子兩字多是不懂的?【淨】吓,是裏哉。大約賣柴勾兒子,故是莳門頭上多得勢勾拉虱。【花旦】啐!【淨】只怕是裁縫勾兒子吓。【花旦】什麼説話!才子是有文才的人嚄。【淨】吓,是讀書人吓。即是個樣人家嚏,囉裏肯攀吾裏介?【花旦】自古道醴泉無源,芝草無根,那裏論得門第吓!【淨】貴兩句通文,我越發弗懂哉。倒是實明實白對我説子罷。①

劇中張翠雲出身蘇州城裏貧窮家庭,父兄均爲挑夫。她在六歲時被賣到揚州鹽商家裏做"等大"(童養媳),但十五歲即將圓房時,鹽商病故,鹽商之妻發善心讓她帶着自己房中的細軟裝了一船回蘇州娘家。見識過大户人家氣派並有了一定積蓄的張翠雲決心要追求理想的生活,她無視自己低賤的身份,認爲"醴泉無源,芝草無根,那裏論得門第",決定要嫁給劇中的大才子文佩蘭,並主動出擊,運用自己的智慧和勇氣,最終不但得遂其願,並且也幫助了文佩蘭發奮讀書獲取功名。作爲同爲出身蘇州下層社會、都没有受過教育的兄妹,這裏説方言的哥哥代表無知和短視,而説官話的妹妹顯示出勇氣、智慧和見識。這段對白將作者的語言等級觀念表露無遺。

下面一段對話來自第二十折《尼婚》,對話者三人,尼姑靜蓮、紈絝子弟錢恕士以及正派的錢母。錢恕士勾引尼姑靜蓮致其懷孕,卻又只想將她一脚踢開,轉而追求大家閨秀謝小姐。錢氏的胡作非爲引起鄉紳吳因之的憤怒,他使用掉包計讓靜蓮替代謝小姐入洞房。錢氏在洞房花燭夜發現新娘被掉包後堅持要送靜蓮回尼姑庵,這時靜蓮恰要臨産,她向錢母求救,錢母斥責兒子的冷血,寬厚地接受靜蓮入家門:

　　【丑】親婆,做新婦個熬子痛勒告訴你,我本來出家拉瓦鳳池菴裏向,你勾兒子一陣勾局騙,破子我勾戒,亦因大子我勾肚皮。故歇十月滿足,我只得代子謝小姐嫁到已裏來。渠還要使性勒趕我出去,求個親婆做主斷斷看。【老】家門不幸,致有此事。這多是你自己不好。【淨】嗜弗好?送子渠菴裏去嗹就是哉滑。【丑】阿喲,阿喲!【老】爲何這般光景?【丑】阿呀,要養下來哉。【老】他若産下孩兒,就是你的骨血,怎好留子去母,有傷陰德!【唱】怎教他棄於菟,拋隘巷,忍羞顔,回禪榻?做盡胡

---

① 《三才福》上卷"改妝",頁56A、56B,莫斯科國家圖書館藏本。見本書第61頁。

柴！【白】丫鬟扶了進去，速喚穩婆伺候。①

這段對話同樣反映了語言使用和道德評判的聯係。不管他們的身份背景如何，破戒的靜蓮和爲非作歹的錢恕士只能使用方言，但錢母同情靜蓮的遭遇並願意接受尼姑和她的孩子作爲家庭成員，她的慈母情懷使她可以使用官話。同爲上層社會的母子，他們道德上的區別也反映在他們語言的區別上。有趣的是，劇中的無名小角色如謝小姐貼身女僕，吳因之的老僕，因他們的主人是正面角色，他們也沾光使用官話；而劇中府學教授鍾煥的吏從和僕人，錢恕士的家僕，也因爲他們上梁不正的主人，在劇中被安排一律説方言。

這個劇本給讀者展現了一個關於語言和社會等級以及道德評判的矛盾現象。一方面，劇作家出於士人的角度把需要受教育纔能學會的官話視爲高於方言的語言，因此劇中的正面人物，尤其受過教育的，往往都被安排説官話；而反面人物，以及沒有受過教育的下層平民，則多使用吳語對白；也就是説，説官話代表一種社會地位和道德水準的優越性。這樣的安排顯然帶有鮮明的士人優越感。而如果考慮到當時不少江南士人在京仕途坎坷以寫作傳奇謀生的狀況，他們這樣的態度也不是沒有爲了討好説官話的京中貴族的可能。但如果進一步看，作者在語言安排上的道德評判其實也表明在他看來社會地位不是固定的，而是可以轉換的，人物自身的修養和品德可以改變他們的社會地位，而這無疑是都市平民階層崛起和他們對於社會平等的要求的體現，這一點在張翠雲的對白中更加以強調。

把説方言的角色分配給反面人物和粗人，反映了傳統社會士人明確的語言等級意識、優越感和對方言的蔑視，但是，如果我們回到清代士人文化占有絕對話語權的社會文化背景，這個問題其實不像表面上看到的那麼簡單，相反，這種對士大夫話語的奉承其實含有挑戰的意味。面對使用吳語對白這個現象，我們首先要承認的是，儘管仍然在維護士人特權，清代江南經濟文化的高度繁榮昌盛使蘇州的

---

① 《三才福》上卷"尼婚"，頁75A，莫斯科國家圖書館藏本。見本書第78—79頁。

曲家意識到他們的作品無論是内容還是形式都不能一味重複傳統的經典,而需要接地氣,需要接受並重現蘇州都市平民的生活、價值觀和他們的主體意識。誠如笠翁所言:"戲文做與讀書人與不讀書之人同看,又與不讀書之婦人小兒同看,故貴淺不貴深。"①與過去的昆曲對白完全使用官話不同,蘇白的出現實際上承載着拉攏廣大觀衆的目的,它使平民觀衆在劇場獲得認同感,而不是原來那樣只是聽到讀書人的言語。在這裏,蘇白的意義在於它在戲臺上的存在,而不是去細究其正面還是負面。從這方面來看,清代蓬勃興起的吳語文學也可以説是五四之前出現的一種很前衛的自覺白話運動。它直接以平民的方言俚語入戲,不是盡量求雅,而是盡量求俗,雖然從劇中的那些優雅的唱詞裏我們知道作者完全可以寫典雅的文言,但作者似乎更注重以方言俚語來建構自己的作品。能够看到近兩百年前劇作家的這種在藝術上和語言上的新嘗試,可以説也是一個驚喜吧。而這種明清時期本土萌生的具有一定革命意義的文學潮流,以往經常爲學界所忽略。關於這個話題,我相信它具有比較重要的社會文化史意義,當然它已經超出了本書的範圍,還有待於將來更深入的研究。

三、《三才福》與蘇州的都市平民生活

　　《三才福》不曾流行於世,並不意味着它只是一部新發現的平庸傳奇而已。與其大量使用方言的傾向相聯係,這個以才子佳人故事爲主綫的劇本在内容上其實也不像表面上看到的那麼俗套,細讀文本,可以發現它的故事副綫和細節,經常表現出對都市平民的生活内容和道德價值觀念的關注和認同。在這方面它表現出一種與尋常的以士人文化爲中心的才子佳人故事不太一致的意識,而表現蘇州的都市平民生活也成了這個劇本的一大亮點。

　　這首先表現在《三才福》劇中大量出現城市平民角色,包括使女、挑夫、童養媳、士兵、穩婆、賭徒、鼓手、乞丐、尼姑、道士等等,清代蘇

---

① 李漁《閑情偶寄・詞曲部》,"詞采第二,忌填塞",北京:作家出版社,1995,頁31。

州的都市平民生活,在這個劇本裏不是只有一些插科打諢的滑稽場景,而是真正涉及了當時都市平民的日常生活和道德觀念。劇中第二十一折《夜窨》中的一段描寫蘇州城裏半夜三更狀況的對白,現在讀來可謂興味盎然,街上有醉醺醺的守巷門的兵士,賭徒,有道士和鼓手,並且其中還有一個當時的"職業婦女"——忙於奔走接生的穩婆,甚至還有那没有在舞臺上出現的半夜還在苦等賭徒丈夫回家的妻子,反映出一種之前的戲曲中很少看到的真實的都市生活感:

> 【打四更,白淨醉意上白】阿喲,好酒! 我叫巷門阿九,即得糟子個口黃湯。故歇四更天哉,弗知阿有啥叫巷門勾來哉。【扮道士、鼓手、穩婆挐各色燈籠,淨扮道兄上】樓頭交四鼓,心急各歸家。開巷門!【白淨】毧穿吤個花椒,倒合子一大淘,來難爲吤虱窮爺哉。官府查夜凶了,要問明白子開勾。吤是做嗇個勾?【道士】九官,是我嘘。【白淨】阿喲喲,原來是聚龍官(觀)師太! 啥了個道場能散得遲介?【道士】多打子兩套綿帶了。【白淨】你呢?【穩婆】九官,是我。拉大衛街口收子生勒居來。【白淨】原來是塔兒巷裏勾陸娘娘! 我醉裏哉了。失照,失照!【鼓手】九老官,開子我。【白淨】糞老三,你是啥了能晏?【鼓手】待新人生意耶。【淨】介勾萬忽,有勾多化嚕蘇?【白淨】啥等樣有樣凡人,拔出嘴來就罵吓?【淨】阿認得我了?【白淨】阿喲,原來是喬阿大! 阿是輸子銅錢了,挐我得來喉極?【白淨】弗是吓。家主婆拉虱夜個了,快洒點開哉滑。【白淨】拉裏開哉滑。【齊進巷門,下】①

這樣的都市夜景,當然是我們現在讀者很不熟悉的。但即使在清代的文學作品裏,類似的場景也是被大多數作家忽略的。在清代,大多數城市都還有"夜禁"制度,据《大清律例》規定:

> 凡京城夜禁,一更三點,鐘聲已靜之後、五更三點鐘聲未動之前,犯者笞三十,二更、三更、四更,犯者笞五十。外郡城鎮各

---

① 《三才福》下卷"夜窨",頁 2B、3A,莫斯科國家圖書館藏本。

《三才福》下卷，頁 2B、3A，莫斯科國家圖書館藏本。

減一等，其京城外郡因公務急速、軍民之家有疾病、生產、死喪，不在禁限。①

這裏我們需要注意的是，這樣的夜禁制度在當時的城市裏遠非只是限制城門，而是城中的坊巷都分別有柵門，在夜間也要關門上鑰，除了特殊情況，城內也並不能通行。但清代中期以後，這種夜禁制度有所鬆動。各個城市之間的夜禁制度並不完全一致，而同一城市裏，不同的時期執法的嚴格程度也往往不同。上面"夜審"裏的這個場景，其實就表明了這種狀況。首先，守門的士兵阿九守的是巷門而非城門，因自稱"巷門阿九"。這裏的賭徒、道士、鼓手和穩婆的夜間活動

---

① 沈天易輯注《大清律輯注》，第二冊，《兵律·軍政·夜禁》，北京：北京大學出版社，1993，頁 758—761。

都是在城内的不同坊巷裏進行的。同時，作者描繪了同時期的昆曲、甚至小説中也並不常見的清代中晚期蘇州城裏的"夜生活"，栩栩如生的場景讓我們瞭解了那時都市夜晚的多姿多彩，許多平民半夜三更還在爲生活奔波。阿九在嚴格檢查各人半夜裏要求通行的原因時，聲稱"官府查夜凶了，要問明白子開勾"，也讓我們明白官府查夜時緊時松；而阿九在深夜履行公職時喝得迷迷糊糊，起床則駡駡咧咧，尤其切合當時下層士兵的做派。這應該是十九世紀早期蘇州城裏常見而我們的文學作品中極少表現的圖景，爲這個劇本平添了許多具有歷史文化意義的内容。

　　除了上面的例子之外，大量描寫平民女子的生活以及她們的活動空間，也是《三才福》的一個特色。如第九折《收丐》開頭丐婆陸老媽的一段自我介紹，十分真實地表現了底層孤寡老年女性的困境和心境：

　　　　我陸老媽，本來是吴會元乩勾飯婆。即因要嫁家公了，甩忒子勾飯碗頭，轉身到無錫江尖嘴上去。落里曉得勿多兩年，晚家公亦別過哉。苦惱吓，無吃無着，即得仍舊趕到蘇州來尋人家。個星薦頭嫌我有病，弗肯領我出去。個舊飯主人，亦弗好意思捱得進去。①

　　陸老媽本來是蘇州大户人家的厨嫗，但當她有機會嫁人時，她辭掉了這份工嫁到無錫。不幸兩年後丈夫故去，她孤寡一人生活沒有着落，回到蘇州想再找人家幫傭，但城裏的雇工機構因其年老多病而拒絶了她。她最終淪爲乞丐，在寒風中行乞。這一段文字中有兩點很值得注意：1）當時的蘇州城裏有雇工中介機構薦頭店，而這些機構對傭工有較高的要求，這在相當程度上説明了當時蘇州都市化的程度。据石汝傑先生告知，這類薦頭店在蘇州大概一直延續到二十世紀前半還存在。2）陸老媽雖然走投無路，但她出於自尊心不願意回到原來的主人家而寧可沿街行乞。這是一個很值得注意的細節。傳

---

①　《三才福》上卷"收丐"，頁66B、67A，莫斯科國家圖書館藏本。

統士人在描寫下層女性時，往往從居高臨下的角度寫她們可憐憫之處以及她們對上層社會的討好奉承，像《紅樓夢》裏的劉姥姥那樣，多是可笑的人物，卻幾乎總是忽略這些女性的自尊心或羞恥感。《三才福》在這方面當然不能説有高於其他作品的境界，但作者能够寫出這樣的細節，説明作者對城市中的下層社會有相當的理解。

　　尼姑靜蓮的故事是這個劇本中另一個值得注意的插曲。如我們所知，傳統社會中的出家人有很大部分出身極其貧窮，他們的父母因無法養育孩子而將他們送到寺觀出家，也算一條活路。在這種情況下出家的和尚尼姑，不但他們本身沒有很强的宗教意識去恪守戒律，社會上對他們的歧視也很嚴重，他們在社會上顯然處於底層，受盡欺凌。《三才福》中尼姑靜蓮就是這樣一個例子。禮部侍郎之子錢恕士是個紈綺子弟，慣於尋花問柳，他看上年輕的靜蓮並致使她懷孕。尼姑懷孕在傳統社會是嚴重的破戒行爲，最遭人嘲笑和歧視，但錢恕士卻絲毫没有準備負起責任來，不但認爲靜蓮應該繼續在鳳池菴做尼姑，更要求靜蓮去撮合他自己和謝小姐的婚事。靜蓮自知地位卑賤，懷孕被歸罪爲她自己不守戒律，因此只能忍辱對錢恕士言聽計從。但錢恕士的惡霸行爲引起了另一位士人吳因之的義憤，他巧妙地使用掉包計讓靜蓮坐上用來迎娶謝小姐的花轎。至此，在這個靜蓮故事的叙述中，讀者可以感受到從作者到他筆下的人物都對靜蓮不無同情，卻不能掩蓋對一個懷孕的尼姑的嘲弄和歧視。在這方面，這個劇本與同時期的其他通俗文學作品並沒有太大的區別，但這個故事接下來的情節頗讓人刮目相看。當錢恕士發現新娘被掉包，他理所當然地要驅趕即將臨盆的靜蓮回鳳池菴，這時候錢恕士的母親阻止了兒子的胡作非爲，她公平地判斷這是兒子的錯誤，並且命令兒子留下靜蓮：

　　　　他若産下孩兒，就是你的骨血，怎好留子去母，有傷陰德！①

一個有着禮部侍郎門第的大户人家願意接受一個破戒的尼姑做兒媳

---

　　①　《三才福》上卷"尼婚"，頁75A，莫斯科國家圖書館藏本。

婦,並滿心歡喜地接受她在洞房花燭夜產下的兒子,這樣的故事其實
在等級觀念森嚴的清代是幾乎不可能發生的,但作者設計的這個喜
劇性的情節——即使尼姑靜蓮被塑造成一個比較負面的形象,仍然
一方面反映出在清代的蘇州隨着都市平民階層的擴大,傳統的等級
觀念和道德價值觀受到衝擊;另一方面更寫出了一種性別意識——
女性對女性的同情,錢母從一個母親的角度更能設身處地理解靜蓮
的艱難處境,也更願意幫助她。這個在現實中可能很不真實的故事
也因此具有了一種内在的真實性。

　　不能否認,《三才福》的故事主綫沿用了清代通俗文學中最流行
的才子佳人的套路,但有意思的是,本來應該作爲主角的出身名門的
謝小姐(小旦),在這個劇本裏的戲份很少,也基本上只是作爲佳人的
表徵存在而已,劇情完全没有展示她的個性或才幹。這個劇本中戲
份最多也最出彩的三位女角分别是苦力家庭出身的“童養媳”張翠雲
(花旦),尼姑靜蓮(丑角),以及丫鬟出身的文佩蘭之妾春娘(作旦),
她們都是來自下層社會的女性,但她們都不甘心受自己社會地位的
限制,努力擺脱命運而在故事中獲得自己更有意義的生活。其中尤
其是張翠雲這個形象光彩奪目,她六歲時就被賣到揚州鹽商家裏做
“等大”,幸運的是,等她長大即將成爲鹽商的侍妾時,鹽商病故,她因
而獲得一點遺産。在鹽商家裏見過大場面的張翠雲,雖然没有受過
教育,她卻不願意再讓别人爲她安排婚姻,相反,她要主宰自己的命
運。受到當時流行的才子佳人故事的影響,她立志要嫁一個才子。
以她的出身和低賤的身份,這在當時看來是一個不可能實現的夢想,
但張翠雲有着出衆的智慧和下層女子的潑辣,她女扮男裝,與文佩蘭
的朋友吴因之互爲表裏,成功制服了放蕩不羈的文佩蘭,使他乖乖地
走上了他們爲他設置的軌道,而她自己最終也因此擺脱了自己的低
賤的社會階層而成爲時人羨慕的士紳的眷屬。而這個故事出彩的部
分還不僅僅在於張翠雲對改變自己社會地位的信心、智慧和努力,而
是她女扮男裝調侃才子文佩蘭的書呆子氣和嘲弄他自以爲得意的風
流天性,她假裝拐走文佩蘭的愛妾春娘,重重地傷了才子的男性自尊

心。這位有着相當社會閱歷的下層社會小女子,在精神上根本没有
對上層社會的畏懼,正如她所堅信的,"自古道醴泉無源,芝草無根,
那裏論得門第吓",①故事的表面似乎在寫她在高攀文佩蘭,但其實
寫的却是她在教導甚至拯救文佩蘭。這樣自信的、充滿聰明才智的
正面下層女子形象,在清代流行的才子佳人故事中並不是常見的,她
可以説是一個才子佳人俗套中的新生的力量,代表着都市平民階層
及其價值觀在典雅的傳奇中也在逐漸被接受和肯定。

　　自晚明以來,中國戲劇作品愈趨重視當代日常生活題材,也逐漸
傾向於在平凡而喧鬧的都市生活中尋找詩意。女性形象作爲文學作
品和思潮的一個重要風向標,往往是一個作品或一個文學思潮中最
敏感也最引人注目的部分。《三才福》應該説是這個潮流中的一個例
子,而此劇似乎走得比我們之前想象的還要遠一些,它對都市平民女
性形象的重視,越過了士人階層的某些界限和偏見,對於研究清代傳
奇的發展傾向來説,無疑提供了一個重要而生動的例子。

四、本書校註原則和體例

　　在開始考慮將這個在本土失傳近兩百年的傳奇排印出版時,筆
者原來考慮《三才福》對於研究傳統戲劇和吳語的學者會有重要的參
考價值,因此覺得只需要標點和校勘。但在標點的過程中,筆者發現
這個劇本其實可讀性很强,然而劇本大量使用吳語方言可能會成爲
讀者理解它的障礙。這使筆者開始考慮方言文學現在所面臨的困
境。吳語文學儘管從内容到形式在清代都已經相當地成熟,但因爲
語言方面的障礙,至今讀者還是相當有限。並且,吳語在清代一直没
有規範化。《三才福》中的方言對白大量使用别字和俚語,而詞語的
寫法以記音爲主,經常並不穩定,如"個個""貴個""故故",似乎都可
以指"這個",這給不懂吳方言的讀者帶來極大的不便——這應該也
是那些劇情生動有趣的清中期使用吳語對白的崑曲劇作未能得以廣

---

　　① 　《三才福》上卷"改妝",頁56B,莫斯科國家圖書館藏本。

汎流傳的主要原因。筆者由此意識到，讓清代吳語文學可以閱讀，比
僅給專業學者增加一本參考書要遠爲重要。只有普通讀者能够閱
讀，方言文學的意義和影響纔能得到關注，不然，即使它們實際上是
一種白話文，没有多少讀者能真正理解它們的意義和價值，其影響也
根本不能跟已經長久脱離口頭交流的文言文作品相比。而在現代的
普及教育以教育規範的現代漢語爲主的情况下，方言文學更是完全
失去了原來的通俗文學的意義，而成爲了少數專家學者的案頭文本。

　　方便讀者的閱讀和理解因而成爲我們校註工作的主旨。除了一
些别字、漏字和標記上的校勘之外，我們此書的校註工作主要集中在
兩方面：1)對吳語對白的翻譯和解釋；2)對一些典雅的唱詞和典故的
解釋。我們本着方便讀者的原則，譯文和釋文都盡量做到簡明扼要。
而一些簡單易明的吳語對白和十分常見的典故，就不再翻譯或加注，
以免繁瑣。同樣的詞語或典故，每次只在第一次出現時加注，除非同
一個字有不同的用法。

　　因爲清代吳語缺乏規範化，並且當時蘇州方言中的一些詞彙現
在已經完全失傳，《三才福》中還有少數我们目前還無法説明的冷僻
詞，皆注明"存疑"以提醒讀者。

　　爲了讓讀者更好地理解《三才福》中的吳語詞彙和清代吳語文
學，石汝傑先生特地爲此書製作了一個常用吳語詞語對照表，對諸如
"拉乩"等經常出現的詞語統一加注。筆者亦分别製作了《三才福》人
物脚色語言表以及曲牌表，這三個表格都作爲"附録"列在正文之後，
方便讀者檢閱。

　　如前所述，《三才福》原抄本字體工整，基礎很好，但其中有少數
字在抄寫中分别使用不同的形式，如"個""箇""个"三字在文本中都
存在。考慮到這個劇本是一個孤本，具有較高的文化史研究價值，我
們在整理出版時亦嚴格按原抄本排印，有疑問的字不改，原抄本中的
繁簡字、俗字、别字或錯字，亦一律沿用，但加注説明存疑，以利學者
研究和使用。

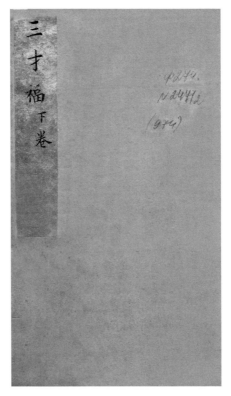

《三才福》下卷封面，莫斯科國家圖書館藏本。

　　《三才福》今天能够排印出版，説起來有不少因緣際會。2016 年 12 月，筆者在莫斯科國家圖書館(RSL)手稿閲覽室瀏覽一些清代抄本時意外發現《三才福》，因爲之前從未聽説過這個曲目，當時就在網絡上搜索了一下，了無所得。當晚給筆者的學長南開大學教授陶慕寧先生寫電郵請教，他也確認這是一個孤本，國内不曾著録或收藏。出於好奇，筆者在圖書館裏粗粗地通讀了一遍並做了一些筆記，發現其中對白大量使用吴語。筆者因向圖書館訂購了這個劇本的全部照片，希望將來可以將它整理排印出版。但收到照片之後的幾年，筆者

《三才福》下卷最後兩頁,莫斯科國家圖書館藏本。

的行政工作負荷很重,整理排印本沒有預期的那麼順利,工作面臨許
多困難。首先是一些吳語對白的斷句問題。由於吳語在清代還沒有
形成標準化的書寫形式,而不少清代的吳語詞語在現代生活中已經
失傳,因此斷句對整理排印本是很關鍵的一步。筆者的母語是溫州
話,溫州話雖然算是吳語中的一種"方言",但與蘇州話有較大差異,
因此也只能勉强讀懂其中的一部分。我曾經請教過不少以蘇州話爲
母語的專家學者和學生,他們的幫助讓我獲益匪淺,但他們對其中不
少句子和詞語也都一籌莫展。我深感幸運的是,2019 年明清吳語專

家、《明清吳語詞典》主編石汝傑教授（日本熊本學園大學）來港大訪
學，石先生也對《三才福》產生了濃厚的興趣，並立即將它作爲語料着
手研究。石先生的語言學論文解決了這個劇本中很多關鍵性的詞語
問題，解開了不少我在斷句上的疑惑並糾正了錯誤，①最後他也欣然
同意校訂此書，石先生的合作使本書對方言的注解和翻譯成爲可能，
使《三才福》得以成爲一個完全可以閱讀的劇本。

　　雖然這只是一本小書，但各個有關機構和師友們熱情無私的幫
助對促成此書極其重要，每每想起，感銘不已。在這裏我首先要感謝
香港特區政府的大學資助委員會對我的研究項目所給予的支持和慷
慨資助，其"優配研究金"（GRF）使我得以遠赴俄國的幾個大圖書館
瀏覽調閱館藏的珍稀漢籍；感謝香港大學文學院的徐朗星研究基金
和查良鏞研究基金，使我得以購置《三才福》原抄本的電子版和其他
有關的研究材料，並慷慨地爲我提供出版資助。我也非常感謝莫斯
科國家圖書館同意本書使用其版權，感謝其手稿閱覽室工作人員熱
情盡責的幫助，感謝其國際部工作人員在其後几年裏不厭其煩地回
答我的問訊，耐心地解釋和重拍部分照片。一個圖書館能夠如此熱
情無私地爲遠在國外不懂俄語的讀者提供服務，讓我每每收到他們
的電郵，都有一種感動。在我的《三才福》研究中，我曾經獲得許多師
友的指導、幫助和支持，石汝傑先生負責了本書大部分吳語對白的標
點、翻譯和校訂，我們在合作過程中經常反復切磋琢磨，石先生在明
清吳語語言學上的精深造詣，讓我獲益良多，也加深了我對清代吳語
文學的理解。同時，我也非常感謝南開大學的陶慕寧教授、李劍國教
授，北京大學的潘建國教授，香港大學的陳亮亮博士、史皓元（Richard
Simmons）教授，中山大學的黃仕忠教授，在各個不同的階段，我都向
他們請教過一些有關問題，聞道解惑，受益匪淺。此外，我曾在

---

①　石汝傑《明清時代的吳語人稱代詞"大家"》，《熊本学園大学·文学·言語学論
集》第 26 卷第 2 号（2019 年 12 月），頁 63—73；石汝傑《清代傳奇〈三才福〉中的代詞》，《熊
本学園大学·文学·言語学論集》第 28 卷第 1 号（2021 年 6 月），頁 51—72。

2018 年 Chinoperl 年會上陳述自己關於《三才福》的研究，其後整理成文，在 *Chinoperl* 學刊上發表。①在這過程中，承 Catherine Swatek 教授（The University of British Columbia）、Margaret Wan 教授（The University of Utah）和哈佛大學的 Wilt Idema 教授，以及學刊的兩位匿名評審提出甚具建設性的回饋和建議，讓我得以更深入地思考有關問題，不勝感銘。當然，我還要向我的研究助理何寶娟小姐特別致謝，她嚴格按照原抄本打印出一份可以編輯的文件，並在各個階段爲我提供數字化方面的幫助。此外我的學生顧玥小姐和高心悦小姐也都提供過一些方言方面的幫助。我也衷心地感謝上海教育出版社，出版社的熱心和支持促成了本書的出版。最後，我還要特別地感謝我的先生史麻稞，我們一起去了莫斯科，都不懂俄語，但他臨時抱佛脚學了一點，此後他隨時携帶着他的電子俄語字典，我們憑字典一路順利地找到圖書館，跟圖書館員們解釋我們的目的，學會使用俄語的藏書目録，甚至在莫斯科學會坐公交車和地鐵，在餐廳找到好吃的紅菜湯、黑麵包和格瓦斯，當然更不用提我的所有研究裏，都兼容着一些他的意見，這次也不例外。平時我喜歡嘲笑他是個書呆子，但與書呆子一起去莫斯科看書，卻是一次十分美好的經歷。

這本小書中一定還存在很多舛誤和疏略，筆者衷心地期待專家和讀者的批評，以待將來改正。而如果它可以引起人們對清代吳語戲曲的一點興趣，筆者就非常滿足了。

吳存存

2022 年 10 月於香港沙灣

---

① Wu Cuncun, "Suzhou Dialect, Social Status, and Gender in *Sancaifu*, a Rediscovered Mid-Qing Chuanqi Play", *Chinoperl: Journal of Chinese Oral & Performing Literature*, 39:1(2020), pp.7—30.

《三才福》上卷

三才福上卷

月瑞　十二雲童舞護大淨上

［粉蝶兒］卧漢殿仙曹斗牛宮星槎曾到奉靈符謫守

雲霄掌銀河窺漢渚秋波浩渺［白］俺博望侯張騫是

也只因乘槎海上誤犯斗牛奉玉帝勑着俺在銀

河司渡今當丹桂香飄冰輪秋滿凡瑤池玉女閬苑

仙姬俱到廣寒宮遊賞誠恐碧漢生波銀河起浪有

阻行期衆星童速駕星橋等候唱［簇擁星橋端凌波］

月　瑞

十二雲童舞，護大淨上。

【粉蝶兒】【中吕】漢殿仙曹，斗牛宮星槎曾到；奉靈
符謫守雲霄。掌銀河，窺漢渚，秋波浩渺。

（白）俺博望侯張騫是也。只因乘槎海上誤犯斗牛，奉玉帝敕旨，
着俺在銀河司渡。今當丹桂香飄，冰輪秋滿，凡瑤池玉女、閬苑
仙姬，俱到廣寒宮遊賞。誠恐碧漢生波，銀河起浪，有阻行期。
眾星童，速駕星橋等候。（唱）

簇擁星橋，踹淩波雲程前導。

（下）（旦董雙成、貼段安香、小旦秦弄玉、占吳彩鸞同上）

【泣顏回】齊步下仙皋，離卻方壺圓嶠①。雲裳玉佩，
爭看一隊藍翹②。

（白）今當中秋令節，同到廣寒宮遊賞。你看星橋已駕③，只索早
渡銀河而去。（唱）

秋光恁姣，看蘋花，浪靜明河皎。御罡風④翠帶香飛，踏紅
雲襪羅塵掃。

（下）（大淨白）眾星童，收起星橋者。（雲護上）（唱）

【石榴花】俺只見他擁冰蟾偷住在碧雲霄，休則悔竊
藥、歎無聊。喜的是青天碧海共秋宵。看林間兔擣，花外

---

① 方壺、圓嶠：皆爲傳説中的仙境名。
② 藍翹：喜鵲。
③ 駕：疑當作"架"。上文"眾星童，速駕星橋等候"中的"駕"字亦當作"架"。
④ 罡風：道教所謂天上最高層的强風。

香飄。

（舞下）（正旦嫦娥、作旦寒簧上，接唱）

紫雲氣，翠生生，迴風舞雪；霓裳調，移宮換羽，鈞天舊套。

（白）吾乃月主結璘是也。今當中秋令節，衆仙娥應到廣寒遊賞。你看鶯舞花前，珮環聲細，敢待來也。（四旦同上）歸去豈知還向月，夢來何處更爲雲。月主在上，我等稽首。（正旦）列位仙子少禮。（四旦）我等幸造蟾宮，得瞻仙範，今夜秋色可人，不識霓裳樂部可借一觀否？（正旦）列位仙子，（唱）

再休言這詞歌，再休言這詞歌，抛塵叶譜窺新調，不枉了廣寒宮裏會嬌嬈。

（四旦白）請問月主有何新樂，慶此良辰？（正旦）我有《景星慶雲》①一曲，已命寒簧②口習，奏樂和之，以獻今夕星雲之瑞。（四旦）如此甚妙。（正旦）寒簧歌曲者。（作旦）領仙旨。

【泣顏回】風飄吹動桂林梢，滿目秋煙盡掃。鶯笙象管，當筵低奏仙璈；祥雲在霄，看明星三五當空照。暈蟾光絢爛千秋，碾金輪團圞八寶。

（八星跳舞上）

【鬭鵪鶉】顫巍巍閶闔天開，顫巍巍閶闔天開，閃爍爍銀河月皎。爛輝輝五色雲披，爛輝輝五色雲披，翠臻臻九華星照。

（作旦繞月宮介，即下。正旦）呀，（唱）

俺這裏桂殿蟾宮，周四遭好一似江花管鏡中描。

（白）五色雲中，桂花齊放。寒簧折取數枝，分贈列位仙子。（作旦）領仙旨。（正旦唱）

①　景星，指瑞星；慶雲，五色雲，指祥雲。"景星慶雲"原意謂吉祥之徵兆，這里指曲名。

②　寒簧：傳説中月宮仙女名。

趁紛紛玉蕊仙葩,趁紛紛玉蕊仙葩,贈雙雲葩繡襖。（四旦）【撲燈蛾】美甘甘天花雲外飛,艷晶晶香煙袖邊裊,闊生生芳姿含宿露,翠亭亭奇葩鬬巧。

（彩鸞）咳,

現丕丕芬芳在手,遠迢迢同心何處招?恨悠悠追思昔欵,慘凄凄對花枝挑動舊愁苗。

（正旦白）彩鸞仙子爲何對花愁嘆?（彩鸞）非爲別事,只爲我夫主文郎也,爲這桂花而起,不想①與霓裳女子花間調戲,遂致謫下塵寰。如今已是二十年了,未知他好歹若何。今日見此花枝,能不追思舊事?（弄玉）姐姐,我秦弄玉的丈夫,也是你那文簫拖累的。我想做了你家夫婦,還想別尋配偶,這樣郎君謫下一千年也只索由他罷了!虧你還要提他怎麽?（二旦）姐姐,你休要口硬心軟,還是求月主做個方便。（正旦）我已着吳剛下凡,爲兩地成就姻緣去了。他是个放誕癡仙,未免有一番遊戲也。

【下小樓】恁道輸情的霓裳侶,偷香的閬苑曹,赤緊的背了鸞盟,攜了珠鬢,下了雲霄。全仗他執斧吳剛,全仗他執斧吳剛,調雲弄雨,移花就草,纔做出兩家歡笑。

（彩鸞白）何不趁此良辰,完就他一樁公案?（正旦）此事未敢擅便,我正要把《景星慶雲》上獻天庭。衆仙子隨我同朝金闕,乘便乞恩去者。

【煞尾】廣寒宮打下姻緣稿,貶謫的仙家福分好。願普天下有根器婚姻都來演這遭。

（下）

---

①　不想:不期,没想到。

逃　席

小生巾服上，小丑書僮暗上。

【遶紅樓】【中呂】世上休誇買駿臺①，擁書城，敲斷鸞釵。筆底雲霞，鏡中珠翠，何日兩情諧？

（白）冷醉閒吟幾度春，青衫憔悴泣風塵。世皆欲殺真才子，我見猶憐是美人。文垂露②，氣凌雲，何須賣賦學長門？但須飽看文君嬌，敢笑文園③不善貧。小生文芷，字佩蘭，姑蘇茂苑④人也。家世青箱⑤，人才白璧。琉璃硯匣，吟成嬌女之篇⑥；翡翠筆床，寫出美人之賦⑦。只是筆尖頭的粉黛，儘看我排列成行；眼前的金釵，那許人偶通一个？因此悶守書幃，懶去閒遊花市。小生有好友二人：一个是會元⑧吳默，一个是孝廉⑨秦儀。那秦生具衛玠之丰姿，兼謝鯤之結習⑩；只有那吳會元雖抱奇才，頗多口

---

①　買駿臺：指燕昭王用千金購千里馬骨以求賢的故事，典出《戰國策》卷二十九"燕昭王收破燕後即位"。這裏文佩蘭表示不羨慕功名而追求浪漫愛情。

②　垂露：垂露書，原指書法造詣深，這裏文佩蘭表示自信自己有極高的文化修養。

③　文園：原指司馬相如，以其曾拜爲文園令。這裏泛指文人。

④　茂苑：又名長洲苑，在今蘇州市東北，亦常作蘇州的代稱。

⑤　青箱：語出《宋書·王準之傳》："家世相傳，並諳江左舊事，緘之青箱。"這裡指自己出身世家，受過良好的教育。

⑥　嬌女之篇：左思《嬌女詩》。

⑦　美人之賦：司馬相如《美人賦》。這兩句表示文氏認爲自己的文才可比擬古代才士。

⑧　會元：由禮部主持的舉人會試的第一名。

⑨　孝廉：舉人的別稱。

⑩　衛玠：晉代一風神秀異的男子；謝鯤：與衛玠同時代的一不拘小節、灑脱不羈的名士。這裏指秦生風流灑脱。

業①，是个遊戲的班頭，尖酸的領袖。春間曾把自己一婢名喚春英贈我爲妾，雖則姿容秀麗，卻是性格矜嚴，日逐勸我讀書，拘束得人好不自在。今當中秋佳節，庭前丹桂盛開，特邀二兄同叙。吓，春娘！（作旦內）怎麼？（小生）煖酒等候。（內）曉得。（小生）書僮，有客到時，疾忙通報。（小丑）是哉。

（外上）請吓，出門無至友，（又生上）動即到君家。（外）下官壬辰會元②吳因之。（又生）小生辛卯解元秦仲羽。（外）請了！今日文兄招飲，一同前去。（又生）請吓。（外）這裏是了。（小丑）吳老爺、秦相公來哉！相公有請！（小生上）怎麼説？（小丑）吳老爺、秦相公到哉！（小生）吓，二兄！（外、又生）文兄！（又生）今乃中秋佳節，虎邱燈船極盛，我輩作此冷淡生涯，未免秋花笑人。（外）載妓隨波，雖是青蓮樂事，只怕醋娘子的閨政利害哩。（小生）阿唷唷，足感盛情。（外）我此時渴吻難熬，快些移席花間，分曹暢飲。（小生）書僮，取酒過來。

【四季盆花燈】【羽調集曲】秋色廣庭開，（合）看花兒綻、枝兒翠、自鷲嶺③移栽。銜杯，西風吹送香氣來，斜陽影裏金粟堆。恰便倒瑤尊，沉醉了宮槐。巴得个亂紛紛，向蘭堦點碧苔，玳筵前黃金誰賣？

> （外白）吾想古來菊花比諸隱士，桃花譬諸美人。惟有桂林一枝，是吾輩讀書人的本色。（小生）因之兄，（唱）

再休提蟾宮折桂才，願嫦娥雲依添彩。

> （外）仲羽，聽他的吐談，分明是个癡漢！（又生）小弟亦有此病。
>
> （外）你的癡情原不足怪，只怪這文佩老做了我吳府上的野貓，還要想天鵝肉喫。哈哈哈！（小生）咳咳，豈有此理？該罰一大杯。
>
> （合唱）

---

① 口業：佛教語，指妄言惡語，這裏指吳會元好言語調謔。

② 會元：由禮部主持的舉人會試的第一名。

③ 鷲嶺：山峰名，傳説如來曾在此説法。故常借以指佛教聖地。

簫齋,言談共諧,問何時雙遊鳳臺?

　　(丑喬裝大腹,扮尼姑,付淨佛婆①上)(丑唱)

【花覆紅娘子】結束②下蓮臺,曳偏衫③,飄長袖,慣走長街。

　　(付淨白)師太走上來介。(丑)阿曉得我個拖身大肚拉裏噓④?

　　(付淨)大街大巷噓,留神點!(丑)啐,介没走噓⑤。(唱)

休猜,秋江送人情滿懷。風流派,恐人覷來,早喝個全身彩。

　　(付淨白)到里哉。(丑)讓我進去。(小丑)阿唷,鳳池菴裏静蓮師太來哉。(丑)吥丑相公阿拉屋裏⑥?(小丑)拉丑桂花廳上⑦。(丑)文相公!(小生)静老!(丑)吳老爺、秦相公纔拉裏⑧!(外、又生)静老!(丑)聽見説文相公先討子一位姨娘拉丑⑨,領我進去看看那哼一个標致勾介⑩?(外)静老,勸你省事些罷。(丑)爲嗜了⑪?(又生)那位姨娘專會吃寡醋的。你若進去,只道文相公與尼僧來往,可不要連累他受氣哩?(小生)什麽説話⑫?(丑)介没弗要討不義氣哉! 小大叔,兩隻素盤替我送子進去⑬。(小生)又要費心。(小丑)吥嗜能忙? 中秋節盤當日

---

①　佛婆:尼姑庵中的老年女僕。
②　結束:裝束打扮整齊。
③　偏衫:僧尼的一種服裝,開脊接領,斜披在左肩上。
④　知道我正懷着孕嗎? 拖身大肚:懷着孕。
⑤　那麽走啊。介没:那麽,同“介嘿”。
⑥　你們相公在家裏嗎? 吥丑:你們。拉:在。
⑦　在桂花廳上。拉丑:在(這裏)。
⑧　纔:都。拉裏:在這裏。
⑨　聽説文相公已經娶了一位姨娘在家裏。子:了。
⑩　能帶我進去看看是怎樣一個漂亮人兒嗎? 那哼:怎樣。
⑪　爲什麽? 嗜:同“啥”,什麽。
⑫　説話:話。
⑬　那就不要討没趣了。小大叔,這兩盤素齋請替我送進去。

送起來哉①。（丑）忙了②。（外冷笑介，丑）吳老爺，嗄了拉朒冷笑③？（外）我笑你非爲事忙，一定是那錢侍郎的公子窩伴④了你不放吓！（丑）阿彌陀佛，囉里有介事介⑤？（外）你腹中已下菩提種，還要這般口硬。（丑）弗瞞爺們朒説，吾裏菴裏，新到一位常州个謝小姐。渠个先老爺在日，做過嗄御史勾了。因爲有勾對頭來做知府，怕里報仇了，避到蘇州來。借住拉吾菴裏。日夜要陪里説閒話，所以無工夫出來哉耶⑥。（小生）靜老，那謝小姐生得如何？（外）仲羽，你看他又來發癲了！（又生點頭冷笑介，丑）説起來真正佛也要動心勾噓！（小生）請教。（丑唱）

【馬鞍帶皂羅】 天姿國色真無賽！龐兒整，俊才行來入畫；千人愛，恁風流堪傾下蔡⑦！

（小生白）不知這位小姐可常出來閒步麼？（丑）平常日腳，大家子奶娘靜坐在房。今日是八月半，只怕要到佛堂裏來燒香个噓⑧。（小生呆想介）吓吓，二兄暫請寬坐，小弟進去看看春娘再來。（外、又生）請便。（小生）⑨打成滿腹稿，暫作脱身謀。（下）（又生）靜老，你真是不積善的，他被小夫人拘管他在家讀書，怎麼你把這些話撩亂他的春心？少不得要下十八層地獄哩。

---

① 你怎麼這麼忙？中秋節的禮盤當天纔送。吭：你。能：這樣，如此地。
② （因爲）我忙。
③ 爲什麼在那兒冷笑？
④ 窩伴：親密地、緊緊地陪伴。
⑤ 哪裏有這樣的事？囉里：或作"落里"，哪裏。
⑥ 不瞞老爺們説，我們菴裏，新到一位常州的謝小姐。她父親在世的時候，做過什麼御史喲。因爲有個對頭來做知府，怕他報仇，所以避到蘇州來。借住在我們菴裏。（我）日夜要陪她聊天，所以没有工夫出來了。吾裏：我們。渠、里：第三人稱單數，指"她"（或"他""它"）。
⑦ 傾下蔡：下蔡，原爲地名，這里指非常迷人的美人。語出《文選》，宋玉《登徒子好色賦》："嫣然一笑，惑陽城，迷下蔡。"
⑧ 平時，她和奶娘靜坐在房間裏。今天八月半，恐怕會到佛堂裏來燒香。大家：意即"與……一起"、跟、和。子：疑爲衍字，或與"搭子"同。
⑨ （小生）：原抄本無括號，當爲抄寫時疏漏。

（外）不妨。若墮輪迴，我定來超度你。謹記此言。（丑）多謝勾老爺！（小丑同付淨上）師太介①？（丑）嗜勾②？（小丑）盤裏箇物事是折倒勾哉，兩封香金拉裏，請收子③。（丑）倒來破費勾相公哉！介嘿替我謝聲罷④。（小丑）是哉。（丑）关老爺、秦相公，去哉，改日到菴裏來吃素齋。（外、又生）慢請罷。（丑）⑤真正讀書人！個個纏是有趣勾⑥。（仝付淨下）

（外、又生）書僮，你家相公呢？（小丑）弗曉得滑⑦。（外）吓，蹺蹺吓。（作旦上）可怪書生多狡猾，最難拘束是頑皮。吓，老爺！（外）春娘！（作旦）秦相公！（又生）如嫂，文兄呢？（作旦）不知他為着何事，急急忙忙開了後門竟自出去了。（又生）奇哉！天下那有請客倒是主人先逃席之理？（外）吓，是了，一定聽了靜蓮的言語，往鳳池菴看謝小姐去了。（作旦）有這等事？（外）春娘，我只為他溺情女色，拋棄詩書，所以把你贈他為妾，要你盡心拘管他讀書向上。怎麼依舊這般風狂浪子？還是你忒寬容了些。（作旦）我春英終是女流，全仗老爺指教。（又生）是吓，你是個弄奇作怪的班頭，怎麼倒叫如嫂調度起來？（外）也罷。看他如何舉動，我來授你妙計如何？（作旦）多謝老爺！（唱）

春雲菴里，東君怎追世間第一敦盤會⑧？

【尾】當筵笑倒臨風桂，等不到冷露微雲相待。

（外、又生白）文兄回來，多多致意。（作旦）怎麼說？（外、又

---

① 師太呢？

② 怎麼？

③ 盤裏的東西都收下了，這是兩封香金，請收了。

④ 倒來破費相公了，那替我謝一聲吧。

⑤ （丑）：原抄本無括號，當為抄寫時疏漏。

⑥ 個個都是有趣的。

⑦ 滑：語氣詞，相當於"呀"。

⑧ 東君：中國古代傳說中的神祇，通常認為指太陽神。見《楚辭·九歌·東君》。敦盤：玉敦和珠槃，古代天子或諸侯盟會所用的禮器，見《周禮·天官·玉府》。這裏指賓主聚會。

生)哪,(唱)

幸免了投轄留賓酒政催①。

　　（作旦）有慢。（外、又生笑下）（作旦）書僮,快到鳳池菴去請相公
回來。（小丑）咳！那是醋瓶要打翻一轉勾哉②！（下）（作旦）
咳,不想天下竟有這等不受約束的丈夫！正是,偷從綉閣窺春
色,辜負紅粧勸讀書。（下）

---

　　①　投轄:原指留客的情意。此處全句指感受不到主人留客勸酒的情誼。轄:車軸頭
上的鐵鍵。漢代陳遵好客,每宴賓客便關上大門,將賓客車轄取下,丟入井中,不讓客人離
去。典出《漢書·游俠傳》。
　　②　這下子要吃醋鬧一場的了。

鬧　艷

淨華服上。

【秋夜月】【南吕】生性頑，一副花花面。阿伯爺爺真鄉宦，打雄①喫食開心慣。趁今朝月半，到尼菴瞎串。

（白）學生錢恕士，過世勾爺爺，做過禮部侍郎。靠子個點勢頭出去嫖娼宿妓，六个敢惹我②？鳳池菴裏有个師姑叫靜蓮，大家里相與子兩年哉，落里曉得捌拉巧上倒坐子喜哉。個勾肚皮漸漸能个大得弗成嗇意思③。學生勾高墩實在爿弗慣，爲此多時弗曾去住夜④。今日是勾八月半，回頭子阿嬛，一个人也弗帶，且溜得去叙舊介⑤。正是重向禪房同一宿，夜深香燭禮如來⑥。

（暫下）（小旦帶老旦上）

【宜春引】家鄉阻，旅寓難，嘆天涯飄零翠鬟。

（白）奴家謝繡貞，常州人氏。爹爹曾爲御史，不幸與母親相繼而亡。只因仇家尋釁，與乳娘避跡來蘇。奴家有個母舅，姓鍾名焕，現任此間府學教授⑦。只因衙署坍頹，送我在這尼菴居住。

---

　①　打雄：原指動物交配，這裏是粗話，指尋歡作樂。

　②　我錢恕士，去世的老爹做過禮部侍郎。仗着這些勢頭出去嫖娼宿妓，哪個敢惹我？個點：這些。六个：哪個。

　③　鳳池菴裏有个尼姑叫靜蓮，跟她來往了兩年了，哪知道，不巧有了孕了。那個肚子慢慢地大得不像樣子了。捌拉巧：碰巧。個勾：這個。能个：如此地。

　④　我爬不慣那個高土堆，因此好久沒有去過夜了。（高土堆，比喻孕婦的肚子。）爿：爬，本字爲"趷"。

　⑤　今天是個八月十五，告別了老媽，一个人也不帶，且溜去（跟她）叙舊吧。回頭：告別。阿嬛：媽媽，母親。

　⑥　雙關語，以香燭拜佛喻指與尼姑交媾。

　⑦　府學教授：清代官名，掌管官學。據《清史稿·職官志》："儒學：府教授，正七品"。

　　今日中秋佳節,特備香花燈燭,佛前瞻拜一番。(老旦)小姐,這
　　裏已是佛堂,待老婢點起香燭來。(小旦)佛阿佛,(唱)

你慈悲照我,提攜休認閒裙茜。願仇家早化冰山,放荊釵
遄歸鄉縣。

　　(小生急上)

疾忙的拋離酒筵,咦,驀見佳人,嫣然拜倒蒲團。

　　(老旦白)你是什麼樣人? 小姐在此,擅自闖進佛堂中來。(小
　　生)你家小姐在此則甚? (老旦)在這裏拜佛。(小生)小生也是
　　拜佛的嚛。(老旦)誰要你拜? (小生)這裏是十方所在,你小姐
　　拜得,難道我便拜不得麼? (老旦)如此嚛請拜。(小生)自然要
　　拜吓。阿呀,小姐吓。(老旦)啐! (小生唱)

我拜的蓮花座,把狂士憐,點心香同伊並肩。

　　(小旦白)乳娘進去罷。(唱)

避風魔,迴步捫禪關。

　　(淨上,白)那說個冤家,竟弗拉菴裏①。(唱)

心煩繞迴廊,且須消遣。阿唷,遇天仙,儘教方便。

　　(小旦仍退介,淨白)倒蹜②子進去哉。(小生喜介)小姐吓,(唱)

僥倖煞,重停翠鸞,難道是好相逢的拋人偏遠?

　　(淨咳嗽介)(小生白)不好了,有人來了。且在佛桌下暫躲片時。
　　(淨)讓我也到佛堂裏來踱踱介。小姐,唱喏哉! (老旦)你是何
　　人? 這般大胆! (淨)學生纏弗認得個來,真正冒失鬼哉!

　　【潑帽入金甌】我是个攀花浪子偷香漢,遇佳人到處求歡。

　　(白)學生錢恕士,年紀嚛一把,還弗曾有家主婆勾來③。(唱)

願今朝暗訂齊眉案。

---

　　①　怎麼那個冤家,竟不在菴裏。
　　②　倒縮了進去了。
　　③　我叫錢恕士,年紀一把,還沒有老婆呢。家主婆:妻子。

（老旦白）閃開！（淨唱）

狹路裏怎生放寬？我只得襄王莽撞闖巫山，管甚謊桃源！

（渾介）（小生桌下出介）哎！（淨）先有一个偏陪我拉裏！（小生）你這人好不達理！人家内眷在此燒香拜佛，擅自進來調戲，是何道理？（淨）吓，據吚貴席説話，吾是進來差勾哉①？（小生）怕不是？（淨）老兄呢？（小生）我麽？（淨）説！（小生）這……（淨）請教！（小生）此間這位小姐，與小生有些瓜葛，所以是來得的吓。（淨）老親娘，阿有介事嚄？（老旦）吓？（小生照會介，老旦）吚。（小生）如何？（淨）既然有點瓜葛，嗜了弗擺拉桌面上，伴拉檯子底下介②？（小生）咳，豈有此理！（丑上）聽見説錢公子來歇來，走子囉裏去哉介？吓！原來伴拉裏記裏③。（淨）臭賊，我候子吚半日哉④！（小生）吓，静老。（丑）阿呀呀，文相公！吚屋裏有酒席拉乢，走到小菴裏來做嗜⑤！（老旦）師父。（丑）吓，原來賊梗勾緣故。爺們乢走過一邊，老親娘送子小姐進去⑥。（老旦）曉得。（小旦）休教癡蝶迷花徑，（老旦）爲避狂蜂轉藥欄。（下）（小生）静老，你是佛門子弟，爲小生早發慈悲完成善果。（淨）里是我勾心腹，倒替吚做媒人，弗要魘弗醒！貴位小姐，穩穩能學生要到手勾哉⑦。（丑）弗要爭，現鐘弗撞倒去煉銅！我綳兩粒雞荳，削好一塊嫩藕拉乢，大家吚裏向去坐坐罷⑧。（淨）看吚个肚皮，已經踏月快哉⑨。（丑）來嘘，文相公。

----

① 據你那一席話，我是進來錯了？貴席：如此一席（話）。
② 既然有點瓜葛，怎麽不擺在桌面上，倒躲在桌子底下呢？伴：躲藏。
③ 聽説錢公子來過了，走到哪裏去了呢？吓！原來躲在這裏。記裏：這裏。
④ 臭賊，我蹲守你半天了！
⑤ 你家裏有酒席在，跑到小菴裏來幹什麽？
⑥ 哦，原來這樣的緣故。老爺們走過一邊，大娘送小姐進去。賊梗：這樣，如此。
⑦ 她是我的心腹，倒爲你做媒人，不要做夢！那位小姐，穩穩地是我要弄到手的。
⑧ 不要鬧，放着現成的鐘不撞，倒想去煉銅（去鑄鐘）。我煮了幾粒雞荳米，削一塊嫩藕，跟你去裏面坐坐罷。雞荳：亦稱"雞頭米"，芡實，煮成羹作爲甜品，是著名的姑蘇小食。大家吚：與你。裏向：裏邊。
⑨ 看你的肚皮，已經快足月了。

（小生）请便。（净）贵个魔倒人，呒倒也认得勾了①。（丑）认是认得勾，实惠一无交关勾嚄②。（浑下）（小生）咳，指望一天好事，却被这蠢才打涽一场，好没来由也！（唱）

【浣沙莲】並蒂蓮，鴛鴦券，料相逢早逗情關。誰知犬吠劉郎伴，不見鸞乘碧玉還，心自轉。

（小丑暗上，白）弗知我裏勾相公阿拉裏菴裏向，倒拉裏搗鬼③。（小生連念）吓，我如今去尋因之兄商議，必有計較。（小丑）相公，大家我書僮商量子罷④。（小生）狗才，你到此怎麼？（小丑）特地來尋呒吓。（小生）吳老爺呢？（小丑）大家秦相公歸去子半日哉⑤。（小生）如此隨我到吳老爺府上去。（小丑）勸呒差弗多子點罷⑥。（小生）爲何？（小丑）姨娘聽見説呒到子鳳池菴裏來，氣得鼻青嘴腫，立刻叫我尋呒得居去，若是晏子點，連我纏要打得來⑦。（小生）什麼大驚小怪！也罷，且回去。明日再處。吓，因之兄吓。（唱）

全仗伊惠心人，爲良朋，宛轉解連環。

（小丑隨下。浑白笑下）

---

①　那个狂徒，你倒也认识的。魔倒人：狂徒，傻子，不识好歹的人。
②　认是认识的，实在一点没关系的呀。交关：关系，联系。
③　不知我家的相公在不在菴里，倒在这里搗鬼。
④　相公，还是和书童我商量吧。
⑤　他和秦相公回去半天了。
⑥　劝你马虎一点罢。
⑦　姨娘听说你到了凤池菴里来，鼻子也气歪了，立刻叫我找你回家去，若是晚了一点，连我都要打了。姨娘：对妾的尊称，这里指春娘。居去：转去，回去。

踏 竿

又生上。

【懶畫眉】【南呂】尋雲覓雨太無聊，何處秦樓有玉簫？且扶殘夢度紅橋。

（白）小生秦仲羽，悶坐書齋，正無聊賴，那府學鍾老持帖前來，請我相會，只得到泮宮①走遭。（唱）

西風步屧宮牆導，問閒曹，盤中苜蓿，何事屈賢豪？

（下）（生窮儒上）

【遶地遊】青衫一領，竟把英雄困。盼龍門，幾時心冷？

（白）老夫梁學灝，字守愚，蘇州人氏。十三歲進學，二十歲超增補廩②。如今六十三歲，准准的做了五十年的秀才。幾徧③要結衣巾，只爲名心未死，因此仍然戀棧。荆妻早逝，止生一女，小字夢仙。因我上無片瓦，下無立錐，只得同他暫住在學宮齋房裏面。今日瓶中有粟，灶下無柴，不免喚他出來，在學宮左右打些殘枝敗葉，胡亂爨些虀飯④則個。女兒那裏？（貼貧粧白上）來了。敢將十指誇纖巧，不把雙眉鬭畫長。爹爹有何吩咐？（生）我兒，今日灶下無柴，要你悄地在學宮左右打些殘枝敗葉回來。（貼）是。（生）安排爨飯，速去速來。（貼）曉得。（生嘆

---

① 泮宮：學宮，學校。

② 超增補廩：舊時生員有定額，定額之外録取的爲增廣生員。而其中文章好的，由政府供給膳食，補入廩生名額，謂之"超增補廩"。

③ 徧："遍"的異體字。

④ 虀飯：指簡陋的飯食。虀：醃菜。

下)（貼）待我攜着筐兒前去。

【鶯滿園林二月花】【商調】紅顏命薄淚零,侍奉椿庭①。奈年來,兩鬢星星,終朝范釜塵生②。我采薪偷露粧臺影,怕難提繡閣芳型。把湘竿自擎,險做羅敷把柄。

（又生白）老師請留步。（內丑白）秦兄慢請罷。（又生接唱上）槐陰畔,聽警露蟬鳴③。猛見个花環秀領,恍疑向苧蘿④行。

（白）待我嚇他一嚇。噲,這是學宮的官樹,休要損折壞了。

（貼）呀,（唱）

心驚,含羞一瞬柔荑穩。我欲待趨前,又蓮步褪。

（又生唱）

看紅面滿頰,教人越樣留情。

（生暗上）怎麼這時候女兒還不見來？（貼接唱）

這嫌疑好費安排,急向柴門奔。

（急下）（又生白）怎麼竟自去了？姐姐轉來,拏了竿兒去,竿兒去,咳。（唱）

真無興！一片藍橋⑤,難覓雲英。

（生嘆）噲,秦兄。（又生）吓,阿呀,原來是梁老前輩。（生）你是讀書君子,怎麼這樣輕狂？不可吓不可！（又生）噯,你真是个老頭巾氣！方繞那位姐姐,怎樣姿容,這般情態,教我怎不輕狂吓？我還要趕上前去追尋他蹤跡。失陪了。（生）住了！你還要趕去

---

① 椿庭:古時對父親的敬稱。

② 范釜塵生:指窮困的生活。典出《後漢書·獨行傳·范冉》。

③ 警露:秋天白露時節的鶴鳴,語出《風土記》。警露蟬鳴,指秋聲。

④ 苧蘿:原爲山名,在浙江諸暨,相傳西施爲苧蘿山鬻薪者之女,後用作西施代稱,或泛稱美女。

⑤ 藍橋:相傳唐代裴航落第,在藍橋驛遇仙女雲英,後兩人結爲仙侶。典出《太平廣記》卷五“裴航”。後多以此故事指理想的伴侶或婚姻。

怎麼？（又生）哪、哪、哪，交還他這枝竹竿。（生）豈有此理！你可曉得誰家的女子？（又生）正要請教。你在這齋房居住，一定曉得。（生）這麼①？（又生）吓？（生）就是老夫的小女。（又生）阿呀，阿呀，原來就是令愛，得罪了！（唱）

【林間三巧②】 恁輕狂態，休見憎，把長竿返繡屏。

（生白）下次不可，尊重些！（又生）領教。咳，老前輩責備着我，我也要責備老前輩。（生）吓，吓，怎麼倒責備老夫？（又生）令愛這般年紀，還放他拋頭露面，是何家教？（生）這也是為貧所累。（又生）你既知為貧所累，何不早遣于歸③？（唱）

苧羅屋沒處藏嬌，玉鏡臺偏遲納聘。

（生白）不瞞秦兄說，我幾次託吳會元為我擇一佳婿，至今尚無回報。（唱）

他龍門聲價文章柄，騷壇未報乘龍信。

（又生白）那吳會元是我好友，會面時當代為致意。奉別了。

（生）蝸居塵榻，不敢攀留。（又生）豈敢！（合唱）

偶然邂逅蒼苔徑，不覺話綿藤。

（生先下）（又生）不意明珠出自老蚌！他說已託過因之，我如今即相懇他完我這椿好事便了。正是莫道風流無宋玉，肯教容易見文君？（下）

---

① 這麼：這裏意為"怎麼"。

② 林間三巧：原稿無標出曲牌號，疑誤。"林間三巧"當作"林間三巧音"，曲牌名，亦作"林間三鳥音"。

③ 于歸：出嫁。語出《詩經·周南·桃夭》。

得嗇叫駝漢我到任勾時節原懂過歇四輪勾後來
嗄省點罷用兩个人扛扛那間年紀一把又星省事
戒上轅門拜客即用一个人駝出駝進個呌子量入
爲出我做教官勾經濟只是一出我斬紅子三十年
戒內裏無得一个帮手也做弗起嗇人家止有一个
外甥女前月到蘇州來避避我一千子身體那留拉
衙門裏住因此送里拉鳳池巷居住也勾便接里得
來伏侍因此進退兩難倒想一个歪念頭拉裏等值

路勾人來大家渠量行上白我叫孫祥官帮開歇
錢店只因折子本拉裏學裏串老爺嗇了一副弗去
銀水勾面孔拉丢尔丑想心事了得學臺即日到快
戒想口元寶湯喫喫嗄好滑尔那哼想法介往伍
弗婆和子勾算盤珠一个剪邊私鑄也想弗着勾慮
快點箏個星優生芳生開明白拉賬上咶尔丑弗騰
吙說要報優生勾是纔來打幹勾哉故芳生我也
想着一个人拉裏付介嗄老爺說出來讓門半估估

十九

計　逼

小丑扮駝子樣上。

【引】潦倒龍鍾①，還戀着朝廷清俸。

（白）老夫姓鍾，名煥原，是常州籍貫。進士中得忒遲，知縣直頭難串②！因此連忙改教，思量喫一碗安逸茶飯，選着子蘇州府學③。落里曉得真正弗成局面。秀才請煞弗到，門斗常時弗見。贊儀呢，不拉值路勾喫子去；學租呢，齋房裏向分子大半④。開葦直等祭丁⑤，拜客嘿去傳駝漢。吭虱阿曉得嗟叫駝漢⑥？我到任勾時節，原攙過歇四轎勾。後來嘿省點罷，用兩个人扛扛。那間年紀一把，又星省事哉⑦。上轅門拜客，即用一个人駝出駝進。個叫子量入爲出⑧。我做教官勾經濟只是一出。我斷絃子三十年哉，內裏無得一个幫手，也做弗起嗟人家。止有一个外甥女，前月到蘇州來避避。我一干子身體，那留拉衙門裏住？因此送里拉鳳池菴居住⑨。也勿便接里得來伏侍，因此進退兩難，倒

---

① 龍鍾：年老，老態。

② 直頭：實在，絕對。串：鬼混，這裏指知縣的位置極其難以混到。案：清代的進士要獲得授任知縣的機會往往要等很長時間，而選任地方教職則相對容易。

③ 府學：府級地方教育機構，這裏指主管府級地方教育事務的官職。

④ 哪裏知道真正不成局面。秀才怎麼請都請不到，役吏也經常不見。贊儀呢，讓手下的吃了去；學租呢，齋房裏分掉了大半。不拉：給，讓。值路勾：手下的役吏，即下文的門斗。

⑤ 祭丁：即丁祭，舊時每年仲春及仲秋上旬丁日府學都要祭祀孔子。丁祭完畢，參與的人員可以分享祭祀用的胙肉。

⑥ 你們可知道什麼叫駝漢？

⑦ 我到任的時候，曾經使用過四擡大轎的。後來呢就節省一點罷，用兩个人扛扛。現在年紀一把，又更省事了。那間：現在，當下。星：些。

⑧ 上轅門拜客，只用一个人揹出揹進。這個叫作量入爲出。

⑨ 我一個單身漢，怎能留她在衙門裏住？因此送她在鳳池菴居住。

想一個歪念頭拉裏，等值路勾人來，大家渠商量。（付上白）我叫
孫祥官，幫開歇錢店①。只因折子本，拉裏學裏串。老爺，嗜了
一副弗去銀水勾面孔拉觚②？（小丑）想心事了。（付）學臺即日
到快哉！想口元湯喫喫嚜好滑③。（小丑）那哼想法介④？
（付）唔弗婆和子勾算盤珠，一個剪邊私鑄也想弗着勾嘘⑤。快
點挐個星優生、劣生開明白拉賬上咭⑥！（小丑）弗瞞唔說，要報
優生勾是纏來打幹勾哉。故故劣生，我也想着一個人拉裏⑦。
（付）介嚜老爺說出來，讓門斗估估看，嗜成色拉哈⑧。（小丑）就
是住拉齋房裏勾梁其姓者⑨。（付）老爺弗是串頭繩下降，直腳
是大光貝哉⑩！劣生要發跡人報嚜，好嚇渠個細絲白練得出
來⑪。故故梁老老，窮得來滿面勾油況⑫，且亦是倒板板六十四
勾，故樣精寡銅是弗上串勾，報里做奢⑬？（小丑）弗是吓⑭。

---

①　做過錢店的夥計。錢店:清代專營兌換業務的錢莊。

②　只因折了本，在府學裏混。老爺，爲什麼做出一副那麼難看的面孔？

③　學臺馬上要到了！想有一口元湯來吃幾好。學臺:亦稱"學政"，清代掌管教育行
政及各省學校生員考課升降事務的官員。元湯:原意不詳，這裏指獲得好處。

④　怎麼想呢？

⑤　你不把算珠弄整齊，一個破錢也弄不到手的呢。剪邊私鑄:剪了一邊的私鑄的
錢，原指沒有價值的錢，這裏表示蔑視。

⑥　快點把那些優生、劣生在賬上開列明白呀！

⑦　不瞞你說，要報優生的是都來走了門路了。那個劣生，我也想到一個人呢。打
幹:指鑽營、說情等活動。故故:那個。

⑧　那麼老爺說出來，讓我估估看，是怎樣的成色。

⑨　就是住在學宮齋房裏那個姓梁的。

⑩　老爺這不是串頭繩往下(弄丟錢)，簡直是敗家了！串頭繩:舊時串銅錢的繩子。
直腳:簡直。

⑪　劣生要報有錢人，能把他的真金白銀嚇唬出來。

⑫　那個梁老頭兒，窮得滿面油膩。老老:老頭兒。況:疑當作"泥"。

⑬　而且(他)又十分古板，那樣的破錢是串不起來的，報他幹什麼？板板六十四:一
板一眼，非常死板。

⑭　不是啊。

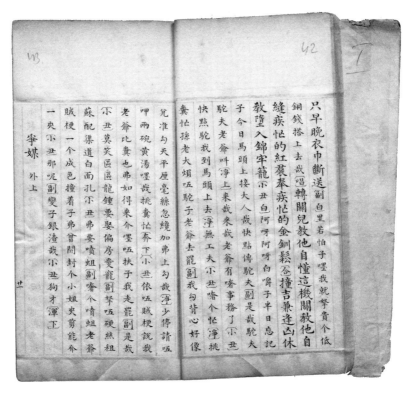

（副）介嘿我倒纏子鈕拉裏哉①。（小丑）實爲想里勾圖兒了②。（副）吓，老爺勾租蘇銀絲能介，滿面纏起子蜂巢勾哉，只好算八成賬③。（小丑）實在內裏要勾小奶奶照應照應，亦無閒銅錢去討。因此藉故故報劣，嚇里得來孥勾圖兒白送拉我做小④。

———————

① 副：原抄本在此之前將這個脚色寫作"付"，此後則寫作"副"。此句意爲那我倒是搞錯了。纏子鈕：搞錯了秤紐繩，指誤解。

② 實在是因爲看上了他的女兒。

③ 啊，老爺的鬍子像銀絲那樣，滿面孔都起了皺了，只好大打折扣了。租蘇：鬍子。能介：如同……的樣子。

④ 實在內裏要個小奶奶照應照應，又沒有閒錢去娶。因此借那個報劣，嚇唬他，讓他把個女兒白送給我做妾。

（副）打得好凶算盤！即是要報里勾劣，也要那勾楓橋價打聽打聽咭①。（小丑）弗消打聽得，即據里日日拿勾學宮裏勾樹作得來打柴燒，就是大條款哉②。（副）弗差勾！查穿子里勾私鑄銅錢，弗怕弗拿勾定槽獻得出來③。（小丑）吓是我老爺勾心腹，快點替我就去說。

【博頭錢】道他不尊重，道他忒胡哄——學宮樹將來簸弄。說我今番怒氣沖，説我文書立刻封，只早晚，衣巾斷送！

（副白）里若怕子嗹，我就拏貴个低銅錢搭上去哉④。（唱）

轉關兒，教他自懂。這機關，教他自縫。疾忙的紅裙奉，疾忙的金釧鬆。（合）撞吉兼逢凶，休教墮入錦牢籠。

（小丑白）阿呀，阿呀，白嚼子半日，忘記子今日馬頭上接大人哉⑤。快點，傳駝夫。（副）是哉。駝夫，駝夫，老爺叫！（淨上）來哉，來哉，老爺有嗄事務了？（小丑）快點駝我到馬頭上去。（淨）無工夫。（小丑）嗄个忙？（淨）挑糞忙。孫老大，煩吓駝子老爺去罷⑥。（副）我勾背心好像兌准勾天平，厘毫絲忽纏加弗上勾哉⑦！（淨）少停請吓呷兩碗黃湯嗹哉⑧。挑糞忙。（奔

---

①　打得好凶算盤！只是要報他的劣，也要把那個楓橋價打聽打聽呢。楓橋價：清朝蘇州最大的米市在楓橋，因此楓橋米價就成爲交易市場價的重要參照系。蘇州俗語有"探聽楓橋價，買米不上當"之說。此處借指應該去考慮一下可能性。那勾：當作"拿勾"。

②　不用打聽，只根據他天天把學宮裏的樹砍來當柴燒，就是大罪名了。作：砍，本字爲"斫"。

③　没錯！查到他私鑄的銅錢，不怕不拿那定槽獻出來。定槽：鑄錢的模具。

④　他如果怕了呢，我就把那個詭錢搭上去了。（指把詭計拿出來。）

⑤　胡扯了半天，忘記了今天（要去）碼頭上接大人了。

⑥　孫老大，麻煩你揹著老爺去吧。

⑦　我的背好像兌準的天平，厘毫絲忽都再加不上了（比喻自己能負擔的重量僅此而已，一點都不能增加了）。

⑧　等會兒請你喝兩碗酒就是了。黃湯：酒，俚語。

下）（小丑）依吪賊梗説，我老爺比糞也弗如得來？介嚜吪扶子我走罷①。（副）是哉。（小丑）莫笑區區龍鍾，要娶偏房愛寵！（副）拏吪硬絲租蘇，配渠道白面孔②。（小丑）弗要噴蛆③!（副）嗜个噴蛆？老爺賊梗一个成色，撞着子弗曾開封个小姐，夾剪能介一夾④，（小丑）那呢⑤?（副）變子銀渣哉⑥。（小丑）狗才！（渾下）

---

① 依你那樣説，我老爺比糞還不如了？那麼你扶着我走吧。
② 拿你硬絲鬍子，配她雪白面孔。
③ 不要胡説！噴蛆:胡説。
④ 老爺這樣一个成色，碰上了没有開封的小姐，剪刀似的一夾。夾剪:鉸剪，剪刀。
⑤ 怎麼樣呢?
⑥ 變成銀渣了。銀渣，與"人渣"諧音。吴語"銀人"同音。

爭　媒

外上。

十載縱橫翰墨場，搜神罵鬼盡文章。要知世態原堪笑，苍狗浮雲①底事忙？下官吳默，字因之，原籍吳江，移家茂苑。春元得中，也不過是身外功名；秋色盈前，且消受眼前詩酒。好笑前日文佩蘭邀我同仲羽飲酒，未曾終席，私自往鳳池菴去了。他昨日來尋我，我只回他不在。想他今日必然再來。若再來時，我自有道理。（小生上）不怕河東吼，偷尋月下媒。吓，因之兄！（外）原來是文兄，請坐。（小生）小弟昨日踵候，吾兄明明在家，怎麼回弟不在？（外）小弟麼怕兄叨擾，私自開了後門逃避吓。（小生）休得見笑。小弟今日一來負荊，（外）阿唷唷，豈敢，豈敢！（小生）二來有一樁開天闢地第一要緊事相煩。（外）小弟從不管人閒事，吾兄何必見委。（又生上）欲教諧鳳侶，急去倩蜂媒。吓，因之兄。（外）仲羽也來了！（又生）文兄，前日多承雅意，使弟不醉而歸。（小生）又是一個刻薄的來了。請問仲羽到此何幹？（又生）有一樁美事，奉懇這位會元公幫襯。（外）哈哈！我又不曾掛包攬閒事的招牌，怎麼那邊尋着我商量，這邊央着我幫襯？我只是一視同仁，一味箝口結舌而已。（小生）因之兄不要作難。待我告訴你嘘。（又生）因之兄不要採他，還是我先告訴你。（外）他是不顧朋友逃席之人，我那个去採他？來，來，來，你來告訴我什麼事情？（又生）吓，因之兄！小弟方才去會貴同年鍾老師。（外）敢是做府學的教授麼？（又生唱）

---

①　苍狗浮雲：常寫作"蒼狗白雲"，語出杜甫《可嘆詩》，指世事變幻無常。

　　【石榴雨漁燈】我芹宮①回步瞥見俊多嬌，他擎綵袖盼林梢，浣紗溪西子精神，簸錢塘小玉豐標。

　　（外白）可知他是誰家女子？（小生）有這許多的絮聒！（又生）（唱）

他是伯鸞廡下明珠寶②，侍衰親飢寒相靠。

　　（外白）這等說來是梁學灝的女兒。（又生）正是。（外）阿呀，我只道是个尋常女子，不想竟是个絶色！（又生）因之兄，（唱）

今朝，憑伊故交，早完成秦臺鳳簫。

　　（外白）既承相托，早晚爲兄執柯③。（又生）多謝！（小生）仲羽，你如今是講完了？（又生）我講完了。（小生）如今嚜輪着我來了。因之兄，小弟前日到鳳池菴去，那謝小姐正在那裏拜佛。（外作不睬④，自語介）不想梁學灝竟有這樣的好女兒。（小生）吓，因之兄，我在這裏告訴你嚄。（外）告訴我麼？請教。（小生）那時小弟挨身進去，真個慧眼留情，私心眷戀。咏，不想有个錢公子，也走進來打溷一場，那小姐匆匆而去。可笑那蠢才不度德量力，還想央着靜蓮奪我好事，因此急急同你計較。（外）仲羽，我明日就替你前去。（又生）有勞。（小生）啐！我在此告訴你嚄，你只管講仲羽姻事。（外）不是吓，仲羽的姻事容易成就，兄的話，聽也罷，不聽也罷。（小生）爲何？（外）仲羽單隻一身，並無掛碍。你有春英在家，况且喫醋撚酸，何等利害！我若替你爲媒，不但閨房反目，連我也要抱怨起來。倒不如把這頭親事讓與錢公子，倒落得大家清閒自在。仲羽可是麼？（又生）真乃金

---

　　① 芹宮：指學宮、學校。語出《詩經·魯頌·泮水》。

　　② 伯鸞：漢梁鴻的字。鴻家貧好學，不求仕進。與妻孟光以耕織爲業，夫婦相敬有禮。見《後漢書·逸民傳·梁鴻》。這裏以梁學灝與梁鴻同姓，故並提，但同時也隱示秦仲羽與梁夢仙的婚姻美滿。

　　③ 執柯：作媒。語出《詩經·豳風·伐柯》。

　　④ 睬，疑當作"採"。今一般作"睬"。

玉之言。文兄不如休了這念頭罷。（小生）噯，你當日贈我的時候，原説是个偏房，怎敢便拘束得我？

【銀燈花】聽伊言教人氣焦，這姻緣怎生頓拋？他青衣只合衾裯抱①，直恁敢將人欺藐！

（外白）你雖然這等口硬，我終是有些膽寒。須得春英當面允許，纔好替你成事。（小生）這个嘍，（外）吓，（小生）在、在我身上。（唱）

管取蘭翹，當面供招。謾相嘲，好梯櫈到藍橋。

（外白）你既然這等抱穩，待我先到梁家與仲羽玉成美事，然後差蒼頭到府討信如何？（二生）話已説明，弟輩告別。（外）且慢，書齋菊花初放，且與二兄小酌。（二生）叨擾不當。（外）仲羽放心，小弟是再不逃席的嘘。（小生）吓、吓，尖酸！（同笑下）

---

①　衾裯抱：有時亦寫作“抱衾裯”（如下齣“勒允”中的唱詞“閨中秀，怎教急難抱衾裯”），原指侍寢，後用以指女子嫁人做妾。語出《詩·召南·小星》。

勒 允

副門斗上。

有嚇騷底錢，落盡大包邊，老爺想拆封，門斗當戥盤。記里是哉，老相公阿拉屋裏噓？① （生持書上）

【引】老眼費鑽研，穩青錢萬選②。

（副白）嚇勾青錢萬選？老相公出怕即日要回鑪哉③。（生）怎麼說？（副）報子劣哉！（生大驚介）喲，我雖是個窮儒，平日硜硜自守，有何劣蹟詳報學臺？喲喲喲，這也可笑！（副）弗要戥稍能介直蹺④！老爺說，吔日日拿個學宮裏個樹，斫得來當柴燒。貴個款頭，稱稱分兩，倒也弗輕噓⑤。（生）這也是窮秀才的常事。（副）老相公，吔勾窮是倒算足色勾。個個秀才兩字，那間弗要打拉算盤浪哉噓⑥。（生）阿喲，我梁學灝只爲志氣未衰，只管戀着這頂破頭巾，今日弄出這樣事來，豈不爲士林所笑！（副）報子劣生是一個剪邊銅錢也弗值個哉⑦。（生）

【駐馬輪臺】我恨滿心頭，畢竟儒冠誤上流。書吓書，懊悔秋窗，燈火挨盡，晨雞到喪我菟裘⑧。

---

① 是這裏了，老相公在家裏嗎？
② 青錢萬選：表示對自己的文才非常自信。語出《新唐書·張薦傳》："員外郎員半千數爲公卿稱'鷟（張鷟）文辭猶青銅錢，萬選萬中'。"後因以"青錢萬選"比喻文才出眾。
③ 什麼"青錢萬選"？老相公恐怕馬上要回鑪了。
④ 不要像戥稍那樣直翹！（不要暴跳如雷。）
⑤ 老爺說，你天天把那學宮裏的樹，砍來當柴燒。這個罪名，稱稱分兩，倒也不輕呀。
⑥ 老相公，你的窮是倒算十足的。那個秀才兩字，現在不要算數了呀。浪：上。
⑦ 報了劣生是一個破錢也不值的了。
⑧ 菟裘：原爲地名，今山東省泗水縣。後用以指告老退隱的居處。語出《左傳·隱公十一年》："使營菟裘，吾將老焉"。

（副）老相公弗要發極，我倒替嘸撥歌算盤珠勻，阿要弄一個挽回之法①。（生）我家徒四壁，囊乏半文，教我怎樣挽回？（副）無得勻彈眼元絲，除非拿勾串頭得來做做虱②。（生）請教。（副）嘸虱勻小姐也是併包勻時候哉，我裏老爺亦是勾單封頭，送拉里上子兌嚌，一椿事體就劃出哉滑③。（生）呀呸！他的年紀還比我老，況且我雖是個窮儒，怎肯把女兒當人作妾？（副）是偏房，弗算小勾④。（生唱）

我門楣雖舊，祖澤尚貽留。閨中秀，怎教急難抱衾裯？

（外上白）休忘季布諾，且到伯鸞家。吓，梁兄。（生）原來是會元公，請坐。（副）吳老爺。（外）你也在此？（副）正是。（外）吓，梁兄何故面帶怒容？（生）會元公，説也好笑。小弟平日閉門勤讀，謹守臥碑⑤。不想學師竟將小弟報劣。（外）這也奇了。（生）還不爲奇，你看這位能幹事的門斗，差來説要我小女送與學師做個填房，纔挽回此事。會元公，你道可笑也不可笑？（外想介）吓、吓、吓，據小弟看來，此言倒也有理。（生）會元公，你怎麼也是這等講？（副）如何？我勾歸除原打得弗差勾耶⑥。（外）哪，大凡我輩涉世守經，也要達權。那鍾老必是覬覦令愛，所以有此一番舉動。兄若執意不允，必致詳報學臺，褫革衣巾，成何體面？況鍾年兄雖然有些年紀，到底是進士出身，也不辱抹了令愛。（生）吓，原來鍾老是貴同年，所以會元公有此一番奇論。（外）兄，

---

① 老相公不要着急，我倒替你打算過了，要不要弄一個挽回之法。
② 没有好的銀子，只好把那串頭繩來做做（文章）呀。元絲：指足色紋銀。此句謂没有錢，也可以想想其他辦法。
③ 你家的小姐也是該出嫁的時候了，我們老爺又是個單身漢，送給他做交換，這一件事就消掉了。
④ 是偏房，不算妾的。
⑤ 臥碑：明清時期刻於學宮碑石上的規訓。
⑥ 我的算盤本來打得不錯的呀。歸除：打算盤，這裏指打算、計劃。

你我俱是讀書人,不見當日齊景公女吳出涕①之事麼?

【駐雲聽】霸業雄謀,尚把嬌姿一旦休。怎昔芙蓉袖,好解眉間縐。

（白）你當日曾把令愛託過小弟,今日竟代兄作主了。來,你去對老爺説,這頭親事梁老相公已當面允許。（生）咳、咳,豈有此理!（外連念）教你老爺早晚迎娶便了。（副）是哉!那是寫子發票哉。（下）（生）會元公,你辦事怎麼這等莽撞,把我女兒活活的斷送了!（外）哈,哈,哈,你真正是个老踱頭②!弟今日特爲令愛作伐而來,難道把个如花似玉的女子,配與這腌臢老教官不成?（生）你方才明明的許過了,倘或早晚來迎娶,叫我怎生反悔?（外）到那時,待我略施小計,看他娶得成也娶不成。（唱）

顛花簸柳到秦樓,團沙捏鬼全紅袖。

（白）只是保全了令愛。弟有一好友,喚作秦仲羽,作你爲婿,萬萬不可推卻。（生）此人弟所深賞,況會元公爲媒,自當遵命。（外）如此告別了。

（唱）

保護姣柔,安排冷眼,看奇功敷奏。

（下）（生）請了。好个吳會元,真正是頑皮的領袖!阿呀,且住!倘或到迎娶的時候,他竟坐視起來,這便怎處?唔!他雖是頑皮的領袖,終是我輩中人,諒無作弄老夫之理。且進去與女兒説知,教他放心。正是卿自用卿法,（取書介）我還讀我書。（下）

---

① 女吳出涕:戰國時齊景公因迫於吳國的强大壓力而流着眼淚將女兒嫁給吳人,委曲求全。典出《孟子·離婁上》。

② 踱頭:愚笨且脾氣固執的人。

喬 妒

作旦上。

【引】慚愧小青衣，嫁得風流婿。生性忒顛狂，拘束渾無計。

（白）好笑我家相公，前日私到尼菴，偷窺謝家小姐，便去央吳老爺爲媒。老爺說須得春英當面允許，然後替你成事。悄地差人通信與我，教我千萬不要應承。這兩日見他精神恍惚，坐立不寧，又不好向我啟齒。我亦假粧不知。看他怎生提起便了。（小生上）旁人未必知心事，鸚鵡前頭不敢言。吓，春娘。（作旦）相公你不在書房中讀書，只管閒步怎麼？（小生）咳，你終日勸我讀書，那曉得我的心事來吓。（作）除了讀書，還有什麼心事？我倒不曉得了。（小生）春娘。（作）吓？（小生）咳！（作）相公，

【鳳釵花落索】【羽調集曲】你螢牕掩雪案，欺①輕把詩書拋棄？

（小生白）富貴我所自有，豈在這幾本書上吓？（作連唱）

没心情黃卷青燈，忒荒唐晨雞夜雨。

（小生）春娘，（唱）

我膏花肓月病難醫，怕溫柔葬送書城地。

（作白）你有什麼愁煩，何不實對我說？（小生連唱）

有話難提起，怎對着簫臺伴，重誇彩鳳騎？

（作白）要說便說，有這許多張智②！（小生）春娘，你原是極愛小

---

① 欺：疑當作“豈”。

② 張智：裝腔作勢，裝模作樣，亦作“張致”。

生的吓。（唱）

伴中衣王章舊侶①，肯便求鳳再鼓，輕撇茂陵姬？

　　（白）咻，多是那尼僧多嘴，説鳳池菴内有個什麼謝小姐，天姿國
　　色，把小生引逗前去。（作）你自己要去，倒推在別人身上。這也
　　可笑！（小生唱）

無端勾引天台去，有幸偷，阮肇②迷。

　　（作白）吓，你竟看上了謝小姐了。（小生）情之所鍾，也是出於無
　　奈吓。（作）阿呸！（唱）

你鴛鴦性，隨意飛，桐珪③偶卻紅顔戲，故劍輕將綉閣欺④。

　　（小生白）小生原是極守法度的，當不起那因之兄再三許我爲媒。
　　（唱）

他把住銀河舵，牛女待雙栖。

　　（作白）吓，你知我是他府上來的，便把他來挾制我麼？（唱）

真嘔氣，怪調牙弄舌，使盡虛脾⑤。

　　（小生白）春娘何須動惱，原説替我爲媒，還要你當面允許。（唱）

休猜做傳命。冰人風月掌，還要你專閫夫人花字題⑥。勸
你把中宫權讓，勸伊把鸞書暫依，成就我鴛帷姻契，成就
我藍橋會期。

　　（作）我雖是烏鴉不稱鸞凰意，怎教伊換柳欺花，抹卻舊
　　恩義。

────────────

　　① 王章舊侶：指患難夫妻，語出《漢書·王章傳》。
　　② 阮肇：典出劉義慶《幽明録》，言漢明帝時，阮肇與劉晨入天台山採藥，遇兩仙
　　女，被邀家中，並招爲婿。後常被借指情郎。
　　③ 桐珪：原指帝王封拜的符信，這裏指文佩蘭意圖再置妻妾。
　　④ 故劍：結髮夫妻。語出《漢書·外戚傳》。綉閣：女人，這裏春娘自指。
　　⑤ 虛脾：虛情假意，説假話。
　　⑥ 專閫：當作“尊閫”，對妻子的尊稱。春娘只是侍妾，文佩蘭這樣説是企圖討好她
　　以成全自己與謝小姐的姻緣。

（小生白）春娘，不是這等講，只因小生在因之兄面前講了許多大話，因此求你包容，當面應承了此事罷。（作）要我應承一些也不難，只要你憤志詩書，早圖上進。那時我情願退居副室，當面求那吳老爺替你爲媒，娶那謝小姐爲配如何？（小生）噯，現在那錢侍郎兒子要謀奪我的這頭親事，你怎生說這樣的遠話？（作）只怕此時還早。（唱）

休急性，須見幾成婚，還待錦衣歸。怎教他鶯期偏把龍門礙，燕約輕將鳳翼羈。

（末上白）明知花影隔，反去問桃園。文相公！（小生）吓，你是吳老爺那裏的蒼頭①，到此何幹？（末）老爺本欲造府，只因替秦仲羽相公爲媒，未得脫身。教老奴先來請問，相公可曾與姨娘議妥麼？（小生）吓、吓、吓，還未。（作）老人家！（末）姨娘！（作）你去上覆老爺，這頭親事若要我作主，斷斷不能從命。（末）相公，聽姨娘的口聲，這件事有些欠妥吓。（小生）你回去休要這等講。只說在那裏相勸，少不得還有挽回。（末）老奴一生直性，只是依命直講。（小生）咳、咳、咳，到底從容些的好。（末）只怕從容也是這樣，不從容也是這樣。老奴去了。好將閨閣命，回報主人知。（下）（小生）咳，豈有此理！（作）吓，相公，什麼豈有此理？（小生）我且問你，當日嫁到此間，是那个作主？（作）是吳老爺。（小生）是什麼名分？（作）這个我那裏知道。（小生）噯，

【二犯皂角兒】怪紅粧無端弄奇，沒來由蘋繁高記。禁溫郎臺前娶妻，悔當初桃根輕覷②。

（作白）我是个青衣寒賤，去留由你，何必這等懊悔吓。（唱）我是个舊康成泥中婢③，忒寒微，無依倚，憑伊棄取。

---

①　蒼頭：僕役。
②　桃根：指春英的侍妾身份。典出王獻之寫給愛姬桃葉的《桃葉歌三首》其二，即："桃葉復桃葉，桃葉連桃根。相憐兩樂事，獨使我殷勤。"
③　泥中婢：用鄭玄家婢典故，語出《世說新語·文學》。

（小生白）阿呀，春娘，莫怪小生得罪，還求你成全了罷。（作）啐！
（唱）

有甚麼青綾幛，自解圍。我心腸鐵石不能移，枉看你弄
頑皮。

（徑下）（小生白）吓，他竟撇我在此，獨自進房去了。咳，我本待
與他大鬧一場，如今且耐着性兒，早晚仍舊與因之兄計議便了。

【尾】好姻緣，何時締？怪煞他桃花攔住武陵溪。有
一日偏背東風蜂蝶期。

（下）

收 丐

大淨扮乞婆上。

阿喲,西風起哉。

【光光乍】年老又無家,終日受波渣。布襖綿裙都不掛,一身剩得光光乍。

(白)我陸老媽,本來是吳會元瓦勾飯婆。即因要嫁家公了,甩忒子勾飯碗頭,轉身到無錫江尖嘴上去①。落里曉得勿多兩年,晚家公亦別過哉②。苦惱吓,無吃無着,即得仍舊趕到蘇州來尋人家③。個星薦頭嫌我有病,弗肯領我出去。個舊飯主人,亦弗好意思捱得進去④。身上亦勾冷,肚裏亦勾餓,昨夜頭想想要尋死路,忽然夢見我裏勾晚家公明明白白對我說道,快點到西南方上去轉轉,少弗得吃飯勾場哈就有落蕩哉⑤。我想西南方是府學前個一帶,即得熬子餓,且掙得去看⑥。咳,真正前世弗修今世苦。大爺娘娘太太,求化,求化!(哭下)

(外帶蒼頭上)

【新水令】【仙吕入雙調】隨身竿載⑦弄頑皮,看當場一

---

① 我陸老媽,本來是吳會元家的煮飯婆。只因要嫁老公,丟掉了那個飯碗,搬到無錫江尖嘴去了。家公:丈夫。瓦:掉,脫離。

② 哪裏知道沒有幾年,後嫁的丈夫又去世了。晚家公:再嫁的丈夫。

③ 苦啊,沒有吃沒有穿,只得仍舊趕到蘇州來找人家(幹活)。

④ 那些薦頭嫌我有病,不肯帶我出去。那舊主人(那裏),又不好意思找上門去。薦頭:舊時雇工的中介。

⑤ 身上又冷,肚裏又餓,昨晚想想要自殺,忽然夢見我的後夫明明白白地對我說道,快去西南邊轉轉,吃飯的地方就一定有着落了。場哈:地方,場所。落蕩:着落,下落。

⑥ 我想西南邊是府學前那一帶,只能忍着餓,且掙扎着去看看。

⑦ 竿載:亦作"載竿",古代的一種雜技,這裏借指高難度的遊戲。

番遊戲。良緣全，舊雨妙計庇羅衣①。

> （白）好笑那鍾老不曾參透機關，今晚公然要娶梁學灝的令愛，因此我悄地將茵草合成妙藥，先去耍他一耍。阿呀，只是少停迎娶的時候，教我怎生發付呢？咳，鍾老吓，休要磨難俺吳會元。
> （唱）

只怕你，鼠嚇堪奇，怎把俺打鴛鴦棒兒起？

> （大淨上白）阿喲，苦惱吓！咦，前頭來勾是飯主人滑。吓，老爺、老媽磕頭。（外）起來。（大淨）哎，是哉。（外）吓，你是在我家的陸飯婆吓。（大淨）正是。（外）爲何流落至此？（大淨）死忔子家公了，要求老爺賞一個吃飯塲化丑②。（外）吓、吓、吓，有了，我安頓你一個喫飯的所在去。（大淨）多謝老爺！（外）來，你領着他先到梁家，然後到學署中去。（蒼頭領大淨下）（外）哈哈哈，得來真異寶，不費絲工夫。（下）

---

① 舊雨：故舊，老朋友。羅衣：絲綢的衣裳，這裏代指梁學灝的女兒。
② 死了老公了呀，想求老爺賞一個吃飯的地方呢。塲化：塲所，地方。

染　鬚

小丑上。

哈哈哈，我好快活吓！

【步步嬌】門闌填滿香花氣，好報紅鸞喜。休嫌老運低，醉粉眠香，紅絲不費。

（老旦乳娘上白）夜月同心帳，春風合卺盃。吓，老爺恭喜！（小丑）罷哉！（老旦）小姐本欲自來叩賀，奈身子有恙，教老婢前來道喜。（小丑）菴裏無人，到滿月勾時候勒，接小姐過來會會哉。吓虱去罷①。（老旦）鴛鴦逐野鴨，恐畏不成雙。（下）（小丑）噲，樂人鼓手虱，雖則是當差，嘆替我響響介②。（內吹打介）哈哈哈，有趣！有趣！（唱）

樂聲高，噪盡舊虛脾；聽聲聲，聒耳笙歌沸。

（副上白）老爺介，老爺介？（小丑）嗇了？（副）吳會元來哉。（小丑）快點請，快點請。（副）吳老爺有請！（外上）安排心內稿，打趣眼前人。吓，年兄③！（小丑）年老先生請坐。（外）小弟久疎晉謁④，今日東閣宏開，因此特來趨賀。（小丑）豈敢！豈敢！即是年紀老子點⑤，興致也差得遠哉。（外）論起年兄這般頤養丰姿，與少年無二，只是鬚鬢如銀，未免取厭於閨房耳。（小丑）應爲了。（外）況且今歲又是大計之年，聞得上臺教官一席專填年

---

① 菴裏沒有人，到（新婚）滿月的時候，再接小姐過來會會。你們去吧。

② 喂，樂人鼓手們，雖然是當差，也替我吹打一番呀。嘆：也。

③ 年兄：科舉時代考試同榜者互相尊稱爲“年兄”，但因爲吳因之曾是“會元”，地位更高，故下句鍾焕原立即回稱吳因之爲“年老先生”，以示尊重。

④ 晉謁：拜見。

⑤ 只是年紀老了點。

老，年兄修容飾貌些纔好。（小丑）囉裏來勾效驗勾烏鬚藥介①？（外）這小弟廣覓奇方，虔心秘製，倒帶得些在此，不知年兄可用得着？（小丑）個是極好勾哉滑。年老先生阿肯相求點②？（外）年兄，

【北折桂令】這靈丹休恁輕微，是海上仙方。獺髓依稀，便銀髯羊子曇老，霜髯麻姑，片刻能移。休則要仿少年溫柔滋味，竟忘了領頭人換骨良醫。

（小丑白）個是極感激勾哉。（外）小弟告別了。（小丑）呷口喜酒去。（外）年兄，（唱）

酒字休提，好事難羈。早些兒刮垢磨光，准赴那鳳卜鸞期。

（下）（小丑白）人人說道吳會元刁鑽人，落里曉得竟是極湊趣勾。快點挈滾水得來，讓我染子租蘇，打扮子後生新郎官人勒，然後發轎③。（副應介）老爺，讓門斗幫你染如何？（小丑）啐出來，怕我勿在行了？（副）勿要原露子鉛出來咭④。（小丑）你替我走開點！（副）咳，勿知染得來阿有對沖陶成得來⑤。（小丑）讓我染得起來。

【南江兒水】掬水休彈指，流香掛滿頤，低頭且把輕風避。

（白）那是只怕像樣裏勾哉⑥。（唱）

烏鬚飄蕩書生氣，登時減卻芳年紀。

（副白）老爺，讓門斗來看看介。阿喲，弗好哉，王靈官出現哉！

---

① 哪裏來有效驗的烏鬚藥呢？
② 那是極好的了。年老先生肯讓我相求一點嗎？
③ 快點拿開水來，讓我染了鬍鬚，打扮成年輕新郎官，然後發轎。
④ 不要還是露出破綻來了。
⑤ 咳，不知道能不能染得有五成的效果。陶成：經過努力獲得的好結果。
⑥ 現在是恐怕已經（染得）像樣的了。

（小丑）那説？（副）老爺，吾自介看看嘘①。（小丑看介）阿呀，阿呀，壞哉！壞哉！故是嗒意思？上子大當哉②！（唱）

赤戰虯髯，好教我藏身無地。

（副白）老爺個暄紅勾搭脚，只怕要抗拉銀櫃裏兩日虱③。（小丑）嗒説話，新娘娘是總要討个！少停拜堂勾時節，我挐扇子遮子下爬没是哉④！吩咐發轎。（副）發轎哉！（樂人、燈夫、花轎、賓相、駝漢上，撓場下⑤。）（外上）哈哈哈，耍得俺有趣也！

【北雁兒落】 他則道換烏絲年少微，那知道添絳彩皮毛異。一樣的浣花箋弄色奇，卻不想長鬣紅光忌。呀！任你濯徧了女兒溪，剪做了無毛地，怕走盡了鱸堂樣，掀翻了苜蓿皮。

（白）花轎中的東西，是俺方纔在街頭上拾來的異寶也。（唱）

真稀做出个繡屏前風流戲，

我如今索性到他衙署去，

蹺蹊學一个俊劉楨平視⑥低。

（下）（衆上）

【南僥僥令】 香風吹綉幔，紅燭照金泥。問火判，如何

---

① 自介：自家，自己。

② 這是什麽意思？上了大當了！

③ 老爺這血紅的髯子，恐怕要放到銀櫃裏藏兩天了。搭脚：髯子。抗拉：放在，藏在，本字爲"囥"。

④ 什麽話，新娘總要娶的！待會兒拜堂的時候，我用扇子遮住下巴就是了！下爬：下巴。

⑤ 撓：疑當作"繞"。

⑥ 劉楨平視：劉楨，即劉楨，東漢時期文學家，建安七子之一。建安年間，劉楨被曹操召爲丞相掾屬，與曹丕兄弟多往來。《三國志》裴注所引："太子嘗請諸文學，酒酣坐歡，命夫人甄氏出拜。坐中衆人咸伏，而楨獨平視。太祖聞之，乃收楨，減死輸作。"在傳統的男女授受不親的社會，新娘通常不會被任何外人看見過，這裏吳因之用這個典故表示自己敢於把乞婆藏在花轎裏給鍾焕原送去做新娘。

充嬌客①? 怕嚇得俏新娘魂魄飛。

　　（小丑掩下爬上）（副白）老爺，新人到哉！（小丑）掌禮人呢？
（副）烏痧脹②虱哉。（小丑）個是要緊勾滑。（副）駝兄，吾噥噥
罷。（駝夫）罷嘑，看老爺面上，熱合熱合看。（小丑下）（副）快點
哉滑。（駝夫）伏以教官做親真話③異，一個老錢弗肯費。年紀
活子七十三，倒想喫隻嫩水梨。（小丑上）伏以貴樣事體真弗
穀④，黃連樹下尋作樂。那間勿去免求人，竟陪老爺吃冷肉。
（請出轎，舊規拜堂式，衆人下。）（小丑）好拉裏哉。（大淨）老爺，
相公，阿有冷粥冷飯求捨一碗？（副）阿呀，老爺，戳子元寶去
哉⑤。（小丑）那説？阿呀阿呀，你是教化婆滑，六個叫你來
勾⑥？（大淨）吾虱花花轎子檯我來勾⑦。（小丑）壞哉壞哉！替
我孥木柴打里出去⑧！（外上）粧成真妙計，索性氣周郎！（小
丑）反哉，反哉！（外）吓，年兄爲何在此大鬧？（小丑）好同年，好
同年，你大家梁老老串通子，那嗜勾得來騙紅子我勾租蘇，亦孥
告化婆調換得來搪塞我。我大家你拼子罷⑨！（外）年兄，小弟
此藥效驗異常，想年兄調用不佳，所以如此。（小丑）貴个梁老
老，我是弗饒里勾⑩！（外）若論梁家這頭親事，你身爲司鐸⑪，
不思量士林矜式⑫，逼取門生之女充爲妾媵，豈不有礙官箴？和

---

① 嬌客：新郎。
② 烏痧脹：一種病名，又作"乾霍亂"。
③ 話：疑當作"詫"。
④ 我覺得這樣的事情真沒有料到。
⑤ 阿呀，老爺，掉了包去了。
⑥ 怎麼説？阿呀阿呀，你是叫化婆子啊，誰叫你來的？教化婆：即叫化婆子、丐婆。
⑦ 你們用花轎擡我來的。檯：疑當作"擡"。
⑧ 壞了壞了！給我用木柴打她出去！
⑨ 你和梁老頭串通了，拿什麽東西來騙紅了我的鬍子，又調換叫化婆子來搪塞我。
我跟你拼了吧！告化婆：即叫化婆子。
⑩ 那個梁老頭，我不會饒了他的！
⑪ 司鐸：主持教化的人，指鍾煥原作爲學府官員。
⑫ 矜式：尊嚴和取法，示範。

你到上臺處評理去！（小丑）弗好哉，倒惹子禍拉裏哉。（外）

【北收江南】你本是切文章登第呵，公然的春風坐擁舊皋比①。有甚麼馬融帳後列歌姬，生逼個門牆桃李獻青衣！這官箴太奇，那鄉評怎依？ 俺和你烏臺②質證是和非。

（小丑白）聽子年兄老先生貴番説話，梁夾里勾因吆再弗敢想里勾哉。貴勾告化婆嚜，那哼呢③？（外）教化起於學校，這原是年兄該受領的吓。（小丑）阿呀，我勾年兄老先生吓，

【園林好】念愚蒙無端弄奇，仗高臺今朝指迷。這九茶終求早避④，怎金屋去藏伊藏伊！

（外白）這不必以妾媵看承，念他老病無歸，收留在家當僕婦驅使如何？（小丑）故嚜罷哉⑤，領里到灶下去。（副）是哉！（大淨）鍋裏阿有嗜冷飯拉哈⑥？（副）真正原是低成色吓⑦。（渾全下。）（駝夫報上）老爺，老爺！（小丑）嗜事務了⑧？（駝夫）學臺大人到哉。（小丑）吙且出去。（應下）（小丑）阿呀！天地神聖爺爺！貴副鬼臉教我那哼去見上司吓⑨？（外）我倒替你計較，快些動個病呈，早晚掛冠而去，倒是個長策。（小丑）個呷你處得我忒凶哉！⑩（外）年兄，

----

① 皋比：虎皮，古人坐虎皮講學，後因以指講席。

② 烏臺：御史臺，主持彈劾官員行爲不檢或失職的機構。

③ 聽了年兄老先生這番話，梁家的女兒再不敢娶她的了。那個叫化婆子怎麼辦呢？梁夾里：相當於"姓梁的"，夾里：即"家裏"，某（姓）家裏，用來稱呼人，如下文的"錢家裏""文家裏"，略帶調侃的意味。

④ 九茶：指婚禮儀式。

⑤ 那麼算了吧。

⑥ 鍋裏還有没有剩的冷飯啊？

⑦ 真的素質很低啊。

⑧ 什麼事？

⑨ 我那副鬼臉（指紅鬍子）讓我怎麼去見上司呢？

⑩ 你這也處我處得太兇了。呷：也。

【北沽美太平①】宦途中休自迷，早回首赴歸期。把着那傀儡場中噩夢，提湊着你維摩鬚異。硬挺着陶家腰細，早自辦鬱林歸計，急須把金門來棄。俺呵人奇意奇，百忙裏良言勸伊。呀，休猜做下梢頭一場兒戲。

（下）（小丑白）個是囉裏説起吓②！

【尾】悔無端做下牢籠計，要把那絶色佳人偷娶。誰知道賠了鬍鬚，這烏紗又別了你。

（白）咳，個是囉裏説起吓！（下）

---

① 北沽美太平：全稱當作"北調沽美酒兼太平令"。

② 這是從何説起啊！

負　石

淨錢恕士上。

號令雨雲來入夢，差排烏鵲去填河。我錢恕士，自從拉菴裏向看見子謝小姐，思量要大家里攀親，叫靜蓮去説歇勾哉①。但是勾小文大家吴會元是相好，個個吴會元是刁鑽促掐人，前日子鍾老師勾租蘇纔不里騙紅子②。倘或小文靠子里勾命杖，吾貴頭親事就有點弗穩當哉③。有數説个，先下手爲强！今日拉鳳池菴裏備子極盛勾筵席，去請里得來，相懇里辦貴頭親事④。帖子外頭亦細細膩膩勾寫一封字，㕶也算周到勾哉⑤。人乱介？走个把得出來⑥！（白淨扮吴江老上）來得，來得，那嗒話⑦？（淨）介勾肏娘賊，吾裏勾人纔到囉裏去哉了，要㕶勾吴江老得出來⑧？（白淨）那勿要動氣⑨，個星大阿哥纔到菴裏去張羅哉⑩，事務是吾也辦得來勾。（淨）吓，有个名帖，還有一封字，㕶要送到吴會元乱去勾。（白淨）吴會元是吾大鄉親，住拉同里勾，那拏來，我

---

① 自從在菴裏看見了謝小姐，思量要跟她攀親，叫靜蓮去説過了。

② 但是那小文和吴會元是好友，那個吴會元是個刁鑽促狹的人，前幾天鍾老師的鬍子都被他騙紅了。個個：這個。促掐：刁滑，居心不善。不里：被他。

③ 倘使小文得了他的幫助，我這門親事就有點不牢靠了。

④ 今日在鳳池菴裏備了極豐盛的筵席，去請他來，求他辦這門親事。

⑤ 除了帖子之外，又仔仔細細地寫一封信，我也算周到的了。㕶：我。案："㕶"在這個劇本中絶大部分是指"你"，但只有這裏用作第一人稱。

⑥ 下人呢？出來一兩個！人乱：指下人。

⑦ 來了，來了，你説什麽？那：你，爲吴江方言。

⑧ 他媽的，我們的人都到哪裏去了，要你這個吴江佬出來？

⑨ 你别生氣。

⑩ 那些大哥們都到菴裏去幫忙了。

去①。（淨）就要回音勾。我拉鳳池菴裏等唗。（白淨）是得。
（淨）真正缺子牛那狗耕田。（下）
（白淨）那看吾大勿起，吾大吳江老極有靈變勾瓨②！兜過子卧
龍街，轉出子幽蘭巷，貴勾大牆門，大率就是得，讓我走得進
去③。（末上）外面那个走動？吷！你是什麼人？這等亂闖！
（白淨）大老哥，吾大是錢公子差得來，要見那瓨飯主人勾④。
（末）原來如此。老爺在書房中，隨我來。（白淨）得罪那哉。
（末）這裏來，老爺有請。（外上）不好詒人貪客過，慣遲作答愛書
來。（末）錢公子差人要見。（外）吓，我與他素無來往，到此何
幹？唗，且着他進來。（末）老爺喚你進去。（白淨趨進作揖
介）吓，鄉親！（外）吓，是什麼規矩？（白淨）吾裏公子有个帖子，
還有一封書信，教我送那勾。（外）取來。（看介）（白淨）那倒識
字勾了⑤。（外）吓，原來他請我到鳳池菴飲酒。此事必竟與文
佩蘭有些礙路吓。（白淨）到底倒嗜鬼⑥？（外）唗。（白淨）個個
書上那話頭介⑦？（外）吓，你家公子要借我一塊大磨石，叫你立
刻挈去。（白淨）個是嗜用頭介⑧？（外）我也不知什麼意思。
（淨）個也奇得。（外）吓，待我在名帖上寫個回字與你便了。（白
淨）那倒亦會寫字勾了。相煩唗寫一个執照來我⑨。（外）蒼
頭⑩過來。那錢公子是富貴中人，若借小的與他，只道我小氣
了。須要大磨石一塊，與他立刻挈去。（末）曉得。（外）專怪他

---

①　吳會元是我的鄉親，住在同里的，你拿來，我去。吾大：我們。同里：吳江鎮名。
②　你看不起我們，我們吳江佬極會隨機應變的！
③　那個大牆門，大概就是了，讓我走進去。
④　大哥，我是錢公子差來的，要見你們主人。那瓨：你們。
⑤　你倒識字的。
⑥　倒：疑當作“搗”。
⑦　這信上怎麼說的？
⑧　那是做什麼用的？
⑨　你倒還會寫字的。麻煩你寫一个收條給我。
⑩　蒼頭：僕役。

這等的放肆,也耍得他勾了。(下)(白淨)大阿哥,小樣點勾噎
哉①。(末)這裏來,哪,拏去!(白淨)阿喲,吾大弄不動滑。
(末)我來幫你上肩去。(白淨)多謝吪。(末下)(白淨)阿喲來,
阿喲來,直介重得! 好哉,喂出子門裏哉②。 那虱看看,個樣重
南生活,勿是吾大阿哥也做勿來勾③!

【耍孩兒】我擔盤挑水肩頭老,這石磨從來卻未掮,壓
得腰疼臂纏,流盡渾身汗。阿喲,我上前一步忙忙退,忙忙
退,好一似滿地荆榛行路難。急得我要把蒼天喚,似這般
路遠途遥,只怕要骨骱筋酸。

(白)走開點,走開點! 重南物事拉裏,讓讓,讓讓!(下)

---

① 大阿哥,小一點的就好了。
② 阿喲來,阿喲來,這麼重的。好了,(對付着)挪出了門了。
③ 你們看看,這樣的重活兒,不是老兄我也做不來的! 生活:活兒,工作。

疑　寶

淨上。

安排東閣宴，（丑上）專候玉堂人。（淨）静蓮，我今日拉你菴裏備子酒席，去請吳會元。弗知渠阿要攤銃得来①。（丑）渠勾性情，倒也挐弗穩勾嚱②。（白淨上）怯力煞得，怯力煞得！好哉，到拉裏得③。（將石擲介）直腳重大④。（淨）嗇意思？我叫吤去請吳會元，倒搯子一塊磨石来介⑤？（白淨）説那要用了，特地拼子命勒搯来勾⑥。（淨）放吙甙娘勾屁⑦！（白淨）那勿要罵嗻，大家有爺娘勾嚱⑧。（淨）一定是吙得罪子渠了⑨！（白淨）還有一個執照拉裏来⑩。（淨）挐得来。（看介）"家人無狀，罰他負石而歸"。介勾入娘賊，纏是吙請得弗道地了，所以罰吙搯得来勾，快點去搯還子渠⑪。（白淨）阿喲，那是搯勿動勾哉。甙拉天井裏子罷⑫。（下）（淨）那是倒戳毛拉甙哉。静蓮，那是要吙去替我

---

① 静蓮，我今天在你菴裏備了酒席，去請吳會元。不知道他會不會失約的。
② 他的性情，倒也拿不穩的呢。
③ 累死了，累死了！好了，到了。
④ 實在太重了。
⑤ 什麼意思？我叫你去請吳會元，倒扛了一塊磨石来呢？
⑥ 説你要用，所以特地拼著命扛来的。
⑦ 放你（們）媽的屁！
⑧ 你不要罵啊，大家有爹媽的啊。
⑨ 一定是（因爲）你得罪了他！
⑩ 還有一個收條在。
⑪ 你他媽的，都是你請得不道地，所以罰你扛来的，快點去扛還給他。
⑫ 阿喲，現在是扛不動的了。丢在天井裏吧。

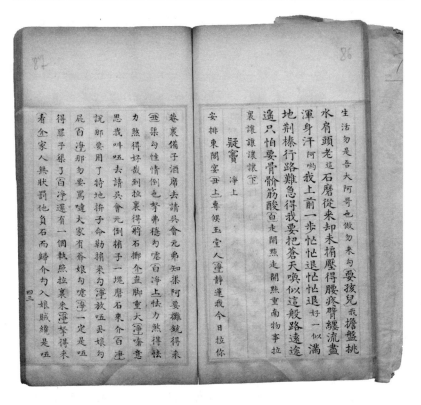

生活勿是吾大阿哥也做勿來勾（要孩兒我擔盤挑
水肩頭老這石磨從來却未捎壓得腰疼臂緩流盡
渾身汗阿嗚我上前一步忙忙退忙退好一似滿
地荆榛行路難急得我要把蒼天喚似這般路遠途
遙只怕要骨骼筋酸百走閒黙走閒黙重南物事拉
裏讓讓讓讓至

疑寶　淨上
安排東閣宴（丑上）專候玉堂人（淨）靜蓮我今日拉你

巷裏備子酒席去請吳會元弗知渠勾攤銳得來
（丑）渠勾性情倒也弄弗穩勾嘘百淨上怯力煞得怯
力煞得好哉我上拉裏得將石獅（丑）直脚重大淨奮意
思我叫吓去請吳會元倒捎子一塊磨石東介百連
說那要用了特地折子命勒捎來有齋娘勾嘘一定是吓
屁百淨那勿要罵噠大家有勾嘘（淨）放吓吳縣娘勾
得罪子渠了百淨還有一個執煞拉裏來淨弩得來
看尓家人無狀罰他負石而歸介勾入娘賊纏是吓

四三

走一遭虱嘘①。（丑）拖勾身體拉裏，阿可以免子罷②?（淨）看相與面上，周全子一遭罷③。（丑）貴句話嘘倒說子我心坎上來哉。我替吓去嘘是哉④。（下）（淨）介嘘快點來咭，我貴頭親事纏拉虱吳會元身上，要渠來嘘好嘘⑤。

【水紅花】 **【商調】** 佛堂相見是奇緣，夢魂牽，今生姻

---

① 這可反而得罪了他了。靜蓮，現在要你去替我走一趟了呀。
② 我正懷着孕呢，能不能免了罢?
③ 看在我們相好的面上，你幫忙周全一趟吧。
④ 這句話倒說到我心坎上來了。我替你去就是了。
⑤ 那麼快點回來啊，我這門親事都在吳會元身上，要他來纏好啊。

眷。思量靠着舊春元，替周全，巴巴凝盼。願得高軒早
遇，兩下會瓊筵，咱便是慶團圞也羅。

（丑上白）真正冤家嚯，個兩日正是踏月勾時候，教我賊梗勾走遠
路瓦①。（淨）轉來哉？——那哉介②？（丑）起初是勿肯來，不
拉我一陣挪搖念肚，登時換子衣裳就來哉③。（淨）我曉得吪是
奢遮人滑④。
（外上）空排一樽酒，未必細論文。靜老，此位就是？（丑）就是錢
公子嚯。（淨）老先生。（外）錢少君。（淨）豈敢，豈敢。晚生久
仰山斗⑤，愧未接教。爲此今日特治盃酒，仰攀台從。（外）弟疎
懶性成，有失趨候。今奉盛帖，殊慚冒昧。（淨）嚌說話，賞晚生
個臉耶！（丑）酒席擺拉瓦雨花軒上，請上席罷⑥。（外）靜老，你
也奉陪一坐。（丑）個是弗像樣勾⑦。（外）華嚴會上無分男女。
況你是錢公子的相知，坐坐何妨！（淨）弗差勾！一淘坐鬧熱點，
請吓⑧！（外）請。（同下）
（小生上）曾到巫山頂上來，佳人有意解憐才。不知誰把瓊簫弄，
好送書生上鳳臺。（小生）前日把菴中的姻事託因之兄說合，今
日前去討信，他家回說到鳳池菴去了。都應爲我的姻事，故爾悄
地也到鳳池菴來候他，討个消息下落。來此已是。吓，靜老，靜
老吓，爲何悄地無人？我且到裏面去（内外白）吓，錢少君，學生
酒力不加，只領此盃。（小生）這是因之的聲音，與誰同席呢？

----

① 真正是冤家啊，這兩天正是懷孕足月的時候，教我這樣地走遠路。踏月：足月，即
將臨産。
② 回來了？——怎樣了呢？
③ 起初是不肯來，被我一陣軟磨硬纏，馬上換了衣裳就來了。
④ 我知道你是聰明能幹的人啊。奢遮：聰明能幹。
⑤ 山斗：泰山、北斗的合稱。喻爲人所欽仰者，常作爲敬稱。
⑥ 酒席擺在雨花軒上，請入席罷。
⑦ 這是不像樣的。
⑧ 没錯！一起坐熱鬧點，請啊！

（内淨白）老先生是海量，擎大盃得来！（小生驚介）阿呀，這分明是那錢侍郎的兒子，與因之素無來往，爲何相款起來呢？

【九品蓮】並不曾傾蓋相過①，又何曾世誼同科②？這分明冷炭無關，直恁的乳調和！

（白）吓，想是那蠢貨要謀我這頭親事，因此這般盛款。咳，因之吓因之，只道你爲着我的所關來到此菴，原來你替別人成事，赴這等没臉面的筵席吓！（唱）

詩壇高座，肯便把淩雲摧挫？因此相諾，浪子憨哥？

（外上白）學生告别了。（小生）我且到前面候他，吓吓吓，豈有此理！（淨上）有慢了，老先生！（唱）

收拾起鳳凰樽，把雲英③細摩。高築起雨雲風，送襄王④去渡。

（白）請了。嗏勾難相與？勾倒是勾直人⑤。（下）（外白）阿哟，有事在心，不覺喫得這般的大醉！（小生）吓，因之兄！（外）是那個吓？（小生）小弟文佩蘭在此。（外）吓，原來是文兄，請了。（小生）你那裏喫得這般大醉？（外）吓，就在這鳳池菴内。（小生）你去怎的？（外）爲兄的姻事吓。（小生冷笑介）小弟是窮儒，況又是個逃席之人，那裏當得起如禮部侍郎的公子懇懇待款！（外）這是他的好意，與兄何干？（小生）咳，因之吓，

【花六麽】你太張羅，袒護着朱門貨⑥，把婚姻事磨！

---

①　傾蓋：途遇友好，停車交談，傘蓋傾斜相交。引申爲親切的友情。語出《史記·魯仲連鄒陽傳》：“諺曰：‘白頭如新，傾蓋如故。’何則？知與不知也。”蓋：馬車上的傘蓋。

②　世誼同科：世交或科榜同年。

③　雲英：唐代傳奇中的仙女名。典出裴鉶《傳奇·裴航》。後常用雲英借指女性佳偶。

④　襄王：即楚襄王夢巫山神女薦寢故事。典出宋玉《高唐賦》，後以此典指男女歡合中的男方。

⑤　請吧。什麽難相處？這倒是個直爽人。

⑥　朱門貨：對豪貴的貶稱。

（外白）住了，街坊鬪口，全不像我輩行爲！況弟又有了幾分酒意，要回去安眠一回，不及與兄細剖，請了！（唱）

閒言語及早收科，我醉高眠，使甚嘍囉①！

（下）（小生）想他必是虛心無顏對我，故此託醉而逃。咳，因之吓，我文佩蘭有日會你！（唱）

休想狂，看如何！須教折倒文人座，折倒文人座！

（白）吓，氣死我也！（下）

---

①　嘍囉：擾亂，喧噪。

鼎 托

小丑上。

哈哈哈，那是邊式拉裏哉嚱①。我鍾老爹要想討梁夾里勾囡兒，可恨勾吴會元横戳一鎗，弄一个告化婆得來搪塞我②。昨日痰火病③發作，更其直僵哉！亦貼子一口拆探④收攏哉。個也罷哉！吓，那説我一嘴勾白阿鬍子，弄得我暄紅⑤。我仔細一想，亦弗是截弗倒勾樹，割勿忒勾肉，索性一剪而光⑥。前日子動子勾病呈拉勾，早晚想要歸去哉⑦。前日子秦仲羽來拜歇我勾，應當去拜子渠勒⑧。住拉虱鳳池菴裏勾外甥囡呃，大家里一淘歸去⑨。我做官勾時候要擺款了，用個把駝夫⑩。那間落子臺哉，索性不一蹝渠使使⑪，叫子"休官不若居官好，彼一時來此一時"。（下）

（又生）

【引】有意結良姻，深感良朋幫襯。

---

① 從上下文看，此句意似爲：現在（的狀況）都風平浪靜，没事了。邊式：意思不明，存疑。

② 我鍾老爹想要娶梁家的女兒，可恨那吴會元節外生枝，弄一个叫化婆子來搪塞我。

③ 痰火病：中醫術語，指一種類似哮喘的症狀。

④ 拆探：意思不明，存疑。

⑤ 吓，怎想到我一嘴的白絡腮鬍子，（被他）弄得通紅。

⑥ 又不是什麽砍不倒的樹，割不掉的肉，索性都給剪光了！

⑦ 前幾天已經交了個病呈，早晚想要回去了。

⑧ 前幾天秦仲羽來拜過我的，應當去回拜他了。

⑨ 住在鳳池菴裏的外甥女，和她一起回去。

⑩ 我做官的時候要擺架子，用個把駝夫。

⑪ 現在下了臺了，乾脆就蹝他一蹝。

（白）小生秦仲羽，前日將梁家姻事奉託因之，險被那鍾老奪去。倖得他一場遊戲，成就我百歲姻盟。真所謂塞翁失馬翻爲福，司馬求凰不是癡！（小生上）且覓同心友，來抒滿腹愁。吓，仲羽！（又生）原來是文兄，請坐。（小生）請問仲羽，梁家這頭姻事成就否？（又生）十有八九。文兄你的姻事呢？（小生）我的姻事，咳！提他怎的？（又生）吓，我曉得吓。（小生）這意兒你那裏想得到吓？（又生）哪，

【漁燈兒】【小石】可還是病文園不配王孫？可還是莽裴航難覓雲英？可還是愁溫嶠①未傳玉鏡？

（小生白）他不替我説親還是小事，（又生）我如今省得②了。（唱）

可還是針心計窘，待虎頭③，小像香薰？

（小生白）阿呀阿呀，都不是。

【錦漁燈】他一徑的瞞青鳥，暗傳花信。做出個侯朱門，代締鸞姻。

（又生白）這等説來，難道替別人幹事不成？（小生）説也可恨！他竟趨奉着錢侍郎的兒子，要奪我這頭親事。（又生）因之兄是最重朋情極肯出力的好人，那有此事？咳，咳，咳，斷無此事。（小生）阿呸，你是爲了梁家之事，所以這等袒護他。若論他走熱路，會幫襯的那些伎倆，我在鳳池菴親眼見來。（唱）

陪着个紈袴兒郎，共酒樽，險些兒一朝掃盡舊斯文。

（小丑白上）笑把鬚鬚割，來登年少壇。已裏是哉。門上無人拉

---

①　溫嶠：指溫嶠以玉鏡下聘事，典出《世説新語·假譎》。
②　省得：曉得，明白。
③　虎頭：東晉畫家顧愷之別號。顧以畫人像傳神著稱。杜甫《送許八拾遺歸江寧覲省。甫昔時嘗客遊此縣，於許生處乞瓦棺寺維摩圖樣志諸篇末》有句云：“虎頭金粟影，神妙獨難忘”。這裏秦仲雨問文佩蘭是否吳因之暫時一籌莫展，需慢慢地仔細地籌劃此事。

裏,且踱到裏向去①。吓,秦兄。(又生)吓,原來是鍾老師。連
日不面,鬊鬊希見。(小丑)弗要説渠,纔是貴相好作成勾。貴位
是②?(又生)是佩蘭兄。(小丑)阿呀,阿呀,久慕,久慕!(又
生)老師請坐。(小丑)有坐。秦兄,老夫賤事匆忙答遲,勿罪。
(又生)岂敢!(小丑)嗻了文兄滿面孔個心事③?(又生)不瞞老
師説,文兄有椿姻事,曾託過因之兄去講。文兄疑他替錢侍郎公
子成事,所以有些不快。(小丑)阿就是姓吳勾派賴人?本來訓
哉滑。女宅是嗻人家④?(又生)是鳳池菴中借居的謝小姐。
(小丑)貴位吓?嗻了弗託子我⑤?(又生)爲何?(小丑)是我勾
外甥囡兒耶。(小生喜介)吓,阿呀,阿呀,原來是令甥女。失敬
了!(小丑)岂敢,岂敢!個嗻吳會元作樂得我置身無地,我正是
恨如切骨拉裏⑥!渠要幫子姓錢勾奪貴頭親事,有我拉裏打喬,
萬萬弗局勾⑦!(小生)老師!

【錦上花】他是個無義人,全没些同譜恩。一味的尖
酸刻薄,弄風雲。幸相逢絳帳⑧尊,願相投桃李門。悄能
個琴心彈出到文君,妙計早回春。

(小丑白)文兄,貴頭親事交代拉吾身上。專怪个勾吳會元刁鑽
促揢了,我也弗大家外甥囡兒歸去哉,倒要全姓吳勾鬮一枝花勾
哉⑨!(又生)老師你自己弄得這般光景,不要太抱穩了。(小

---

①　這裏是了。門上没有人,且踱到裏面去。已裏:疑當作"己裏",表這裏。
②　不要説他,都是貴相好給我的好處。這位是?
③　爲什麼文兄滿臉的心事?
④　就是那姓吳的賴皮人?本來不是正氣的。女宅是什麼人家?訓:歪斜不正。
⑤　那位啊?怎麼不託我?
⑥　那個什麼吳會元弄得我置身無地,我正恨其入骨呢!
⑦　他要幫姓錢的奪那門親事,有我在作梗,萬萬不成的!
⑧　絳帳:講座或師長的美稱。語出《後漢書·馬融傳》。
⑨　文兄,這門親事交代在我身上。只怪那個吳會元刁鑽促狹,我也不和外甥女兒回
去了,倒要跟姓吳的鬮一鬮了!

生)老師,他也不是个好人。

【錦後帕】須念我莽相如守清貧,没个黄金聘長門。况頑朋面冷,况襯朋儕面冷,險做出蜂欺蝶併。我到桃源,全靠你領頭人。

(小丑白)但放其心,我故歇就到菴裏去替唔説親。告别哉①。

(合唱)

但願得綰紅絲②僥倖,好笑他想天鵝,夢魘真未醒!

(小丑先下)(小生白)仲羽,今日之事,正所謂踏破鐵鞋無覓處,得來全不費工夫。(又生)你也不要太抱穩。只看他自己的親事,尚且弄得這副嘴臉哩。(小生)我此時不與你爭論。等候回音,自有分曉。小弟奉别了。

【尾】趂閒談逗出尋花徑,等候他青鸞③傳信。

(下)(又生白)有慢。想因之兄是我輩中人,怎肯與錢公子成事呢?其間必有緣故。(唱)

且從壁上,閒觀鉅鹿④軍。

(下)

---

① 　放心吧,我現在就到菴裏去替你説親。告别了。

② 　綰紅絲:做媒。

③ 　青鸞:即青鳥,神話傳説中爲西王母傳信的神鳥。常借指傳送信息的使者。

④ 　鉅鹿:秦末項羽與秦軍的鉅鹿之戰(公元前 208 年),這裏秦仲羽猜測吳因之必有計謀,表示要靜觀其運籌帷幄。

聯　姻

丑上。

咳，真正弗爭氣，勾肚皮一日大一日拉裏哉①！我靜蓮當初一時惑突，大家錢公子老盼子，囉裏曉得有子勾身孕②！起初呢，還遮掩得過。那間竟弗是裏哉，好像彌勒佛能個疊出子勾肚皮③！真正弗像樣。貴個無良心勾，亦怕爿高墩，要另換一個纏纏④。看中子菴裏個謝小姐，叫我去説親。我聊表説子兩句，梭頭匣弗捏⑤。個個吳會元喫子一頓，也一逕弗來。錢公子只管來討信，無擺法，再去説説看⑥。已里是哉，嚖，老親娘，請聲小姐出來。

（小旦上）

【引】錦衾小簟，夢繞家鄉遍。

（老旦仝上）

緊相隨，謝娘庭院。

（丑白）小姐。（小旦）師父。（丑）前日子説歇勾錢家裏個親事，小姐心上到底那光景⑦？（小旦）咳，

【小桃紅】【越調】我本是青綾帳底小嬋娟，驀忽地遭家難。也歎謝庭中飛絮滿闌干，何日裏轉家園？

---

① 咳，真正不爭氣，這肚皮一天比一天大了！
② 我靜蓮當初一時糊塗，跟錢公子親近了，哪知道有了這身孕！
③ 現在竟不行了，好像彌勒佛似的鼓起了個肚子！
④ 那個沒良心的，又怕爬高墩，要另換一個纏纏。
⑤ 看中了菴裏的謝小姐，叫我去説親。我簡單地説了兩句，並沒有説到要點。
⑥ 那個吳會元喫了一頓，也一直不來。錢公子只顧來討消息，沒辦法，再去説説看。
⑦ 前幾天説過的錢家的親事，小姐心上到底怎麼想？

（丑白）小姐勿要惛悶，滿面孔勾喜氣拉乩①！（小旦連唱）

空對着法王家禮青蓮②，慈雲座拈花片③也。

　　　（丑白）少勿得佛天保佑吓招一個好姑爺耶④！（小旦連唱）

再休提，錦片姻緣，怎教俺女孩自主着玉連環⑤？

　　　（丑白）小姐既然弗好做主，府學裏個鍾老爺，是小姐個娘舅，何
　　弗叫渠主子婚介⑥？

　　【下山虎】你渭陽翁⑦畔，並没芝蘭；職掌齊眉案，管教
意歡。

　　　（老旦白）小姐，師父的話，倒也不差。（唱）

要成全綉閣姻盟，須仗他紅絲笑綰。休等他，賦罷摽梅意
惘然⑧。

　　　（白）只是錢家這頭親事，尚須斟酌。（丑）老親娘，吓亦來哉，小姐是
　　御史勾囡兒，姓錢個是侍郎勾兒子。真正門當户對，還要斟酌個多
　　哈嗜來⑨！（老旦）自古佳人當配才子，豈在區區門第吓？（唱）

喜的是張京兆畫眉⑩事傳，肯做了天壤王郎泣翠環⑪？

---

　①　小姐不要煩惱，(你)滿面都是喜氣啊！
　②　法王家：寺廟。青蓮：借指佛像。佛教以爲蓮花清淨無染，故佛像多有蓮座。
　③　慈雲：佛教用語，指慈悲心，謂慈心如雲般廣大，庇佑衆生。這裏借指佛。拈花
片：即釋迦摩尼拈花示衆的故事，見《五燈會元·七佛·釋迦牟尼佛》：“世尊在靈山會上，
拈花示衆，是時衆皆默然，唯迦葉尊者破顏微笑。”
　④　少不得佛天保佑你招一個好姑爺啊！
　⑤　玉連環：套連在一起的玉環，這裏指聯姻。
　⑥　小姐既然不好做主，府學裏的鍾老爺，是小姐的娘舅，何不叫他主婚呢？
　⑦　渭陽翁：舅父。《詩經·秦風·渭陽》：“我送舅氏，曰至渭陽。”
　⑧　摽梅：《詩經·召南·摽有梅》：“摽有梅，其實七分；求我庶士，迨其吉分。”後以
“摽梅”比喻女子已到結婚年齡。
　⑨　老親娘，你又來了，小姐是御史的女兒，姓錢的是侍郎的兒子。真正門當户對，還
要斟酌那許多什麼呢！多哈：多，許多。
　⑩　畫眉：即“張敞畫眉”故事，語出《漢書·張敞傳》。常用來指夫妻恩愛。
　⑪　典出《世説新語》“賢媛篇”，才女謝道韞對丈夫王凝之很不滿意，乃謂“不意天壤
之中，乃有王郎”。這句唱詞表示自己明明有多情的郎君來求，怎肯嫁與不如意的男子。

（小丑上白）①，休遭漁父賺，特地到桃源。吓，外甥囝兒。（小旦）②，母舅大人萬福。（小丑）罷哉。（丑背白）真正話人腳底癢，到來哉③！（老旦）老婢叩頭。（小丑）起來，師太，吚嗜勾好笑④？（丑）我笑老爺勾租蘇爲嗜像子板刷⑤。（小丑）阿曉得我也拉裏笑吚⑥？（丑）笑我嗜勾⑦？（小丑）我笑吚勾肚皮好像波螺⑧！（丑）我是蠱脹⑨耶。（小旦）母舅前日恭喜，甥女本欲前來趨賀，因有些小恙，故爾不曾來得。（小丑）吚倒是弗來勾好！弄子一場大笑話，連個一嘴租蘇繞斷送拉哈勾⑩。（小旦）這也奇了。（小丑）我且問吚瓦拉裏講嗜勾閒話⑪？（老旦）吓，老爺，當家師父有頭親事要替小姐玉成。（小丑）阿要我猜着子嗜人家⑫？（丑）老爺亦弗是仙人，囉裏猜得着介⑬？（小丑）那說猜弗着？大分是錢侍郎勾兒子⑭！（丑）好瓦，不拉老爺猜着哉⑮！（老旦）這頭親事委實如何？（小丑）直頭攀弗勾勾⑯！（丑）爲嗜了介？（小丑）貴個錢公子癡頭癡腦，一個字也弗識，專要拉外頭

---

① 原抄本缺括號。
② 原抄本缺括號。
③ 真是說曹操曹操到，他倒來了！
④ 你好笑什麼？
⑤ 我笑老爺的鬍子爲什麼像板刷。
⑥ 你可知道我也在笑你？
⑦ 笑我什麼？
⑧ 我笑你的肚皮好像海螺！
⑨ 蠱脹:病名，腹大鼓出。
⑩ 你倒是不來的好！弄了一場大笑話，連個一嘴鬍子都斷送的了。
⑪ 我且問你們在說什麼閒話？
⑫ 要不要(讓)我猜到是什麼人家？
⑬ 老爺又不是仙人，哪裏猜得着呢？
⑭ 怎麼說猜不着？多半是錢侍郎的兒子！
⑮ 好啊，讓老爺猜着了！
⑯ 實在攀不得的！

閣寡門、困師姑①。（丑）啐！（小丑）説得高興了，得罪哉！真正一無陶成②，十足勾一個浪蕩子！若是攀子渠，直脚誤盡終身，害盡骨髓哉滑！（丑）老爺弗要批點得來半個銅錢也弗值！現在吳會元老爺繞大家里軋淘勾介③。（小丑）你道是吳會元嗜等樣人了？是斯文光棍！無非攛掇渠辦點惡蹟事務，騙口酒水吃吃，有嗜道理勾了④！（丑）老爺你直頭會打破句虱⑤！（小丑）弗是嗜打破句嘘，自家勾圖細，有嗜弗關機勾吓？我倒有頭好親事拉裏，特來説拉吙虱聽⑥。（老旦）老爺講的定然不錯。是那一家？（小丑）叫子文佩蘭，是勾少年名士⑦。（丑）老親娘，就是貴日大家錢公子一淘拉佛堂上看見貴個哉耶。（老旦）吓，果然好個人品！小姐，要老爺作主繞好。（丑）我看起來錢家裏好⑧。（小丑）既然要我做主嘿，錢家裏個頭親事弗要提起哉⑨。（丑）老爺，你勿要拉虱一相情願。文家裏是窮讀書人家，到底攀錢家裏個好嘘⑩。（小丑）噯，

【五韻美】謊言詞何須勸，巫山除卻真是罕。我銀河把舵，你休來管。

---

① 那個錢公子癡頭癡腦，一個字也不識，專要在外頭闖妓院、睡尼姑。閣寡門：指不花錢逛妓院。師姑：尼姑。

② 説得高興，得罪（你）了！真正一點没有出息，十足的一個浪蕩子！若是攀了他，實在是誤盡終身，害到骨髓裏了呀！無陶成：没出息。

③ 老爺不要批得半個銅錢也不值！現在他也和吳會元老爺一起交往的呢。軋淘：交往，成一夥。

④ 你以爲吳會元是什麼樣的人了？是斯文光棍！無非慫恿他辦點壞事，騙口酒水吃吃，有什麼名堂的呢！

⑤ 老爺你真會壞人家的事！打破句：壞事，使事不成。

⑥ 不是壞什麼事啊，自家的孩子，怎麼能不上心的呢？我倒有一門好親事，特地來説給你們聽。圖細：同“徒細”，孩子，子女。

⑦ 叫文佩蘭，是個少年名士。勾：個，量詞。

⑧ 我看起來姓錢的好。錢家裏：姓錢的。

⑨ 既然要我做主，錢家的那頭親事不要提起了。

⑩ 老爺，你不要在那裏一厢情願。姓文的是窮讀書人家，到底還是攀錢家的好啊。

（白）吓，想是個吳會元串通子你，一淘拉哈做鬼吓①！（唱）

奸謀笑挽，竟把着風流掇賺。

（丑白）罪過動動，我若有心來騙勾小姐嚡，改日橫生倒肚，做一個凶捨母②！（小丑）那説③？（丑）阿呀，阿呀，完哉④！（老旦）師父，既然小姐央着老爺作主，竟同文家對親便是。（唱）

早安排回鸞帖，卻扇箋把好去團成，大家歡忻。

（白淨扮佛婆上白）當家師太介⑤？（丑）嗇勾了⑥？（白淨）錢公子差人拉瓹外頭⑦。（丑）介嚡小姐，失陪你哉嘑⑧。（小旦）師父請便。（丑）真正累煞嘑。（下）（小丑）話是説定勾哉。吾去回音子渠，早晚就過門子，省得落別人勾圈套。我也去哉。（小旦）母舅。（小丑）自家圍細，弗必送得勾。那是要替租蘇出氣哉⑨！（下）（老旦）小姐，虧你老爺作主，不曾落他圈套。今得與文相公對親，真正是天生一對！（小旦）咳，

【尾】禪房守定慈雲，現怕的是紅顏命蹇。（老旦白）小姐，（唱）管教你，銀漢無波牛女圓！

（全下）

---

① 哦，想是那吳會元串通你在一起搞鬼啊！

② 真是罪過，我若有心來騙那小姐，以後生個橫胎，做一個難產的産婦！凶捨母：指臨産時會因難産死去。捨母：亦作"舍母"，古代難産時，産婦會面臨保母親還是保胎兒的選擇，後來亦用來汎指産婦。

③ 怎么説？

④ 阿呀，阿呀，露餡了！

⑤ 當家師太呢？

⑥ 怎麼了？

⑦ 錢公子差人在外頭。

⑧ 那麼小姐，失陪了。

⑨ 自家孩子，不用送了。現在是要替我的鬍子出氣了呢。

改　粧

淨新布衣笑上。

阿是吤乢纔弗認得我哉。吾叫張小大，靠子窮肩胛，弗是挑糞擔，就去駝老爹①。那間交子運，真正忒野大。換落豬棍頭，脫子破草鞋，登時就發魇，原是一個大花面②！我駝夫自從老爹告子病，吾也一無事務，居來挑挑白擔罷③。囉裏曉得時運到起來哉！五年前頭有个妹子賣拉揚州鹽商乢做等大，今年十六歲，姜要收耶，貴个鹽商，就別故哉④。虧得太太發心，挈房屋裏个物事，收拾一隻船送子渠居來。挈點首飾變賣變賣，連我一軒乢也體面起來哉⑤！即是渠見歇大實面，勾個破房子裏向，只怕住弗慣，要打賬攀一頭親，送子渠出去⑥。再弗穀渠拉商家乢登歇了，學子一謎魇派，動弗動要攀嗇勾才子⑦。個個才子嚛到底長勾呢短勾，闊勾呢狹勾介？且問明白子勒再商量。妹子拉乢囉裏⑧？

---

①　你們都不認識我吧？我叫張小大，靠着這窮肩膀，不是挑糞擔，就去駝老爹。

②　現在交了運，真是(運氣)太好了。換掉短褲頭，脫掉破草鞋，登時就神氣起來，(其實)還是一個大花臉！

③　我駝夫自從老爹告了病，我也無事可做，回家來挑挑白擔吧。白擔：原意不詳，當指收入很低的苦力活。

④　哪裏知道時運到了！五年前有个妹妹賣給揚州鹽商做"等大"，今年十六歲，剛要收房，那个鹽商，就去世了。等大：富人家買來窮人家的女孩做婢女，等她長大時便納爲妾，可以説也是一種"童養媳"。

⑤　幸虧太太發善心，把房裏的東西，收拾裝了一隻船送她回來。(現在)把一些首飾變賣變賣，連我也一下子體面起來了！

⑥　只是她見過大世面，在這個破房子裏，只怕住不慣，我打算攀一頭親，嫁她出去。

⑦　再没料到她在商家待過，學了一味的臭架子，動不動(説)要攀什么才子。

⑧　那個才子到底是長的呢還是短的，寬的呢還是窄的呀？且問明白了再商量。妹子在哪裏？

（花旦上）

【引】金釵淪賤，怎盼取孟家眉案①？

（白）哥哥。（淨）妹子。（花旦）喚我出來有何見教？（淨）坐子勒看，我且問你，做阿哥勾替你攀親，你說要攀嗜才子。故故才子到底那哼一件物事②？（花旦）哥哥虧你做了一箇人，怎麼連才子兩字多是不懂的？（淨）吓，是裏哉。大約賣柴勾兒子，故是莘門頭上多得勢勾拉虱③！（花旦）啐！（淨）只怕是裁縫勾兒子吓。（花旦）什麼説話！才子是有文才的人嚧。（淨）吓，是讀書人吓。即是個樣人家嘽，囉裏肯攀吾裏介④？（花旦）自古道醴泉無源，芝草無根⑤，那裏論得門第吓！（淨）貴兩句通文，我越發弗懂哉。倒是實明實白對我説子罷⑥。（花旦）哥哥！

【集賢賓】【商調】看翩翩裘馬稱少年，奈多是癡頑。

（淨白）直頭女魘子哉滑⑦。（花旦唱）

誰把聲華魁鳳苑，締紅絲，方遂良緣。

（淨）住虱，住虱！蘇州城裏勾讀書人也多得勢，囉裏個種嘽叫才子介⑧？（花旦）我久聞得蘇州有個少年名士，喚做文佩蘭。（淨）有勾，有勾，吾拉學裏向故星撇腳當長⑨提起勾。（花旦唱）

---

①　眉案：用《後漢書》孟光"舉案齊眉"的典故，指夫婦相敬相愛的婚姻。

②　坐了再説。我且問你，哥哥替你攀親，你説要攀什么才子。那個才子到底怎樣一件東西？

③　啊，了。大約是賣柴的兒子，那莘門邊上有很多！莘門：蘇州城門名，乃清代蘇州市場交易繁榮的區域。多得勢：多的是。

④　只是那樣的人家，哪裏肯跟我們結親呢？

⑤　甘甜的泉水往往找不到源頭，靈芝草也没有深固的根系。這是明清戲曲中的一個套語，指婚姻無須强調門第。語出東晉虞預《會稽典録》中所載虞翻《與弟書》。

⑥　這兩句文縐縐的，我更加不懂了。倒是明明白白地對我説了吧。

⑦　你簡直是個女瘋子了。

⑧　等等，等等！蘇州城裏的讀書人也多的是，哪一種叫才子呀？

⑨　撇腳當長：含義不明，存疑。從上下文看似指學府裏的秀才。

他江花翠管①,想玉樹臨風偷現。

（淨）嘸心上嘔要那哼②！（花旦連唱）

心自報,要成就兩家姻眷。

（淨）妹子,嘸雖是從小個儴勾,則是那哼捱上渠乩勾大門介③?（花旦）我還聞得有個吳會元是文佩蘭的相好④。（淨）故嘔勸嘸勿要串哉,前日子老爹勾租蘇纏不拉渠騙紅子！你是個小娘家,上弗起當勾嚧⑤！（花旦）文人遊戲,這又何妨！（淨）勿差勾,你是無得租蘇勾了,大家里去纏嘔是哉。只是做阿哥勾是弗會説話勾,只好自家當面去講勾嚧⑥。（花旦）這又何難！（淨）我倒看你哪哼勾去法介⑦。（花旦）你去取我那隻衣箱出來。（淨）呋,讓我看看,幾哈嗿勾寶貝拉哈⑧。（花旦開箱）哥哥請看。（淨）阿喲,纏是多哈官客衣裳拉哈⑨。（花旦）不瞞哥哥説,前日從揚州到蘇,恐防路上有甚疎虞,因此預作整備。（淨）倒扮一個我看看嚧⑩。（花旦）哥哥,

【二郎神換頭】儒冠雲鬘,笑攏釵痕,偷看着一領青衫,含翠剪把羅襦暗裹,肯教偷露裙襴? 奈羅襪淩波三寸

---

① 翠管:指毛筆。這兩句唱詞謂張翠雲想象文佩蘭文才出衆、風度翩翩。
② 你想要怎麽樣！
③ 妹子,你雖是從小灑脱的,只是怎麽能自己主動送上門呢? 捱:硬塞。
④ 相好:好朋友。
⑤ 那勸你不要胡攪了,前幾天老爹的鬍子都被他騙紅了！你是個小姑娘,可上不得當啊！
⑥ 没錯,你是没有鬍子的,跟他去纏就是了。只是我做哥哥的不會説話的,只好你自家當面去説的呢。
⑦ 我倒要看你怎麽去呢。
⑧ 好,讓我看看,有多少什麽寶貝在裏面。幾哈:多少。
⑨ 阿喲,原來有好多男裝在這裏。官客:男人。
⑩ 那你打扮起來讓我看看。

暖,險做出步蓮花,潘娘①舊款。

（淨）索性踱勾兩踱看②。（花旦連唱）

小娥延且學個怯書生,悄步花闌。

（淨）哈哈哈,笑話,笑話！個一扮是直頭像子學裏勾朋友哉③。（花旦）哥哥,我妹子趁着這個打扮去拜那吳會元如何？（淨）去是去得勾,只是平白地勾走得去,曉得你嗜人介④?（花旦）我有文房四寶在此,待我寫個帖兒前去。（淨）再弗穀你個本事學得齊全勾拉虼⑤。（花旦）

【琥珀貓兒墜】稱衡懷刺⑥小字刊,嬋娟斂衽,輕投一幅箋,須教疑煞老詞壇⑦。

（白）女晚生張翠雲斂衽拜。哈哈哈！（唱）

爭看紅粉頑皮,一場奇演。

（淨）看來你貴個意思直頭要去拜渠勾哉。介嚜我送你到子渠虼門前,就要溜勾嘑⑧。（花旦）挈了帖兒,隨我前去。（淨）好勾。個個嚜真正叫跟兄虼來⑨。（花旦）阿呀呀,得罪了。（淨）倒也唱得道地虼。介嚜上肩來⑩。（花旦）什麼意思吓？（淨）啐出來,我是駝慣子老爹了,忘記哉,走嘑⑪。（花旦）

---

①　潘娘:典出《南史·齊紀下·廢帝東昏侯》:"（東昏侯）又鑿金爲蓮華以貼地,令潘妃行其上,曰:'此步步生蓮華也。'"這裏張翠雲指自己女扮男裝,險因三寸金蓮而暴露自己的性別。

②　乾脆踱幾步看看。

③　這一打扮像極了府學裏的那些人(像讀書人)。

④　去是去得的,只是平白地走去,他哪知道你是什麼人呢？

⑤　沒有料到,你的本事學得可齊全的呢。穀:料想。

⑥　懷刺:指準備謁見。刺:名片。語出《後漢書·文苑傳下·禰衡》。

⑦　老詞壇:文壇耆宿。

⑧　看你那個意思是真的要去拜他的了。那麼我送你到他家門前,就要溜的呢。

⑨　好的。這個真正叫跟兄的了。

⑩　倒也唱得道地的。那麼上肩來。

⑪　呸,我是駝慣了老爹,忘記了。走吧。了:小句連接詞。

　　【尾】此行不爲東風面,要託蝶央蜂到玉闌。

　　　　（淨白）讓我鎖上子門介①。（花旦）哥哥吓,（唱）

多謝你指引,漁郎花路遠。

　　　　（淨渾全下）

---

　　① 　讓我把門鎖了吧。

牝謁

外上。

爲着功名抛棄，排就婚姻奇計。我吳因之前日赴錢家的酒席，原爲文佩蘭親事而起。他卻不知，把我十分搪突。今早仲羽寄信與我説，文佩蘭在他府上恰恰遇着鍾老，不想那謝小姐是鍾老的外甥女，已將姻事當面議定。我想趁此機會，正好糾合春英激怒文佩蘭，倒倒顛顛入我圈套。只是少個幫手，因此躊躇未決。（末上）家有賜書，門無雜賓。稟老爺，有客奉拜，帖兒在此。（外）"女晚生張翠雲斂衽拜"。哈哈哈，我交遊天下，從沒有女子來拜我。這又奇了。且請相見。（末應下）

（花旦上）笑拂青衫袖，來登白玉堂。吓，老先生。（外）住了。這帖兒是兄來拜我的麽？（花旦）是晚生的。（外）怎寫斂衽拜三字呢？（花旦）吓，這是舍妹教晚生帶來的。（外）原來是令妹的帖兒。且坐了，請教。（花旦）舍妹有椿親事，全仗大力玉成。因此教晚生特來奉懇。（外）令妹注意的是那一家？（花旦）吓，是老先生的相知，喚做文佩蘭。（外）阿呀，文佩蘭已有謝家小姐，況還有個春英在家。令妹與他對親，何以位置？（花旦）晚生家世寒微，舍妹願居妾媵。（外）如此説成事不難。但是那文佩蘭溺情女色，抛棄功名。須得令妹幫我幹一件大事。（花旦）既蒙金諾，願聽指揮。但舍妹爲人柔弱，晚生代勞如何？（外）男將不及女兵，還是令妹的好。（花旦）如此説老先生是善調女子軍也。（外）然也。（花旦）

【玉胞肚】 你風流袖領，巧安排羅衣綉裙。再休猜杜牧登堂,看依然崇嘏①求婚。

> (外)住了,你說什麼崇嘏求婚? 你莫非是位女子麼?(花旦)不
> 敢欺,那帖兒上張翠雲晚生就是。(外)哈哈哈,(花旦唱)

只緣無計到韓門,因此謊作巫山試楚雲。

> (外白)我吳因之也算頑皮的領袖,今遇足下,未免有一時瑜亮之
> 歎矣!

【前腔】你金釵雲鬢,怎頑皮來尋鳳盟。掌婚簿由我
黃衫②,賺連環③仗你紅裙。

> (花旦白)這是當得效勞,只是未曾顛末④。(外)此話正長。且
> 到書房中去細談。這倘或文佩蘭到來,務要一個做好,一個做
> 歹,弄得他七顛八倒纏罷。(花旦)這個易如反掌。(外)不要露
> 出馬腳來吓。(花旦)老先生安排慧眼,看我張翠雲初出茅廬第
> 一功。(外)好個初出茅廬第一功! 如此,請!(合唱)

排成妙計賽陳平,教他拜倒芙蓉帳下軍。

> (仝下)

---

①　崇嘏:黃崇嘏,傳爲唐代臨邛人,曾女扮男裝參與社會生活。在明清的通俗文學
中,更編造其女扮男裝參加科舉考試並中狀元的故事。

②　黃衫:指願意爲有情人終成眷屬而出手相助的人。典出唐傳奇《霍小玉傳》。黃
衫客乃故事中挾持李益和霍小玉相見的俠客。

③　連環:古人將羅帶系成連環回文樣式的結子,謂同心結,象徵定情。

④　顛末:具體細節。這裏張翠雲指自己還不明白吳因之的具體計劃。

覆詆

小生上。

休言好事多磨難，須信姻緣自有真。怪底眼前輕薄輩，枉抛心力
爲旁人。我文佩蘭在仲羽府上，遇着鍾老師，承他美意替我爲
媒。因此瞞着春娘，悄然下聘。可怪那吳因之，前日幫着錢家謀
我親事。如今他已成畫餅，不免前去打覷一場，稍吐我日前之
氣。此間已是吓。因之兄在家麽？小弟文佩蘭在此。（花旦
上）傳來真妙秘，誰識假書生？文兄！（小生）吓，兄是那个？（花
旦）翠雲是此間會元公的表弟。（小生）原來如此。令表兄呢？
（花旦）有事羈身，着小弟陪兄一坐，少頃便來。（小生）小弟與因
之朝夕來往。兄既是他的表弟，爲何從未識面？（花旦）實不相
瞞，家表兄雖是個會元，我看他近來作事有些蹊蹺。小弟有些厭
煩他，所以不甚來往。（小生）是吓！此等人要刻刻隄防他纏是，
小弟險些上了他的鬼當。（花旦）此事弟亦所聞，敢是爲那謝小
姐的姻事麽？（小生）正是！（花旦）吾兄此來，還要家表兄挽回
這頭親事麽？（小生）不瞞兄說，如今小弟倒不勞了。（花旦）倒
是不勞的好。（小生）兄吓！

【漁家傲】【中吕】 好笑他附勢趨炎枉自忙，

（花旦白）附勢趨炎這是家表兄的常技。（小生連唱）

抛撇盟壇，趨承畫堂①。

（花旦白）吓，所以這兩日他與錢公子往來頗密。（小生連唱）

沙吒②要霸芙蓉帳。

---

① 盟壇：指朋友。畫堂：指豪貴。
② 沙吒：霸占或强娶他人妻室的權貴，典出唐傳奇《柳氏傳》。

（花旦白）吓，吾兄便怎麼樣？（小生連唱）

全仗他蜂媒伎倆！ 幸虧我玉鏡留温，僥倖個藍橋渡航。

　　（花旦白）吓，原來兄已經成事了。是那個爲媒的呢？（小生）就
　　是他的對頭鍾老師。（唱）

借着他桃李新陰宿鳳凰。

　　（外上白）安排翠帳三杯酒，待卻春風八寶環。阿呀，文兄恭喜！
　　賀喜！（小生）有何喜事？（外）你的姻事成就了吓。（小生）吥，
　　成就了，全虧因之兄幫襯。（外）休得取笑。（花旦）老表兄，我笑
　　你空做這樣死寃家，如今倒落了一場没趣！（外）咳咳，你怎麼也
　　來埋怨我？（末上）主人聲望重，奴僕應酬忙。老爺，錢公子到。
　　（小生）阿呀，這是我的寃家。告別了。（外）請便，請便。（花
　　旦）文兄來。（私語介）家表兄鬼計多端，况錢公子此來必非無
　　故。我全你到屏後略避片時，聽他們講些什麼。（小生）吾兄見
　　教得極是。（花旦）請那邊坐。（小生）請。（全下）（淨錢公子
　　上）家婆鼇在荷包裏，誰料人間剪綹多①。吓，吳老先生。
　　（外）錢兄請坐。（淨）阿曉得我個頭親事，大大能勾弗局哉噓②？
　　（外）爲何？（淨）箸裏向貴勾謝小姐，囉裏曉得倒是鍾老師個外
　　甥囡兒！個小文走子渠勾門路竟攀成子親！目前目後就要過門
　　哉③。（外）吓，有這等事？（淨）

　　【剔銀燈】他喜孜孜師門細央，鬧炒炒絲鞭偷搶。我
池塘已下當頭棒，怎能勾鴛鴦無恙④？

　　（白）晚生若是攀弗成功貴頭親事，非但輸子意氣拉小文，連老先

---

　　①　老婆裝在荷包裏（表示已經很穩了，一定是我的了），誰知世上小偷多。剪綹：扒
手，小偷。
　　②　你可知道，我的這門親事，大大地不好了呀？弗局：不好，不行。
　　③　箸裏的那個謝小姐，哪裏知道倒是鍾老師的外甥女！那小文走了他的門路，竟攀
成了親！這幾天就要過門了。
　　④　池塘鴛鴦是舊時比喻夫妻恩愛幸福的套語。錢氏此句謂現在他的這椿婚事面臨
危險，不知如何纔能挽救。

生勾金面纏弗好看相哉滑。爲此來求勾老先生①。（唱）

端詳如何忖量，須把那好姻緣美甘甘再講。

（外白）他姻事已成，况過門在即，教我怎生挽回呢？（淨）直頭要老先生想一個主意出來氘②。（外沉吟，忽向内故作高聲）吓，爲今之計，除非一搶。（淨）阿是搶親？個極是勾哉。只是那勾搶法③？（外）即就今晚喚齊賓相樂人，多帶僮僕，只算迎娶的模樣，把謝小姐搶了回來。即使當官理論，生米已煑成熟飯。此計如何？（淨）好計策，好計策！但是外頭嚜端正好哉，要个内應嚜好滑④。（外）學生爲兄一往。（淨）老先生肯去，個是萬無一失勾哉。阿呀！我勾老先生吓，

【攤破地錦花】仗伊行竟發個慈悲想，提攜這場，若能個鎖禁鴛鴦，我須念深恩，紅鴛寶帳。

（外白）你速回去。快些端正，休要誤了大事。（淨）介嚜多謝老先生。我去哉。（合唱）

須要緊，隄防休漏洩這春光！

（下）（小生花旦上白）阿喲喲，反了，反了！（外）什麼反了？（小生）你方纏同他講些什麼？（外）沒有講什麼吓。（花旦）老表兄，你休要抵賴。我也明明聽見的，什麼“爲今之計，除非一搶”！（小生）如何？（外）文兄，他雖是我的至親，近來與我有些不睦。兄休要聽他的挑撥。（小生）咳，吳因之！

【麻婆子】我堪恨堪恨奸謀毒，風波隨處揚。

（花旦）老表兄！（唱）

你休講休講糊塗話，將人恁抵搪。

---

①　晚生若是攀不成那門親事，非但意氣輸給了小文，連老先生的金面都不好看了呀。爲此來求求老先生。

②　實在要老先生想一個主意出來呢。

③　是搶親嗎？這是極好的了。只是怎麼個搶法？

④　但是外頭呢準備好了，要有个内應呢纔好呀。

（外）嗳，你是我的至親，怎麼袒護着纔識面的朋友前來破我的機
關？我如今索性要這般行事了。（唱）

一朝割席，又何妨三章約法？誰想抗？

（花旦白）文兄，這樣沒行止的朋友，你也不必與他爭論。（小
生）也罷。我如今急去對鍾老師說明，教他通個信兒與菴中小
姐，早作整備。少停屈兄到舍，還有事奉商。（花旦）文兄先請，
小弟即來候教。（唱）

休墮休墮牢籠計，保護錦鴛鴦。

（小生徑下）（花旦）哈哈，他竟信以爲實，大怒而去了。（外）蒼頭
過來。（末）有。（外）我有錦囊一封，你領着這位相公到文佩蘭
府上去。我要到菴中辦事，包管還有一場笑話。（花旦）是。
（外）正是計中就計三章約，（花旦）疑上添疑八陣圖①。（笑
各下）

---

① 三章約：即成語"約法三章"，這裏指吳因之和張翠雲約好協同捉弄文佩蘭。八陣
圖：原指諸葛亮作戰時的多種變幻的陣勢，這裏指吳因之設置多變的計謀，使文佩蘭和錢
恕士如墮五里雲中。

雙 賺

作旦上。

【引】芸窗靜鎖，荒盡書生功課。

（白）前日我家相公爲着謝家親事，教我當面允許。我假意不從，他竟鑽謀鍾老，悄然下聘。老爺通信與我，他絶不提起。我仍舊假粧不知便了。（花旦、末隨上）欲設連環計，先投尺素書。（末）此間已是。待我引道。（花旦）有勞。（進介）（末）吓，姨娘。（作旦）老人家。（末）來來來，見了姨娘。（花旦應介）（作旦）吓，住了，此位是誰？（末）這麽是老爺新認下的表弟。（作）老人家，你也來糊塗了，天下那有新認下的表弟？（末）老爺恐姨娘不信，有個錦囊在此，請姨娘開看。（作）吓，原來也是個女子，快請相見。（花旦）小妹衣冠在身，行禮不便，伏乞見原。（作）請坐下了。（末）你們二位且請細談。我回覆老爺去了。（下）（作）有慢。（花旦）姐姐，你可曉得今晚錢公子要搶謝小姐？你家相公十分着急，一徑通知鍾老去了。他又央我到府，必竟要求照應。我便推在姐姐身上，一同粧腔做套，倒在他懷裏，做個金蟬脱殼之計，何如？（作）何爲金蟬脱殼之計？（花）吓，姐姐，

【朱奴兒】【正宮】他鬧風情無端弄磨，央繡閣早些定妥。你綿裏金針還自裹，做粧個釵樓潑醋。

（作白）那時姐姐便怎麽？（花）小妹便攛哄姐姐前去。你只索假意應承，一徑到吳會元府上去。（唱）

偏背着鸞巢鳳窩，齊折倒劉郎座。

（作白）此計甚妙，依着姐姐行事便了。（小生急上）已託青鸞通信息，還愁繡閣費磨礲。（花）吓，文兄，小弟候久了。（小生）請

坐，請坐。春娘，他是個生客，你怎麼與他靦面起來？（作）他是
吳老爺的表弟，我在老爺家中的時候，從小見面的嚛。（小生）啐
啐，我倒忘了。（花）文兄，你去見鍾老師，可曾通知謝小姐麼？
（小生搖手）（花）文兄不必隱瞞此事。如嫂多已知道。只是謝小
姐那邊，雖有鍾老師照應，但他年老龍鍾，未必是家表兄的對手。
還得一位伶俐能幹之人幫助他纏好。（小生）這個嚛，全仗吾兄。
（花）阿喲，阿喲，小弟是個男子，怎生照應得謝小姐來？此事若
萬無一失，須得如嫂一往。（小生）只怕他不肯去。（花）且去相
求他一番。（小生）吓，春娘，今夜錢家要搶那謝小姐，我已央鍾
老師去通消息。你可肯爲我前去照應一二？（作）噯，你既瞞我
幹事，今日又來求我怎的？（小生）我說他是不肯去的。（花）要
下個全禮吓。（小生）啐，（作連白唱）

【朱奴插芙蓉】怪伊行機謀太多，瞞翠閣早聯姻譜。
事急今番央及我，只索要旁觀閒坐。

　　（小生白）春娘你若肯替小生前去，（唱）

恩和義邱山重呵，勸卿卿把解鈴妙手庇嬌娥。

　　（作白）我是斷斷不去的！（花）如嫂，

【朱奴剔銀燈】恕前情重教意和，連外侮怎生拋躲？
若得周全鸞鳳裏，管教你賢聲早播。

　　（作白）不是我不肯周全，只怪平日爲何不上緊讀書！（小生）吓，春
　　娘怪我不肯讀書。你若替我前去，只從今日便用功起頭如何？（唱）

聽波把詩篇細哦，敢拋棄青燈功課？

　　（花白）既然文兄今日便肯讀書，勸如嫂依了罷。（作）我去便去，
　　只是吳老爺那邊不可洩漏風聲。（花）這個自然。（作）快喚轎伺
　　候。（小生）阿呀呀，好了，聖旨下了吓。書僮，喚轎伺候。（內
　　應）（作）你速到書房中去讀書，候我回音。（小生）①春娘暫請告

───────────

　①　原抄本無括號。

假片刻。（作）嘖嘖嘖，就來了。（花）文兄，請到書房中去罷。
（小生）怎好失陪？（花）文兄，我和你相好正長，休拘禮數。（小
生）如此得罪了。阿呀，春娘，你去了幾時回音？（作）錢家搶親，
定然是更深人靜，我去照應那謝小姐，那裏論得定時候？（小
生）一更不回呢？（作）讀到一更。（小生）二更不回呢？（作）讀
到二更。（小生）沒奈何只得勉強遵命，咳！（下）（花）姐姐，被我
們一番圈套，他竟欣然央你前去，那知不是去救那謝小姐，倒是
去見那吳會元！

【朱奴帶錦纏】趁他行心顛意魔，硬把着泥團沙裏。
恁樣機關牢下鎖，怎把俺奇謀猜破。

　　（內）轎子來哉。請姨娘應上來上轎。（花）待我速速隨你前去。
　　（作）得罪姐姐吓。文郎，文郎，我春英此去呵，（唱）
非是謊嘍囉，爲兒郎轓軻齊將翠袖扶。
　　（花）姐姐請上轎去罷。（合唱）
從此桃根簸，添將桃葉弄風波。
　　（下）

奇　謀

小旦同老旦上。

【園林好】【仙呂】暈羞眉偷窺鏡奩，怯纖腰把裙拖畫襴。

(老白)小姐，前日多虧了鍾老爺做主，與文相公對親，説早晚便要迎娶。真正是才子佳人天生一對哩！(小旦)咳，(唱)

説甚麼梁家眉案空締下，錦良緣終隔斷舊家山。

(小丑上白)弗好哉，弗好哉，外甥囡兒拉孔囉裏①？(小旦)母舅爲何這等慌張？(小丑)個錢公子曉得你攀子勾文家裏了，大家吳會元一頓商量，今夜頭端正子花花轎要來搶你哉嚧②。(小旦)這是那裏説起！(老)豈有此理，難道没有王法的？(小丑)王法是有個，已裏勾官府半把是里孔爺勾門生、故舊，况且有勾吳會元拉哈硬撐船，我貴个癟皮教官嚘，那哼去當住渠呢③？(小旦)阿呀，母舅吓！

【江兒水】痛煞椿萱④喪，支撐門户難。天涯寄跡長悲歎！承伊結下三生眷，今朝又被風波賺。真個紅顏命蹇。一剪桃花，抔逐出東風摧斷⑤。

---

①　不好了，不好了，外甥女兒在哪裏？
②　那錢公子知道你攀了文家，跟吳會元一番商量，今晚準備了花轎要來搶你了呀。
③　王法是有的，(但)這裏的官府一半是他父親的門生、故舊，况且有個吳會元在其中橫插一杠，我這個窮教官，怎么去抵擋他呢？已：疑當作"己"。硬撐船：横生枝节，横插一杠。癟皮：窮困。
④　椿萱：指父母。
⑤　此句意謂自己寧願自殺。

（小丑）個是使弗得个①！（老）老爺想个計策出來嚧。（小丑）張
天師不拉鬼迷子，有法無處使裹哉②。（內吹打）（丑尼姑上）咳，
再弗曉得個喪良心个，連我纏弗說个一聲，竟來搶親哉③。小
姐，小姐！（小丑）纏是你个瘟師姑④！（老）怎麼吓？（丑）山門
外頭，擠滿子多哈樂人鼓手，說道錢公子瓰來接小姐上轎勾⑤。
（老）阿呸，我家小姐與文家對親，怎麼倒是錢家來迎娶？（小
丑）纏是形子錢公子大家小姐攀親，弄出賊梗勾事務來，先拏你
得送官⑥。（丑）阿彌陀佛！個纏是吳老爺作瓰勾孽，關得我嗜
事介⑦？（內吹打）（外拏冠諙上）你們不可如此！（丑）吳老爺來
哉。（小丑）好勾好勾！你前日子作樂得我賊介个田地，今日亦
幫子錢家裏搶我勾外甥囡兒，你到底嗜意思⑧？（外）虧你中了
進士，一些人事也不懂。（小丑）再說我不懂人事來？（外）你的
令甥女，是我好友文佩蘭聘下的，怎幫了別人前來搶奪之理？
（小丑）介勒拏個個牢實得進來做嗜⑨？（丑）吳老爺到底拉瓰撮
嗜巴戲⑩？（外）靜蓮，你難道就忘了中秋日的言語麼？（丑）嗜
个說話介⑪？（外）今日此擧特來超度你。（丑）那說超度我介？
（外）你出家人不守清規，與人苟合，況你臨盆在即，豈不玷污佛
門？所以攛哄錢公子來此搶親，你速將此衣穿戴，權充謝小姐前

----

①　這是行不得的！
②　張天師(反而)讓鬼迷了，有法無地方使了。
③　咳，再不知道那喪良心的，連我都不說个一聲，竟來搶親了。
④　都因爲是你這瘟尼姑！
⑤　山門外面，擠滿了許多樂人鼓手，說是錢公子家來接小姐上轎的。
⑥　都是你引誘錢公子跟小姐攀親，弄出這樣的事來，先要把你送官。形：疑誤，當
作“引”。
⑦　阿彌陀佛！這都是吳老爺作下的孽，關我什麼事呢？
⑧　好啊好啊！你前天作弄我那樣的地步，今天又幫錢家搶我的外甥女兒，你到底
什麼意思？
⑨　那麼拿這個勞什子進來幹什麼？牢實：即“勞什子”，指物件、東西。
⑩　吳老爺到底在玩兒什麼把戲？撮嗜巴戲：耍什麼把戲，耍什麼花招。
⑪　什麼話呀？

去。你道如何?(丑)個是極好勾哉滑①!(外)静蓮,

【玉交枝】此事消釋公案②,惹蓮臺③風流夙冤。饒伊懺悔慈雲畔,怕的是水清石現。

 (丑白)多謝子老爺!介嘿我進去粧扮哉噱。阿喲!臨時上轎倒是一個痛陣來哉介④。(下)(小丑)吓,賊介多哈道理來哈。但是個姓文个半點也勿明白,阿要讓我去説明子罷⑤?(外)你不知那文佩蘭不思上進之人,乘此機會將他激勵,也是爲令甥女的美意吓!(小丑)那哼激勵呢?(外)哪,(唱)

名花一朵權護襯,怎生猜破春風院?你休得要漏洩機關,恁胸頭怎解怒滿?

 (小丑白)好計策!但是亦弗要作樂我咭⑥。(外)樂人賓相,速速進來。迎請上轎。(衆上進門介。丑尼上轎,下)(外)奉送西方,完滿功德。(小丑)年兄老先生,你直頭會開心虱⑦。(外)什麽開心?無非爲朋友熱心而已。方纔之言,千萬留意不可忘了。(小丑)曉得勾哉⑧。(外)請了,改日會。(下)(小丑)吓,人人説道吳會元是刁鑽促掐勾,囉裏曉得一團大道理。我且對外甥囡兒説明白子勒,教轎子搬拉我貴搭一淘住,有理勾⑨。

————————

 ① 這是極好的了!
 ② 公案:指問題、麻煩。
 ③ 蓮臺:佛像的蓮座,這裏指佛家。
 ④ 多謝老爺!那麽我進去打扮子呀。阿喲!臨時上轎倒是陣痛起來了。
 ⑤ 哦,有這許多道理啊。但是那姓文的一點也不明白,要不要讓我去跟他説明了吧?
 ⑥ 好計策!但是不要又作弄我啊。
 ⑦ 你真是會開玩笑的。
 ⑧ 明白的了。
 ⑨ 啊,人人都説吳會元刁鑽促狹,哪裏知道有這樣一團大道理。我且對外甥女兒説明了,叫一頂轎子搬到我那裏一起住,有理的。貴搭:那裏。一淘:一道、一起。

尼　婚

淨錢恕士上。

【流板】衫兒窄窄帽兒光,搶得新人入畫堂。今夜春風看鬢影,不教禪榻伴光郎①。

（白）我錢恕士,虧得吳老先生個計策,今夜頭搶謝小姐得來做親。阿婆說道,孤身哉了,弗出來受拜哉。快快瀟瀟,竟拜子天地,就進去高興哉滑。花轎去了半日哉,還弗見來來介②?（吹打上照舊規式,眾下）（淨）貴位小姐,自從拉佛殿上見子一面,看得弗仔細,讓我挑落子方巾,認認真真個不一看渠使使。（丑）阿彌陀佛!（淨）吓,你是靜蓮嘘!（丑）介勒弗是嗜③?（淨）弗好哉,亦做子鍾老師個故事拉裏哉④!

【皂角兒】我只道搶瓊簫高登凰臺,引魂旛徧遊佛寨。望天樓偷貼燕釵,做出個瑞光寺輕投鴛帶。

（丑白）我大家你是老相與,弗要不個驚嚇拉我咭⑤。（淨）呸!
（連唱）

快些兒卸新粧,除炫服,披袈裟,迴蓮步。休恁遲捱!

（丑）我是出家人耶,你破子我個戒,亦弄得我拖子賊梗一個重身

----

① 光郎:這裏指光頭的尼姑,此句表示自己現在不再與尼姑做伴。
② 我錢恕士,幸虧有吳老先生的計策,今夜搶謝小姐來做親。我媽說她自己是孤身,不出來受拜了。爽爽快快,竟拜了天地,就能進去高興了呀。花轎去了半天了,怎麼還不見來呢?
③ 怎麼不是呢?介勒:怎麼。
④ 不好了,又在演鍾老師的故事了!
⑤ 我和你是老相好,不要驚嚇我呀。

體，罪過動動勾，趕我到囉裏去吓①？（唱）

權時忍耐，且共和諧。

（淨白）弗要拉瓦魘弗醒②。（丑）噯，（連唱）

休得要粧模作樣把人輕待！

（白）阿喲，阿喲，驚動子了，亦是一個痛陣。只怕第一夜做親就要養兒子嘘。快點替我去叫老娘得來③。（淨）阿要弗色頭④！（丑）阿呀，弗好裏哉嘘⑤。

【前腔】痛森沙難禁這胎，恨冤家將人輕害，怕今宵看看產孩，怪伊行全無恩愛！

（老旦同婢上白）爲甚新房裏無端爭鬧聲？（婢）夫人來哉。（老）你們爲何這般抄⑥鬧？（淨）阿嬪，你看看渠看嘘！（老）吓，你說是謝家小姐，怎麼是個尼姑？（丑）親婆，做新婦個熬子痛勒告訴你，我本來出家拉瓦鳳池菴裏向，你勾兒子一陣勾局騙，破子我勾戒，亦因大子我勾肚皮。故歇十月滿足，我只得代子謝小姐嫁到巳裏來。渠還要使性勒趕我出去，求個親婆做主斷斷看⑦。（老）家門不幸，致有此事。這多是你自己不好。（淨）嗜弗好？送子渠菴裏去嘌就是哉滑⑧。（丑）阿喲，阿喲！（老）爲

---

①　我是出家人啊，你破了我的戒，又弄得我拖着這樣一個大肚子，罪過啊，你趕我到哪裏去啊？

②　不要在那兒癡心妄想。

③　阿喲，阿喲，由於驚動了胎氣，又是一個陣痛。只怕第一夜做親就要生兒子呢。快點給我去叫接生婆來。

④　真是倒霉了！弗色頭：倒霉、晦氣。

⑤　阿呀，不好了呀。

⑥　抄：疑當作"吵"。

⑦　好婆婆，做媳婦的忍着痛告訴你，我本來出家在鳳池菴裏，你兒子連蒙帶騙，破了我的戒，又睡大了我的肚子。現在十月滿足，我只能代謝小姐嫁到這裏來。他還要發脾氣趕我出去，求婆婆做主，給個決斷。巳：疑當作"己"。

⑧　有什麼不好？送她去菴裏就是了呀。

何這般光景?(丑)阿呀,要產下來哉①。(老)他若產下孩兒,就是你的骨血,怎好留子去母,有傷陰德!(唱)

怎教他棄於菟②,拋隘巷,忍羞顏,回禪榻,做盡胡柴③!

(白)丫鬟扶了進去,速喚穩婆伺候。(婢)是哉!(全丑下)

(淨)做親連收生,也算大笑話!阿孃說得弗差,我只恨個吳會元革狗賊④。(唱)

怎移花換木,簸弄喬才?(老唱)這教做眼前孽報,非關錯配。

(婢上白)夫人,夫人!(老)怎麼?(婢)老娘纔弗消叫得,已經養子一位胖胖大大個公子拉虱哉⑤。(老)這也可喜。(淨)是男個也罷哉⑥。(老)只是一件,我家侍郎門第,娶尼姑為媳,豈不被人恥笑?(淨)個是弗難勾。只要吩咐個星男男女女,倘若朋友親眷問起嚾,則說原討個謝小姐。等個一年半載,受長子頭髮也認弗出哉滑⑦。(老)咳,做娘的長齋繡佛,不入血房。你自去看看孩兒。我去了。閨中纔納婦,膝下早添孫!(下)(淨)請進去罷。丫頭虱,端正子益母草,我新郎官人自家來煎吓。真正是時來運來,討勾家婆帶肚來⑧!(下)

《三才福》上卷終

---

① 阿呀,要生下來了。

② 於菟:老虎幼仔,這裏指孩子。

③ 胡柴:隨意瞎編,為所欲為。

④ 做親連接生,也算大笑話!我媽說得沒錯,我只恨吳會元那家伙。革:這裏相當於"那"。

⑤ 接生婆都不用叫,已經生了一位胖胖大大的公子了。

⑥ 是男孩也就算了。

⑦ 那是不難的。只要吩咐那些男男女女下人,倘若朋友親戚問起的話,只說還是娶的謝小姐。過個一年半載,留長了頭髮也認不出了呀。個星:這些。

⑧ 請進去吧。丫頭們,準備益母草,我新郎官自己來煎。真正是時來運來,娶個老婆肚子裏帶着孩子來!

《三才福》下卷

夜 窘

打二更,小生上。

【薄媚滾】【越調】聽樵樓鼓打二更,打着我心頭病。因甚青鸞,因甚青鸞,好似銀瓶墜金井?

(白)方纔春娘去保全謝家小姐,教我在家讀書,守候回音。如今已交二更時分,不知謝小姐怎生下落? 連那春娘也不見回來。咻,好生古怪吓!(唱)

滿腹躊躕,滿腹躊躕,真難忖,形如影,何處存? 教我今宵,怎生着枕?

(白)我如今也耐不住了,書童,書童!(副呵欠上)更深夜靜,還乱叫命來。想是姨娘弗拉屋裏,一干子困弗慣哉。相公嗜用①?(小生)快些掌燈,隨我出去。(副)介勾相公,故歇嗜時候哉? 還要到嚹裏去②?(小生)到鳳池菴去打聽消息。(副)相公,个兩日是夜禁,頭頭巷門纔弗肯開勾,勸吥明朝去子罷③。(小生)好狗才,我偏要今夜去!(內打三更)阿聽見三記鼓哉④?(小生)我性急如火,那裏挨得到明日吓!(副)介嚜讓我點子燈籠勒

① 更深夜靜,還在拼命叫喊呢。想是姨娘不在家裏,一個人睡不慣了。——相公,什麼事? 一干子:一個人。

② 這個相公,現在什麼時候了? 還要到哪裏去?

③ 相公,這兩天是夜禁,每個巷門都不肯開的,勸你明天去吧。夜禁:清代的城市,多有嚴格的夜禁制度,清中期以後,纔逐漸放寬,並且不同的城市有不同的禁令。通常夏季會允許居民開門納涼,唯大街小巷多鎬固柵門,不許人行走,但公務急速、軍民之家有疾病、生産、死喪,不在禁限。《三才福》是清中期作品,這裏説這幾天有夜禁,説明當時的蘇州夜禁已相對寬鬆,不是每天都有夜禁。

④ 聽見打三更鼓了嗎?

介。前門是落子鎖勾哉,開子後門勒走罷①。(小生)快走!(唱)
滿腹疑團,滿腹疑團,早跳入葫蘆悶②,何處伸? 且到禪關
追尋蹤影。

(全副下)

(打四更,白淨醉意上白)阿喲,好酒! 我叫巷門阿九,即得糟子
个口黃湯。故歇四更天哉,弗知阿有嗜叫巷門勾來哉③。(扮道
士、鼓手、穩婆,擎各色燈籠,淨扮道兄上)樓頭交四鼓,心急各歸
家。開巷門! (白淨)毻穿吪个花椒,倒合子一大淘來? 難爲吪
虱窮爺哉。官府查夜凶了,要問明白子開勾。吪是做嗜个勾④?
(道士)九官,是我嚧。(白淨)阿喲喲,原來是聚龍官師太⑤! 嗜
了個道場能散得遲介⑥? (道士)多打子兩套綿帶了⑦。(白
淨)你呢? (穩婆)九官,是我。拉大衛衕口收子生勒居來⑧。
(白淨)原來是塔兒巷裏勾陸娘娘! 我醉裏哉了。失照,失照⑨!
(鼓手)九老官,開子我⑩。(白淨)冀老三,你是嗜了能晏⑪?
(鼓手)待新人生意耶⑫。(淨)介勾萬忽,有勾多化嚕蘇⑬? (白

---

①　那麼讓我點起燈籠吧。——前門是上了鎖了,開了後門走吧。

②　葫蘆悶:一種中國傳統的擲賽遊戲,又稱葫蘆悶、葫蘆運、葫蘆笨、升仙圖等,各地
圖案與稱呼各有不同。這裏文佩蘭用以表示自己如進了迷宮一般十分困惑。

③　阿喲,好酒! 我叫巷門阿九,剛纔喝了口黃酒。現在四更天了,不知道會有什麼
人來叫巷門。

④　你他媽的,倒湊了一大群來了? 難爲老子我了。官府查夜查得凶,因此要問明白
了纔能開的。你是做什麼的? 毻:粗話,傖。窮爺:阿九自稱。此處看守巷門的士兵阿九
在罵半夜裏等着開城門的人很多,仿佛一大串花椒子一般。

⑤　聚龍官:疑當作"聚龍觀"。

⑥　做什麼道場這麼晚纔散?

⑦　由於多打了兩套"綿帶"。打綿帶:含義不詳,當爲道士做道場中的一種節日。

⑧　在大衛衕口接了生回來。

⑨　原來是塔兒巷裏的陸娘娘! 我醉了。失禮,失禮!

⑩　九老官,讓我進去。

⑪　你是爲什麼这麼晚? 能:如此地。

⑫　有接待新人的生意呀(有婚禮)。

⑬　你這個家伙,有這許多嚕蘇?

淨）嗇等樣有樣凡人，拔出嘴來就罵吓①？（淨）阿認得我了②？（白淨）阿喲，原來是喬阿大！阿是輸子銅錢了，擎我得來喉極③？（淨）弗是吓，家主婆拉虱等夜个了，快洒點開哉滑④。（白淨）拉裏開哉滑⑤。（衆齊進巷門，下）（白淨）那嚟困得勾哉，

① 什麼樣神氣的人，開口就罵人啊？
② 還認識我嗎？
③ 是不是輸了銅錢了，拿我來出氣？喉極：這裏指發脾氣。
④ 不是，老婆在等門呢，快點開了門吧。等夜：晚上等未歸的家人回來。
⑤ 正在開呢。

就是天王來也弗開勾哉①!

（副照小生上）相公看腳下。（小生）第一關心事,匆忙黑夜行。

（副）開巷門! 開巷門!（內）困哉②!（小生）阿呀,我要到鳳池菴去的。快些開了我!（內）要困師姑,等天亮子去,趁子熱被頭罷。窮爺困哉,弗起來哉③!（小生）放肆的狗才!（內）只好讓吾罵瓦勾哉④!（打五更）（副）相公,故歇巳交五記鼓,諒來渠弗開勾哉。且居去忽一忽勒,天亮子勒再去罷⑤。（小生）阿呀,謝小姐不知下落,春娘又一去無蹤,教我那裏放心得下?（副）讚煞拉記裏也無用滑⑥!（小生）

【一撮棹】【正宮】急得人腸斷,難教人放寬。愁眼望,巴巴到更闌。藍田尉⑦竟將咱攔攔! 沒箇人幫襯,獨自打俄延⑧,新人拋的遠,舊人又難見。歸家去,怎得箇夢魂安?

（下）

---

① 現在可以睡覺了,就是天王來也不開的了!

② 已經睡了（不開）!

③ 要跟尼姑睡,等天亮了去,趁她的被窩熱吧。老子睡了,不起來了!

④ 只好讓你在那裏罵了!

⑤ 相公,現在已是五更了,料想他不開的了。還是回去小睡一會,等天亮了再去吧。居去:回去。忽:短睡。

⑥ 站死在這裏也沒有用啊! 讚:疑爲“站”。

⑦ 藍田尉:即“瀟陵醉尉”,典出《史記·李將軍列傳》,指社會地位不高卻處於關卡位置、有權放人出入的人。

⑧ 俄延:拖延,耽擱。

彙　議

外上。

【引】鼎足合鴛鴦，請看我一番提唱。

（白）我昨日略施小計，着張翠雲糾合春英到家。那鍾老同他外甥女現住在我家西院，須教他三人一同商議，不怕文佩蘭不墮我術中。春娘，翠娘，那裏？（作旦、花旦上）來了。亭外閒花仍戀主，籠中小鳥慣依人。吓，吳老爺！（外）吓，春娘。我想文兄今日必來尋鬧，那謝小姐現住在西院，你同翠娘前去，大家商議定妥，索性合同激勵他一番。（作）謹依老爺台命！（外）今日是秦仲羽喜日，是我大媒。你二人速往西院去。（二旦應，下）（外）且去換了衣服前去。轉過紅藥徑，又到碧蒼苔。（下）（老旦上）世局如棋多變態，人生似雀又移家。老身昨晚同着小姐跟隨鍾老爺到此間西院居住，真個文牕窈窕，綉閣參差，比着尼菴更覺幽雅。不知小姐有甚心事？清早起來，老身伏侍梳洗已畢，且去烹茶伺候。（作上）巧排金絡索①，來會玉連環。吓，媽媽。（老）你是誰家女子？到此何幹？（作）我麼是文佩蘭相公的副室，奉吳老爺之命特來見小姐。（老）原來如此。待我請小姐出來。小姐有請！（小旦上）幸脫鴛鴦賺②，安栖翡翠林。（作趨上，福介）小姐萬福。（小旦）乳娘，這位是那個吓？（老）這位麼是文相公的姨娘，奉吳老爺之命來見小姐的。（小旦）如此失敬了。請

---

① 金絡索：金鏈子。
② 鴛鴦賺：指錢恕士的搶婚。賺：詐騙，哄騙。

坐！（花旦上）掩卻雲鬟態①，先調②鳳閣人。小姐拜揖。（小
旦）阿呀，你是何等樣人，擅自到此！（老）快些走出去！（作）媽
媽不要着忙，這便是我家相公嘑。（老）豈有此理！你方纔説是
文相公的姨娘，那文相公我認得的，不是這樣的面龐。（花）小生
原非文佩蘭，實是此間吳會元的表弟。（老）既是此間吳老爺的
表弟，怎又説是你的相公？（花）媽媽有個緣故。只因那文佩蘭
是個不思上進的秀才，吳會元恐誤了他終身大事，因此巧賺到
家，已贈我爲妾。又因小姐是他的正室，昨日將機就計，賺到此
間西院，教小生前來面懇姻盟，索性一箭雙鵰，做個團團大會如
何？（老）阿呸！（小旦）這是那裏説起！（作）你快去相懇嘑。
（花）阿喲，小姐吓！

【江頭金桂】【雙調】非是我紅閨輕造，偷來狎翠翹③。

（小旦白）乳娘，這便怎麼處？（老）小姐放心，有老婢在此。（花
連唱）

只爲這連環計巧，湊成咱鸞鳳緣高。

（小旦白）你是何人？這般無禮！（花連唱）

勸卿家休自焦。

（小旦白）阿啐！（老）還不快走！（作）媽媽勸你方便一聲罷。
（老）連你也走出去！（作）我不回護他就是了。（花）小姐，自古
道，識時務者呼爲俊傑。你既落了家表兄的圈套，也不怕你飛上
天去。（老）原來又是那吳會元的惡計！（小旦）阿呀，這事怎麼
了吓？（花連白唱）

笑伊个俊雲英，守甚藍橋？早有箇蠢裴航，排下圈套！幾
曾見明珠當面？甘心的失卻江皋！

（小旦白）我是個三貞九烈的女子，你休要想錯了念頭！（老）是

---

① 雲鬟態：女性的樣子。
② 調：調侃，開玩笑。
③ 翠翹：一種古代婦女頭飾，形似翠鳥尾部長毛，故稱爲“翠翹”，這裏代指女人。

吓，我家小姐是文相公的聘室，你休想來壞他的節操。（花）哈哈哈，人生行樂，什麼叫做節操？現在此間這位春娘，與他同衾共枕過的尚且順從小生，何況是未過門的妻室吓。（唱）

倒不如將機就計，和伊鸞鳳交。

（小旦白）阿呀，乳娘，看他光景，漸漸放肆起來了吓。（唱）

遭他強暴，將咱執拗①。（老同唱）恨難饒！繞脫風波峽，重登虎狼集。

（小旦白）快請母舅出來。（老）鍾老爺快來！（小丑上）大清早起，亦是嗜支話百叫虱哉？阿呀，阿呀！個是嗜人②？（老）他說是吳會元的表弟。他騙了文相公的姨娘，又要來逼勒小姐，你道可恨不可恨！（小丑）完哉，完哉！我說渠嗜了接我裏到記裏來，原來亦上子當裏哉③。（小旦）母舅快快救我嚛。（小丑）弗番道。前日子嚛騙忒子我勾租蘇，看渠那間汗毛也阿敢動我勾一根？呔！你是嗜等樣人？拉裏調戲我勾外甥因吥④！（花）小生麼，是此間會元公的表弟。（小丑）吥靠子渠勾勢頭嚛，阿吃得下我裏介⑤？（花）無非以禮相求而已。（小丑）我裏攀子文家裏勾哉，要吥再來求嗜勾婚⑥？

【金字令】（小旦老旦仝唱）咱這裏臺前溫嶠，先將玉鏡招。有甚元霜未搗，鸞帖重邀，請狂且⑦蠢念銷。（花唱）風

①　拗："拗"的異體字。
②　大清早的，又是爲什麼大呼小叫的？阿呀，阿呀！這是什麼人？支話百叫：大呼小叫。
③　完了，完了！我說他爲什麼接我們到這裏來，原來又上了當了。
④　不要緊。前兩天騙掉了我的鬍子，看他現在敢不敢動我一根汗毛？呔！你是什麼人？（敢）在這裏調戲我的外甥女！
⑤　你靠着他的勢力，能把我們吃了嗎？
⑥　我們攀了文家的親了，要你再來求什麼婚？
⑦　狂且：行爲輕狂的男人。語出《詩經·鄭風·山有扶蘇》。

魔急色,拚來桑下①相調。

（小丑白）還要强來,扯你去見吳會元,看你那个對我②!（作）鍾
老爺暫請住手。（唱）（代解衣去冠）

你看翠生生雲鬟鳳翹,香馥馥羅衣綉襖。

（花白）可不要疑煞了他。（唱）

須知假書生的女子依然是阿嬌。

（小丑白）那説變子一个雌貨哉③?（老）這又奇了。（小旦）到底
是什麽樣人?（作）小姐,這也是我家文相公的瓜葛。姐姐,還不
快來請罪!（花）小姐在上,念張翠雲幼小無知,一時冒犯,伏乞
鑒原!（作跪介）（小旦）請起。女孩家不應這等取笑。（花）是只
此一遭。（小丑）直頭頑皮虱!請教你虱嗜勾來意④?（作）吳老
爺因見我家相公不肯上緊功名,要把他激勵一番,特着我等前來
與小姐一同定計。（小丑）好吓,同同勾口供,搭一个大鬼棚拉哈
哉⑤。（小旦）如此請教!（花）自古道機不密則禍生矣。仝到小
姐房中一同商議罷。（小丑）看渠弗出,直頭想得周到虱⑥。（小
旦）説得有理,請!（二旦）小姐請!

【尾】閨中定下喬腔套,要偪⑦得檀郎氣惱。

（花白）小姐,方纔我張翠雲這般樣子,（唱）

也不過先借娘行⑧演一遭。

———————————

①　桑下:"桑間濮上"的簡化,語出《漢書·地理志下》:"(衛地)有桑間濮上之阻,男
女亦亟聚會,聲色生焉。"後以指男女隨意幽會之處。

②　還要犟呢,拉你去見吳會元,看你怎麽對付我!

③　怎麽變成一个女子了?

④　實在調皮! 請問你們什麽來意?

⑤　好啊,對一對口氣,設上一个大騙局了。同:動詞,指串通(口供),使其一致,没有
漏洞。搭鬼棚:搗鬼,搗亂。

⑥　看不出她,真的想得周到呢。

⑦　偪:同"逼"。

⑧　娘行:上了年紀的或位尊的女性,這裏指謝小姐。

（俱下，仝笑）（小丑）阿唷，吴會元會白相了，教出來勾蚌將軍纏弗是善八姐，真正强將手下無弱兵①！（下）

---

①　阿唷，吴會元會玩兒呢，教出來的女將都不是好對付的，真正强將手下無弱兵！蚌將軍、善八姐：當爲民間故事中的角色，細節不詳。

空　索

小生慌上。

無可奈何天下事,休教斷送意中人。可笑春娘去保全謝家小姐,昨夜一徑不回!只得連夜到鳳池菴去打聽消耗,又被那狗才攔阻。歸家打個盹兒,指望天明便走,誰想醒來已是巳牌①時候,只得急往鳳池菴打聽。這裏是了。阿呀,為何菴門緊閉在此?你看寂寂雙扉,杳無人跡。難道我那謝小姐當真被錢家搶去不成?

【夜行船序】【仙吕】凝盼寂靜禪關,怕門中難覓舊時人面。

(白)就是被錢家搶去,春娘也該通信與我。怎麼連他多無蹤跡了?(唱)

早難道明珠雙劫連環?

(白)吓,是了。那謝小姐是鍾老師的甥女,一定昨夜怕錢家搶奪,藏匿他家。連我那春娘,必竟也在那裏。我只索去會鍾老師,自有分曉。(唱)

都緣老將奇謀,一對翠鴛鴦泮池偷賺。欣然早到舊宮牆,探取芳音活現。

(白)此間已是學署。吓,鍾老師在家麼?(內應)新官到任哉了,昨夜頭搬出子衙門哉②。(小生)阿呀,怎、怎麼連那鍾老師也不見了!真乃怪事也。吓,是了,都分又是那吳因之于中弄鬼,教

---

① 巳牌:當作"巳牌",指上午九到十一點。

② 因為新官到任了,昨夜搬出衙門了。

他表弟前來戲弄着我。我如今竟去尋他,少不得還我着落。癡
朋忒弄奸,將人覷等閒!阿喲喲,到了,吳因之,快些出來見我!
(末上)急聞呼喚急,必定那人來。吓,文相公。(小生)快喚你家
老爺出來。我有話講!(末)今日是秦仲羽相公完姻的吉日。老
爺是個媒人,因此早早的出去了。(小生)吓,他竟到秦相公那邊
去了。(末)正是!(小生)你家老爺的表弟呢?(末)這個麼,老
奴倒不曉得了。(小生)噯。

【黑蟆序】堪嘆春榜高元,傍朱門覓食,欺負詞壇。到
奸謀敗露,潛蹤羞見。

(末白)這些緣故,老奴那裏曉得許多備細?況老奴有事在身,不
及陪相公講話。得罪了!(徑下)(小生)阿唷,有其主必有其僕!
我且不與他爭論。索性往秦仲羽那邊去,看他怎生躲避?(唱)
我沖冠心頭怒氣填,教人怎棄捐?揣愁顏覓跡尋蹤,何妨
直闖花闌。

(白)吓、吓、吓!(氣下)(又生插金花,笑上)哈哈哈,一場真笑
話,千古是奇聞。我秦仲羽承因之為媒,得配梁家小姐。擇於今
日過門,誰想恭候至今,不見大媒到來,好不古怪!(雜院子①
上)盈門誇百兩,照戶列三星。大爺,個歇是時候哉,還弗見吳老
爺來來,只怕拉㑚詐圓房利市嘘②。(又生)豈有此理!(院
子)介嘐大媒弗到,那哼發轎③?(吹打介)(又生)你聽鼓樂聲
喧,催得人好不耐煩也!

【錦衣香】合夤筵,排春院。卻扇篆,堆香案。最堪奇
綵轎頻催,冰人④不見。

(小生急上唱)

---

①　院子:僕役。

②　大爺,現在是時候了,還不見吳老爺來呢,只怕他在敲詐圓房紅包呀。

③　那麼大媒不到,怎么發轎?

④　冰人:媒人。

我追花趕柳到門闌，果然喜氣環繞詞壇。

　　（白）仲羽恭喜！（又生）多謝文兄！（小生）因之呢？（又生）説也
　　奇怪，今日是他大媒，理該早到。如今發轎在即，尚不見來，不知
　　是什麼緣故？（小生）仲羽，你不曉得麼，他在小弟面上幹了一樁
　　虧心短行之事。一定怕我尋鬧，所以躲避不出吓。（又生）原來
　　小弟的大媒，是被兄逼走的。如今没相干，倒要在你身上尋還我
　　因之纏罷！（小生）我正要在此尋他，怎麼倒要在我身上？（外
　　上）賺他來上釣，索性下魚鈎。（院子）好哉，吳老爺來哉！
　　（外）仲羽恭喜！（又生）恭候已久！（外）原來文兄也在此。（小
　　生）特來尋你！（外）尋我何事？（小生）你斷送了謝小姐，又把我
　　春娘藏匿何處？快快講來！（外）哈哈，你自己倚仗了舍表弟，弄
　　出這樣事來，與我何幹？好扯淡！（小生）噯，你如今奸謀盡露，
　　還要抵賴怎的？（唱）

慢胡推亂阻，到今朝，還我根源。

　　（又生白）住了，今日是我完姻的好日，怎麼在此爭鬧？況且因之
　　兄是我的大媒，正要央他到梁家去迎娶，那有工夫講那些没要緊
　　的閒話？倒不如坐在此等他迎娶回來，你們細細的爭論罷。（小
　　生）也不怕你飛上天去！（院子）弗差勾，吹打吹打勒，發轎哉①！
　　（外）如此小弟暫別。（又生）有勞。（外）文兄，（唱）

暫把愁懷按，請睜雙眼看，文簫輸與秦樓歡宴。

　　哈哈哈！（吹打下）（小生白）好個没行止的朋友！（又生）文兄休
　　要動氣。且到小弟書房中去用杯喜酒，等因之轉來再作計較。
　　（小生）我此時愁悶填胸，那裏喫得下酒？（又生）來嘘，

　　【漿水令】 想人生姻緣在天，便多磨也由命慳。

　　（小生）噯，（唱）

―――――――――

　　①　没錯，吹打吹打，然後就發轎了！

你今朝消受花月圓，何曾爲我打斷榴環①？

（又生白）請吓。（唱）

斟杯酒且自寬。

（小生唱）

新人莫把愁人勸！

（內吹打介）（院子上白）大爺介，大爺介？花轎到門哉，請裏向去拜堂②。（又生）文兄且請寬坐，小弟得罪了。（小生）請便。（又生）且拋澆悶酒，忙到合歡堂。（喜下）（小生）你看仲羽欣然拜堂去了。偏是那因之不肯替我成全，倒把那圈套來作弄我，豈不可恨！（內拜堂介）（小生）咏，我越思越恨，越想越惱！（唱）

眼前事，眼前事，花濃錦團。心頭恨，心頭恨，怨海愁山。

（白）此時拜堂已過。且去尋因之講話，看他怎生發付我！（院子上）阿呀，詫異虱，一個大媒倒溜忒哉③！（小生）阿呀，又中了他脫空之計了！（院子）文相公倒還拉裏來，阿要去看做花燭，見見新娘娘④？（小生）我那個要看什麼新娘？我如今再到他家去，怎好回我不在？（院子）只怕要氣煞一轉虱勾哉⑤！（下）（小生）

【尾】今朝折證三曹案⑥，怎由得花拋月閃。

（白）咳，吳因之吓，任你躲避，難道我文佩蘭罷了不成？（唱）

我索性割席分顏鬧一番！

（下）

---

① 榴環：臺名，三國時期孫權爲與夫人遨游所建。這裏文佩蘭指責好友光顧自己的婚禮而沒有替他分憂。

② 大爺呢，大爺呢？花轎到門了，請去裏面拜堂。

③ 阿呀，奇怪，一个大媒倒溜掉了！

④ 文相公倒還在呢，要不要去看婚禮，看看新娘子？做花燭：婚禮。

⑤ 只怕要氣死一回的了！

⑥ 三曹案：亦作"三曹對案"，指審問對質。以審案時，原告、被告與證人三方需同時到場，進行對質。

總　勵

生上。

門闌多喜氣,女婿近乘龍。老夫梁學灝,多蒙吳會元爲媒,把我女兒配與秦仲羽爲室。方纔迎娶到来,説起他好友文佩蘭之事。今日要將他激勵一番,教我假意調停,指點他進京赴選。我且鎖着齋房,前去走遭,爲人梯襯。青雲近逼勒,龍門望前進。(下)(小生急上)好惱吓好惱!

【粉孩兒】【中呂】匆匆的曳青衫重又趲,奈腸慌腹熱,步忙心顫。因之吓,你調花撥柳忒弄奸,套頭兒鬼隱神瞞。早揣着萬種愁懷,又來到芳草池館。

(小丑暗上白)像是個勾上當人來哉!讓我做一个銃馬子拉哈看①。噲,文兄!(小生)阿呀,你是鍾老師,爲何在此?(小丑)拉裏尋吳年兄説話了。(小生)昨日錢家搶親怎麼樣了?(小丑)弗是嗏託人託子王伯伯,我一个瘟皮教官,囉裏攛得嗏風水介②?(小生)難道被他們搶去了?(小丑)錢家裏倒弗曾搶③。(小生)如此還好。(小丑)有嗏好介?你託子嗏吳會元勾表弟,搭子一位女眷,拉菴裏來一陣鬼張羅,一个外甥囡兒倒不拉里張

---

①　好像是那個上當的人來了!我且做一个"銃馬子"(來嚇唬他)。銃馬子:原指一種放置槍械火器的裝置,這裏表示自己在旁助吳因之與文佩蘭吵架。

②　真是託人託了王伯伯,我一个窮教官,哪裏擋得了什麼風雨啊!王伯伯:俗語,亦作"黃伯伯",指不負責任、靠不住的人。

③　錢家倒沒有搶。

羅子去哉滑①！（小生）吓，被他賺去了②？（小丑）落子里个圈套哉③。（小生）咳，

【紅芍藥】④指望他庇護雲鬟，又誰想佔攔花關？把廡下梁鴻舊眉案，眼睜睜今朝割斷！

（老旦上，白）閨中傳妙計，氣煞俊周郎。文相公！（小生）媽媽，我正要問你，你家小姐既許我爲室，就該堅守姻盟。怎麼轉眼之間狠心變卦，是何道理？（老）阿呀，你不要埋怨小姐，這多是你自己的不是。（小生）怎麼倒説我不是？（老）你既與小姐聯姻，昨日錢家搶親，就該挒身捨命，親自前來救護。你竟袖手旁觀，閉門不出。幸虧此間吳老爺的表弟一力扶持，得免此難。小姐道你是輕浮子弟，難託終身。故此隨他到此。這叫做知恩報恩，你何必再來饒舌吓！（小丑）文兄，個兩句説話，倒説煞子你哉嘘⑤！（小生）我昨日再三相懇春娘到菴救護，怎説我坐視起來？（唱）

休言硬把着冷眼看，女黃衫⑥閨中曾遣。

（老白）文相公，你不提起春娘也罷，若提起春娘，教你一發氣煞哩！（小生）這卻爲何？（小丑）別人家勾事體，出怕你少説子點罷⑦！（老）是是是！老婢不説就是。（小生）阿呀，看這光景，難道我那春娘也竟……（住口）噯，豈有此理！（唱）

早難道繡閣朝雲⑧，抱琵琶也來覓伴？

---

① 有什麼好呢？你託了什麼吳會元的表弟和一位女眷，他們在菴裏一陣鬼混，一个外甥女兒倒讓他拐走了！
② 啊，被他騙去了？
③ 中了他的圈套了。
④ 原抄本無括號，但"紅芍藥"在這裏應讀爲曲牌名而非唱詞。
⑤ 文兄，這兩句話，倒把你説中了呀！
⑥ 黃衫：見前注，這裏指春娘。
⑦ 別人家的事，恐怕你還是少説一點吧！
⑧ 朝雲：蘇軾有愛妾名朝雲，這裏指春娘乃自己的愛妾。

（作旦上）假粧無義話，逼煞有情人。吓，相公。（小生）好吓，我昨日教你到菴中救護，怎麼倒讓別人賺了謝小姐去？難道我文佩蘭讓你一人窩伴了麼？（作）阿呀，我春英也是個伶俐能幹之人，希罕窩伴着你？我如今……（小生）你如今便怎麼樣？（作）不敢欺，另換了一個主兒了。（小生）難道你也隨了他不成？（作）差也不多！（小生）阿呀，反了，反了！（作）得罪，得罪！（小生）阿吓！

【耍孩兒】堪恨癡騃真掇賺①，把着明珠顆，平白地搶下雕盤②。你今番公然的割斷了同心案！似這樣，狠巴巴容顏反，怎容你真排陷？

（花旦上，白）閨中聞雀角③，堂上戲鶯儔。吓，春娘，小姐在房中靜坐，我和你陪他閒話去。（小生）哎，你是何等之人？倚仗誰的聲勢，輒敢奪人聘妻，謀人愛寵？難道沒有王法的麼？（花）哈哈哈，小生是個讀書守分的秀才，希罕圖謀你的親事？多是你攛哄小生，全着春娘往菴中救什麼謝小姐！多蒙這位乳娘，道達小姐的盛情，要與小生爲配；又蒙鍾老師極力主婚，只得勉強成就。你今日倒來怨我，豈不可笑？（小生）放屁！（花）就是這位春娘，也非小生有意相謀，多是你攛掇他出來辦事，昨夜不及回來，只得留下與小生同榻。你只該埋怨自家，何苦向我動這沒用的迁氣！（小丑）勿差勾，凡百事體，譬得過嚜就罷哉④。（老）是吓！（小生）呀唪！

【會河陽】我怒氣填胸如割肺肝。恨沖沖，諍起太

①　掇賺：哄騙。

②　"明珠列雕盤"在古代常用來指完美的女子嫁給高貴的男子。元鄭光祖《王粲登樓》第一折："明珠遭雜，豈列雕盤。素絲蒙垢，難成美錦。"文佩蘭在這裏把謝小姐比爲"明珠"，把夫人的位置比爲"雕盤"，指責其妾春英霸道地阻攔他與謝小姐的婚姻。

③　雀角：爭吵，語出《詩經·召南·行露》"誰謂雀無角"。

④　沒錯，凡事能排解開就是了。

行山！

（作白）郎君跕①遠些，他在那裏發急了。（花）多謝娘子照應！

（老）文相公，勸你將就些罷。（小生連唱）咏，

可恨滿眼戈矛將人欺賺，直恁的天良變。

（小丑白）文兄，請你快點歸去，省得受個星間喉氣哉。（小生連
唱）嚀，

這番怎吐我三生怨？今番須還我三曹案。

（又生上）

【縷縷金】催漁父，會桃源。今朝稱謝去，莫留連。

（小生白）好了，仲羽來了。（小丑）秦兄來哉。少賀，少賀！（又
生）豈敢吓！文兄你爲何這般模樣？（小生）我正要告訴你，不知
那裏來這個光棍——說是吳因之的表弟，把我謝小姐謀了去，又
把我春英公然據爲己有！你道可恨也不可恨？（又生）鍾老師，
你看文兄枉有衛玠姿容，江淹才調，竟是個不懂人事的人！（小
丑）那間勾聰明面孔，纔是實質肚腸勾多哉②。（小生）仲羽，你
怎麼也是這等講？！（又生）自古道，寃有頭債有主，既是因之兄
的表弟，只該去問因之，怨恨別人怎麼？（唱）

尋取源頭水，管教活現。你今朝穩坐在堂前，看他怎相見？
看他怎相見？

（小生白）他幹了這樁事，怎敢出來見我？（又生）我去喚他，包管
出來。因之那裏？（外上）安排真絕陣，激起莽風波。秦兄！（又
生）因之休要躲避，文兄在此！（小生）呔！因之，你幹得好事吓！
（外）我沒有幹什麼事吓。（小生）來來來，這是那個？（外）是舍
表弟。（小生）可又來，你不知與我什麼寃家？弄這個沒行止的
表弟前來奪我的妻室！（外）舍表弟原是欠些斟酌，只是你不該

---

① 跕："站"的異體字。

② 現在那些面孔聰明，内裏卻不開竅的人多了。

認他是好人，私自瞞我勾引到家，與春娘往菴中一同辦事。如今上了這樣鬼當，教我也無從救護。仲羽可是麼？（又生）因之的話，一些也不差。（小生）阿呸！（小丑）個倒不在于此。我裏外甥因兒原要攀文兄勾嚯，巴望你一个好日。當弗起單鑽拉女客面上，書角也弗扳一扳，囉裏有嗏出頭日腳个哉？所以撇脫子你，跟子記裏貴位哉①。（小生）吓，鍾老師。你今日也來欺侮我麼？（老）並非欺侮，這多是我家小姐實情。（小生）什麼實情？分明亂話！（作）吓，相公，你也休怪別人。（小生）不差，你也來說我幾句！（作連白）就是，我春英承吳老爺美意，嫁到你家。我何等勸你讀書，誰想你自命風流。（外）自命風流！（作連念）溺情女色！我春英若隨定了你，輕則苦守清貧，重則共填溝壑。（外）仲羽，此乃必然之勢。（又生）倒虧他想得到！（小生）放屁！（作）因此將機就計，與謝小姐一同計較，隨了這郎君，豈不是我春英的造化！（小生）住了！怎見得隨了他便是造化？（花）不敢欺——潛心雪案，立志雲霄，到京求取功名，取青紫猶如拾芥。那五花誥七香車，儘着他兩人受用哩。（小生）只怕在那裏做夢！（外）舍表弟雖是夢話，我看文兄還遜一籌。（又生）吓吓，因之，你卻太欺人了！（小生）吳因之，你不過靠着幾句斷爛時文，臭腐墨卷，僥倖得中，便把朋友這等欺侮！我文佩蘭學富五車，胸藏二酉②，若到京都赴選，少不得金榜題名，鳳池待詔。你休把這言語來訕笑我！（老）吓，吳老爺，原來文相公竟有這般的本領！（外）從來沒出息的秀才，專要人前賣弄。休要埰他！（小丑）秦兄，吳年兄個句説話説絕哉③。（小生）吳因之吓！

【越恁好】 你烏紗勢靠，烏紗勢靠，笑我恁寒酸。

----

① 這倒不在於此。我的外甥女兒本來要攀你文兄的，巴望（跟着）你會有个好日子。受不了你專門在女人面上做功夫，書角都不翻一翻，哪裏有什麼出頭日子呢？所以丟開了你，跟了這邊的一位了。

② 二酉：原指豐富的藏書，後引申指豐富的學識。

③ 秦兄，吳年兄這句話説得絕了。

（外）①

你孽情自作，休道我欺瞞。

（又生白）因之兄，你也休要説嘴。倘然文兄果然一朝顯達，你便
怎麽樣對他？（小生）是吓，你便怎麽樣對我？（外）吓！（小
生）講！（外）這麽，（小丑）個倒也有點尷尬勾。（作）吳老爺，一
些也不難。在我春英身上，賠還他一個謝小姐如何？（外、又
生）到那時候木已成舟，如何還好賠得？（作）呸，我料他也必無
顯達之日吓！（唱）

幾時捧捷返故園？　休教夢魘。

（小生白）春英，你果然這等絶情絶義了麽？（作）我已隨着謝小
姐嫁着這位郎君，與你如同陌路，還有什麽情義？（小生）吓吓
吓，好个敗倫傷化、忘廉喪恥的賤婢！（作）你看他這等破口，還
要與他講什麽？（花）媽媽，同着春娘隨我到小姐那邊去罷。
（老）是。（花）好个不識時務的人！（三旦同下。小生）吓吓吓，
可恨之極！（外）仲羽雖則是新婚宴爾，煩你陪鍾年兄到書齊一
敍②。（又生）如此，文兄得罪了！（小丑）文兄，只好陰乾你個哉
噓③。（又生）世事休爭蓬底鹿，（外）相逢且覆掌中杯！（同下。
小生）阿呀，你看他們一個個把我奚落了一場，竟自端然進去了。
咏！（唱）

心兒裏教我怒沖沖，何能嚜？　眼兒裏教我撲簌簌，何
時斷？

（白）阿呸，我文佩蘭也是個好男子，怎肯受人欺侮？我如今急到
公堂，與他們理論去！（生暗上）料他已入轂，看我下言詞。文
兄！（小生）阿呀，原來是仲羽的岳翁，請了！（急走介，生）你急
急忙忙到那裏去？（小生）受人欺侮，當官呈告！（生）誰人欺你？

---

①　原抄本無括號。
②　齊：疑當作“齋”。
③　文兄，只好把你晾在一邊了。

（小生）就是那吳因之！（生）文兄豈不聞聖人云，夫人必自侮，然後人侮之。是以古之君子責人者輕以約，責己者重以周。今日之事，只怕文兄還欠些涵養。（小生）噯，我此時怒氣填胸，怎麼把那些之乎者也的話頭來攔阻我！（生）不是吓，吳會元聲望非常，你去呈告，未免石卵不敵。（小生）難道罷了不成？（生）莫若進京求取功名，巴得一朝富貴，那時吐氣未遲。（小生）吓。（想介）咳！（生）來吓。（小生）

【尾】我心頭怒氣干霄漢，怎教我聲吞氣喘？

（白）阿呀，老丈吓，我文佩蘭若有日富貴，把那些弄鬼的頑朋，奪愛的惡友，敗盟喪節的很①心賤婢，要一個個報仇雪恨纔罷！

（生）這個自然。（小生唱）

少不得狹路相逢，我只索要報盡冤。

（生白）不要説了，來嘘來嘘。（拉下）

_____

① 很：當作"狠"。

酌　贈

小旦上。

【引】露寒花俏，鸚鵡驚殘夢曉。

（白）奴家謝綉貞，昨日相隨母舅移寓在吳家西院，早上春娘、翠娘受了吳會元的密計，來此一同商議，務要激勵文郎上京赴選。聞他悠悠而去，不知怎生下落？且待春娘、翠娘到來，纔知分曉。（作旦、花旦上）劉郎已入桃花網，（老旦）謝客休停竹葉舟。（二旦）小姐！（小旦）二位來了，請坐。（二旦）有坐。（小旦）你們方纔出去，可曾露出些破綻麼？（花）不瞞小姐說，我和他都是頑皮的領袖，怎肯露些圭角？只是姐姐落了便宜，小妹還當請罪。（作）你也有甚便宜？無非結了個死冤家，看你改日怎好相見？（小旦笑介。老）小姐，老婢也不料這兩位竟有這等的手段①。一見了文相公，就變起臉來。一齊粧圈做套，逼得個文相公有屈難伸，大鬧一場，竟悠悠而去了。（小旦）阿呀，他不知是計，可不要氣壞了麼？（作）②小姐放心，我家老爺已約秦相公的岳丈，暗地挽回，早晚便要一同上京求取功名哩。（小旦）如此便好。（老）小姐，只是吳老爺說那文相公是無意功名之人。只恐一時發憤，遲則又生他變。莫若端正③行裝，教梁老相公立逼同行，纔是萬全之策。（二旦）媽媽主見卻也老成。小姐意下若何？（小旦）此言深合我意。只是秀才家的行裝，教我們那裏整備得到？（老）一些也不難。小姐把那些帶來的鋪陳被褥，待老婢去

---

① "叚"，疑當作"段"。
② 原抄本無括號。
③ 端正：安排，準備妥當。

揀將出來,趁二位姑娘在此,排綿的排綿,添線的添線,大家動手趕辦如何?(小旦)說得有理,快些端正起來。(老)是。(下)(小旦)二位姐姐來嚧。(二旦)是。

【五拘子】【□調】①夫婿蹊蹺,怕的風流沒下稍。須知道,安排巧計,逼上雲霄。還愁你留戀了不想龍門跳。針線兒,手頻挑。線腳針痕,盡是愁縈淚繞。

(老上,白)行李已經完備,再端正些盤纏才好。(小旦)乳娘到箱中去取銀百兩,與吳老爺送到梁老相公家內,立逼文相公早些起身便了。(二旦)有理。(老)待老身就去。(下)(合)

【尾】堂前逗起兒郎鬧,又暗地行囊同造。他便是杜家兒,這啞謎也難分曉。

(同下)

---

① 原文留空,缺一字。

星　現

二朝官、二仙童、二仙姬、四雲童上，舞完，引生扮天使上。

【點絳唇】【仙呂】俺這裏秘殿風雷，奎垣經緯，誰能賽，蹬下天臺，看五色祥雲瑞。

（白）吾乃玉皇香案吏是也。當今聖人御極，文運光昌。猶恐草茅寒賤，未得吐氣青雲，題名鳳榜。欽奉玉帝敕旨，命俺到斗牛宮去。衆雲童駕雲前往。

【混江龍】龍文煥彩，蕊珠宮闕榜花開。説甚麽奎光兒輕照，藜火兒高排，只憑他綵筆花尖扶雁塔，抵多少祥雲萬朵護瑤臺。

（衆白）已到斗牛宮了。（到介。細樂上檯，斗牛二星跳舞上，見介）天使在上，我等參見。（生）二位星官，少禮。（二星）天使降臨，有何敕旨？（生唱）

俺只爲芙蓉鏡須招奇士，珊瑚網怕漏鴻才。俊劉蕡休教下第，老方千早掇高魁。因此上下瑤宮，赤緊的傳宣玉敕步星垣，百忙裏望氣三台。巴得个青燈十載，吐氣揚眉，卻做了金鞭驕馬天街輦，不枉了斗牛宮裏霎時的文光射開。

（二星白）一道文光透入斗牛來也。（生）妙吓。

【村裏迓古】劃地裏文光獻瑞，須不是，赤霞、赤霞兒陳沠。多則是棘闈，和那鎖院筆尖上的紙光墨彩。那籌兒細猜有多少？顛巍巍齊向着金門對策，焰騰騰紫氣高，爛輝輝龍門跳。這根由着甚來？猛記得舊蟾宮二十載。

（二星白）二十年前蟾宮舊事，我等不知，求天使指示。（生）那文簫與秦家蕭史屬折桂枝，與霓裳女子互相調戲，以致謫下塵凡，月主命吳剛仙下界，成就姻盟。今功名尚然蹭蹬，因此俺這裏呵，

【寄生草】好把那文星瑞，還從他玉殿催。一時的封章，齊向彤庭拜。求賢罕把文場派，明珠爭向天家賣。乘風破浪鳳池名，早還他窺風避月蟾宮債。

（二星）請問天使榜首是誰？（生）他二人少年情性，高登榜首，未免恃才傲物。自古道龍頭屬老成，待俺奏過天庭，再行定奪。

【煞尾】瑞靄繞星台，只留取龍頭在，好把那老驥騰驤雲外，把少年的走馬上金堦。

（下）

拉　試

外上。

且把功名全舊雨，休將富貴薄浮雲。我吳因之爲着文佩蘭，費了無限心機。那謝小姐與春娘、翠娘已把行李端正，教我交付與梁老，催促他早些起身。那翠娘的乃兄，恰便是鍾年兄學中的駝漢，教他一路相隨進京，豈不更加穩便。早間已命蒼頭去喚他，爲何還不見到？（淨上）休裝新體面，仍作舊生涯。吓，吳老爺！（外）你來了麽？（淨）正是。（外）你的妹子將來便是文相公的副室，如今他同着梁老相公進京赴選，要你照應前去。（淨）至親莫如郎舅，有嗜弗出力勾介①？（外）但是不可與他説明。（淨）個是我各答勾②。（外）如此挑了行李，隨我前去。（淨）是哉。阿是挑拉齋房裏去③？（外）梁老相公已在他女婿家居住，隨我到秦仲羽相公那邊去。（淨）介嚜走嘘④。

（外）梁肉⑤家家宴，笙歌處處樓。誰人文酒客，別事有機謀。此間已是。（淨）阿唷，多時弗挑哉了，肩架倒養嬌裏哉⑥。（外）梁兄、秦兄有麽？（生上）老成已負龍頭望，（又生上）還喜嫦娥愛少年。（生）原來是會元公。（又生）因之兄請坐。（外）請問梁兄幾時與文佩蘭北上？（生）就是今日。小婿一同前往。（外）仲羽你

---

① 至親莫如郎舅，哪有什麼不出力的呢？
② 這是我明白的。各答：知道，明白。亦作“各搭”“覺搭”。
③ 好。是挑到齋房裏去嗎？
④ 那麼走啊。
⑤ 梁肉：汎指美食佳餚。
⑥ 阿唷，好久沒有挑了，所以肩膀倒養嬌的了。

久捷賢書①,何故一同赴考?(又生)因之兄,你還不曉得麼? 聖
上因景星獻瑞,文運光昌,特開博學鴻詞科,不論舉貢生員,以及
布衣寒士,皆許入場應試。所以小弟亦相隨北上。(外)真乃千
古奇逢也。(生)會元公,你行李相隨,意欲何往?(外)這是謝小
姐與春娘、翠娘一同製備,還有白銀百兩,教小弟交付梁兄,以爲
文兄上京之用。(生)既承相囑當得代勞。(外)此人便是翠娘的
乃兄。教他相隨前去,也好照應一二。(又生)可謂情至義盡矣。
(外)小弟本該候送,仍恐文兄到來,洩漏機關,反爲不美,在家竚
候捷音。告別了。(生、又生)有慢,今朝聽唱陽關曲,(外)他日
還傳報捷音。請了。(下)(生)你且到外面等候。(淨)是哉。
(虛下)
(貼旦上)不怨新婚別,祇愁行路難。爹爹。(生)女兒,我同賢婿
今日起身北上,已把行李發下舟中。只等文佩蘭到來,就要動身
了。(貼)爹爹,你是年老之人,路上須要保重。

【黄羅袍】【商調】忍淚覷,衰年爲功名赴帝關,長途
須要加餐飯。

　　(生白)這個我曉得。(貼)相公。(唱)

避郵亭,曉寒慢。青燈夜眠,紅樓翠館休留戀。

　　(又生)

我皇都得意,全憑這番。你空房小膽,有誰見憐? 泥金②早
慰同心願。

　　(淨上,白)梁老相公介③? 文相公到哉。(生)女兒回房去罷。
　　(合唱)

兩相看,別離情緒,三處淚痕斑。

---

　　①　賢書:指舉薦賢能的文書。清代入仕,主要有進士與舉貢兩途,秦仲羽走的是舉
貢的途徑。
　　②　泥金:指"泥金報捷",古代殿試錄取的喜訊寫在泥金帖子上。
　　③　梁老相公呢?

（貼下）（小生上）未息衝冠怒，空思仗劍遊。（見介）（生）小弟奉候已久，就請同行。（小生）晚輩室內無人，行李尚未料理。且再消停幾日。（又生）文兄，你日後報仇雪恨，全仗此舉。若再遲疑不發，豈不被人逆料？（小生）實不相瞞，因囊空之故耳。（生）行裝已替兄預備，一應盤費，都在我兩人身上。（小生）二公高誼，不賦雲天！若像那吳因之，那得有此義舉？（生又生）這也難道。就請登舟去罷。（淨）讓我來挑好子介①。（合唱）

【貓兒撥棹】書囊琴劍，雲路共揚鞭。破浪乘風效昔賢，追山趕水到長安。欣看宴紅綾，到杏園掛藍袍，歸故山。

（下）

---

① 讓我來挑好了。

孩 謔

丑上。

那是我像樣拉裏哉①。

【一江風】【南宮】離香房，做出新娘樣。不把蓮臺傍②，這風光全仗恩臺。換斗移星，勾卻風流賬。新婚產下郎，新婚產下郎！從今恩愛長，點心香報答慈雲睨。

（淨上白）結成新伉儷，原是舊光頭。（丑）大爺來哉，請坐。（淨）我搭你說，你個兩日還是捨母裏來，阿該應不拉阿媽瓥抱抱？弗要拖出病來唂③。（丑）我倒歡喜里了，捨弗得里了④。（淨）嚀，好兒子，做一個小眼睛拉爺看看噓！阿是弗肯？介嘮做一個很子罷⑤。（丑）只怕要癲耶！月裏个小干懂得嗄事介⑥？（外上）閒來無別事，且再弄頑皮。有人麼？（白淨上）來特，來特，那是吳會元耶。前日子作弄得我好嚇⑦。（外）還是從輕發落的。（白淨）那今朝來嗜⑧？（外）要見你家主人的。（白淨）大爺，大爺，吳會元來瓥外頭⑨。（淨）吳會元來哉？說我出來。（白淨應下）（淨）吓，吳老先生！（外）錢兄！（見介）（丑）吳老爺！

---

① 現在我是像樣的（人）了。

② 不把蓮臺傍：指不再做尼姑。

③ 我跟你說，你這兩天還在月子裏呢，不是應該讓阿媽們抱抱嗎？可別弄出病來呀。捨母：亦作"舍母"，見前注。這裏指靜蓮剛剛生完孩子，還在月子裏。

④ 因爲我喜歡他呀，捨不得他呢。

⑤ 喂，好兒子，睬一下眼睛給爸爸看看呢！怎麼不肯？那麼兌一下吧。

⑥ 只怕你是瘋了！還沒滿月的小孩，懂得什麼呀？小干：小孩。

⑦ 前兩天把我作弄得可厲害啊。

⑧ 你今天來幹什麼？

⑨ 吳會元在外頭。

（外）阿呀，尊嫂！（淨）前日子是開足子我个心哉①。（外）什麼
開心？替你完成好事。（丑）吳老爺，我是極感激你个嘘。
（外）錢兄，不要説是別的，憑你普天下有福分的人，那有第一夜
就養個胖大的兒子？（淨）個倒弗差。弗知阿有出息勾②。
（外）錢兄，你難道不曾讀過書麼？從來石卵投懷，於菟命義，古
來那些私男③，一個個多是有好日的。

【皂羅袍】【仙呂】休把私男疑怪，羡於菟命義，石卵
投懷，佛門種就這奇胎，箕裘④降下真宗派。

（丑白）何弗趁勾吳老爺拉裏，替小寶題一个名字⑤？（淨）弗知
阿使得介⑥？（外）請借一觀。（淨）粗種草，當弗起老先生个法
眼勾嘘⑦。（外）好！頭兒光光，親娘之相。身兒胖胖，親爹之
狀。種自佛門，是爲尊障。我今度汝，名門之望。錫爾嘉名，名
曰佛生。（淨）老先生，嗱勾叫佛生？只怕老先生亦拉虱作樂我
嘘⑧。（外）名不忘本，並非作弄。（丑）吳老爺個是勾學名，索性
多謝你再題一个小名⑨。（外）吓，吓，吓，叫做豫⑩官便了。
（淨）切極。我大家你原是隔夜下作勾嘘⑪。（丑）啐，個板書是
弗許再説勾哉嘘⑫。（淨）老先生，辛苦子半日哉。請到書房裏

---

① 前兩天是尋盡我開心了。
② 這倒不錯。不知道有没有出息。
③ 私男：即"私囡"，私生子。
④ 箕裘：能繼承父兄的事業。亦作"箕裘相繼"。
⑤ 何不趁吳老爺在，替小寶起一个名字？
⑥ 不知道行不行？
⑦ 孩子不高貴，當不起老先生的法眼呀。
⑧ 老先生，爲什麼叫佛生？只怕老先生又在作弄我啊。
⑨ 吳老爺，這是個學名，索性多謝你再給起一个小名。
⑩ 豫：歡喜，安逸。這裏是雙關語，因"豫"音同"預"，暗指這個孩子是提前"做
好"的。
⑪ 太貼切了。——我跟你本來是提前做好的。
⑫ 呸，這一段話不許再説了。

去吃一鍾罷。（外）改日來叨擾。（淨）個是直頭趕起身哉滑①。
（丑）吴老爺，我是弗好送你勾哉②。（外）豈敢！（唱）

麒麟在抱，猶如粉孩。（合唱）嘉名寵錫，全虧大才。來朝
湯餅重相會。

　　（外先下）（丑）大爺，那説勾吴會元特地來看小干，一个見面錢纏
　　無得勾③！（淨）真正小器！題子名字比子銅錢銀子好得多得
　　來。吾裏進去罷④。（下）（丑）噲，兒子，你大起來，弗要忘記子
　　吴老爺，個是娘勾恩人嘘。吓咳，直頭對一塊木頭説子⑤。（下）

―――――――――

　　①　這真是要下逐客令了呀。起身：出門。
　　②　我是不能送你的了。
　　③　大爺，怎麼那吴會元特地來看小孩，連一个見面錢都没有啊！
　　④　真是小器！起了名字比銅錢銀子好很多了。我們進去吧。
　　⑤　喂，兒子，你長大了，不要忘記吴老爺，那是娘的恩人啊。——咳，實在（像）是對
着一塊木頭説話。

鼎捷

淨上。

阿要詫異忑，倒做子一个怪夢拉裏哉①。我駝夫跟子個三位考相公到京裏來考試，昨日進子勾場，我一干子去接考，忒辛苦子了，爿到床上去就困，囉裏曉得七顛八倒勾，做起啥夢來哉②。弗知是好兆呢還是惡兆吓？請里忑出來詳詳看。噲，三位相公忑走得出來③。

（生上）老筆居然題鳳苑，（又生小生上）捷音還自盼龍門。請我們出來有何話講？（淨）我昨夜頭做子一个夢，要請相公忑詳詳了④。（生）咳咳咳，我們正在這裏等報，如何説起夢話來？（淨）弗翻道勾⑤。（又生小生）如此你説來。（淨）介嘿纔請坐子，讓我細細能介説拉你忑聽。我昨夜頭接子考勒居來，弗知阿是辛苦子了，跋倒子頭就困，即見梁老相公一干子拉忑野裏走。忽然奔出一隻狗來，兜大蹄勾一咬，肉才咬忒子棱爿忑⑥。（生）阿呀，這分明是個惡兆了！場中文字雖然得意，只怕今科又不能僥倖也。（小生）據我看來，不是這等解。爿字旁加上一犬

---

① 奇怪不奇怪，我倒做了一个怪夢了。

② 我駝夫跟着那三位赴考的相公到京裏來考試，昨日進了場，我一個人去接考，因爲太辛苦了，爬到床上就睡，哪裏知道七顛八倒地做起什麽夢來了。

③ 不知是好兆呢還是惡兆啊？請他們出來解解夢。嘿，三位相公走出來（吧）。

④ 我昨晚做了一个夢，要請相公們解解夢了。

⑤ 不要緊的。翻道：即“番道”，表示關係要緊與否。

⑥ 那麽都請坐了，讓我細細地説給你們聽。我昨晚接了考回來，不知道是不是因爲辛苦，倒頭就睡。衹見梁老相公一個人在野地裏走。忽然跑出一隻狗來，對着大腿一咬，肉都咬掉了一整塊。

分明是狀字，輪①元之兆也。（生）吓，詳得好！（又生）再講來。
（淨）停个軒②，吓亦看見秦相公奔出來。好像二郎神能介，額角
上開子一隻眼睛，倒嚇得我一跳③。（又生）這怎麼解？（小
生）仲羽榜眼無疑。（生）也詳得有理。（小生）你可曾看見我麼？
（淨）夢裏向倒也掽着勾④。吓溜到人家一座花園裏向去，杏花
開得其興，吓是弗問情由，扚子里一大把乩⑤。（又生）這是探花
之兆了！（生）不差，是個探花佳兆。（淨）弗曾說完來。正要採
子走，不拉多哈女眷攔牢子，要打要罵。虧得吾裏妹子出來勸住
子，吓就溜忒哉⑥。（小生）吓，你有什麼妹子的？（又生）文兄，
你不知他的令妹？雖是個小家，倒是個絕世佳人，傾城容貌哩。
（淨）無嗜好嘘，不過蘇州城裏向嗻數一數二勾罷哉⑦。（生）文
兄，若得你我果然應了夢兆，捧捷回去，老夫爲媒把他令妹配你，
氣煞那些背盟負義的女子！（又生）岳丈主見定然不差。（淨）單
差我裏攀高弗起⑧。（小生）二位兄吓，

【玉芙蓉】【正宮】我閨房起禍由，更值無情友。把金
釵雙股斷送風流。但願得鰲頭同遂攀花手，博得個衣錦歸
來締好逑。

　　（生白）若得功名到手，這事多在老夫身上。（合唱）
成鴛偶，

---

　　①　輪：疑當作"掄"。
　　②　停个軒：過一會兒。軒：同"歇"，很短的時間。
　　③　我又看見秦相公跑出來。好像二郎神似的，額角上開着一隻眼睛，倒嚇我一跳。
吓：通常指"你"，但這裏用作指第一人稱"我"。
　　④　夢裏倒也碰到的。掽着：碰見。
　　⑤　你溜到人家一座花園裏去，杏花正開得熱鬧，你不問情由，折了他一大把。扚：
"扚"的異體字，折斷，採。
　　⑥　還沒有說完呢。（你）正要採了走，讓許多女眷攔住了，要打要罵。幸虧我妹妹出
來勸住，你就溜走了。
　　⑦　沒什麼好啊，不過在蘇州城裏算是數一數二的罷了。
　　⑧　只怕我們高攀不上。

（淨白）個是我雙手奉送哉。（唱）

伴蕭郎鳳樓①，（仝唱）試看他蘼蕪山下②可含羞？

　　（四小軍白上）天街馳萬馬，金殿報三元。這裏是了，打進去！
　　（淨）嗥事務了？（衆）我們是報喜的。（生）報幾位相公？（衆）第
　　一甲第一名梁學灝，欽賜狀元及第。（生）哈哈哈，就是老夫！
　　（衆）第一甲第二名秦儀，欽賜榜眼及第。（又生）是小生！
　　（衆）第一甲第三名文芷，欽賜探花及第。（小生）不想我文佩蘭
　　也有吐氣的日子！（淨）住子，住子，弗要原拉裏做夢吓③？
　　（衆）萬歲爺賜宴瓊林，請各位老爺換了冠帶，一同走馬赴宴。
　　（吹打換介）（合唱）

　　【朱奴兒】笑窮途風生獺袞，惹天香花生錦袖。緋袍
迴避青衫秀，休猜做虀鹽④依舊。車和馬迎來鳳州，齊聽
取，鈞天奏。

　　（下）（淨）哈哈哈，做夢做夢，倒不拉我做着拉裏哉吓！讓我進去
　　再打一个磕銃勒看。列位吓，要想好日腳過嚹，纔到我夢裏來。
　　我勾亦要去困哉⑤。（下）

---

　　①　蕭郎鳳樓：指幸福美滿的婚姻。典出《列仙傳拾遺》，蕭史善吹簫，秦穆公之女弄
玉慕之，結爲夫婦，一起於鳳凰臺上吹簫，後隨鳳凰飛去。
　　②　蘼蕪山下：典出《玉台新詠》卷一《古詩八首》其一：“上山采蘼蕪，下山逢故夫。長
跪問故夫，新人復何如？”原寫棄婦幽怨，這裏反用典故，指抛棄了文佩蘭的謝小姐和春英。
　　③　且慢，且慢，不要仍然在做夢啊？
　　④　虀鹽：同“虀飯”，這裏指窮苦的生活。
　　⑤　哈哈哈，做夢做夢，倒被我做着了呀！讓我進去再打一个瞌睡看。列位啊，要想
有好日子過，都到我夢裏來。我這又要去睡了。磕銃：瞌睡。

設 套

外上。

【引】鼎足合鴛鴦，須看我，一番奇況。

(白)我前日做成妙計，激勵文佩蘭上京應試，且喜與梁秦二兄同登頂甲。早晚告假回來，我又有一場遊戲也。(小丑上)稱心排妙計，慧眼看團圓。年老先生！(外)請坐。(小丑)聽見說我裏勾外甥女婿中子探花，早晚大家狀元、榜眼一齊歸來哉！只是渠纏弗曉得革來，阿要替渠說明白子罷①？(外)若一說明有何趣味？索性再作弄他一場，那時露出真情，纏顯得你我玉成的美意。(小丑)介嗄貴勾鬼棚直頭要搭到底虱②？(外)正是。(小丑)請教那一個搭法③？(外)年兄，

【剔銀燈】【中呂】他倚仗烏紗喬樣，想欺壓鷥儔鳳黨。我佳人粧點紅羅帳，竟送向同心筵上。

(小丑白)吓，據年兄勾意思，拏我勾外甥因兒搭個位春娘，備子轎子竟送到里大門上去④？(外)然也。(小丑)阿呀，渠即認道嫁子別人勾哉，要掆一鼻頭勾灰得來⑤！(外)我正要他不肯容納，竟加有趣！(唱)

參商憑他怒張，解圍的安排下場。

————————

① 聽說我外甥女婿中了探花，早晚會和狀元、榜眼一起回來了！只是他什麼都不知道的呢，要不要跟他說明白了呢？革：的。來：語氣詞，相當於"呢"。
② 那麼這個花招一直要玩到底了？
③ 請教怎樣一個玩法？
④ 哦，據年兄的意思，把我的外甥女兒連同這位春娘，備了轎子竟送到他大門上去？
⑤ 阿呀，他只認爲她們嫁了別人的了，我們要碰一鼻子灰的呀！

（小丑白）吓，還有个解法勾来——則是那个樣解法呢①？

（外）那張翠雲的乃兄，既隨他進京，那頭親事梁老與秦兄定然撮合。那時也備了花燈綵轎，煩梁、秦二兄送他前去。文佩蘭必然歡喜——那知就是奪他妻妾之朋友？！

【前腔】打破了巫山屏幛，陽臺女襄王舊相。教他夢裏鴛鴦帳，只落得一番歡暢。

（白）那時變怨成恩，易愁爲喜。眼前那些對頭，都是他一生的知己。豈不是椿快事？（小丑）個勾大鬼棚，直頭搭得道地虱！讓我去對外甥囡兒説明白子看②。（外）我也要去與春娘、翠娘一同整備。（合唱）

當場憑伊細詳，怎猜破顛鸞簸凰？

（下）

---

① 哦，還有个解圍法呢，只是怎樣的解法呢？
② 這個鬼花招，實在玩得道地啊！讓我去對外甥女兒説明白了。

辇嬉　福圓

四小軍引小生上。

【醉花陰】 **【黃鐘】** 滿路香花翠煙裊,控金鞭家山重到。好教俺思往日,盼今朝,跨邊人蹬上雲霄! 有多少怒懷繞。

（白）下官文芷,荷蒙聖恩,欽賜探花及第,除授翰林院,掌文學士。恰值梁學灝、秦仲羽告假回籍,因此一同南下。想起日前在吳因之家內受了一場大氣,今日理當報復。只因前在京都承梁秦二兄爲媒,那張家女子許我爲妾,務要於今日過門。只得且自回家,再作計較。（唱）

說甚麼恩怨兩相抛,少不得舊寃家從頭報。

（衆）老爺回府。（副上）老爺歸來哉! 書童磕頭。（小生）起來。（副）老爺,阿曉得吳老爺差人來打聽歇來嘘①? （小生）他來打聽何幹? （副）聽見說要送謝小姐過門,連個姨娘一淘歸來哉嘘②。（小生）他已隨着別人,今日又來怎麼? （副）大約你做子官了,就看相起來哉吓③。（外、小丑上）重博當場笑,（小丑）翻成對面欺。吓,文兄,恭喜賀喜! （小生）住了! 我是個沒出息的秀才,只會人前賣嘴,怎當得會元公這等趨奉? （小丑）那間是翰林學士哉嘘④! （小生）什麼翰林學士? 若是令甥愛隨了我,就要誤盡終身了。（外）文兄不必動怒。小弟今日送他令甥女過

----

① 老爺,你知道不知道吳老爺差人來打聽過了?
② 聽見說要送謝小姐過門,連那姨娘也一起回來呢。
③ 大約你做了官了,就看上你了啊。
④ 現在是翰林學士了呀!

門,連那春娘一同歸趙,如何?(小生)嗄,他既隨你那沒行止的
表弟,今日還敢來戲弄我麼?(外)並非戲弄,即刻到門了。(小
生)呀呸!(衆鼓樂,小旦花轎,作旦、老旦同上)

【南畫眉序】匝巷擁笙簫,新婦香車共催到。向翰林
門第,早締鸞交。

(衆花轎進門,下。作旦白)文郎恭喜!謝小姐到門了。(小
生)唗!你這賤婢,當日聽誰的攛哄,公然改嫁別人,把我十分奚
落。今日正要來尋你,你倒自來送死麼?(作)文郎,那些已往之
事,你也不必提起了。今日特地送謝小姐到此。勸你歡歡喜喜
做了花燭,連我春英也收留了罷。(小生)要我收留?除非西方
日上!(小丑)你乩勾説話,且慢慢能介商量。且大家我裏外甥
囡兒做子親勒再說罷①。(外)是吓,快請新人出來交拜。(小
生)吠!吳因之,你把我什麼樣人看待?難道我文佩蘭肯收那殘
花敗柳不成?!(老旦)老爺,什麼殘花敗柳?勸你將就些兒罷。
(小生)哈哈哈,我是個輕浮子弟,難托終身!今日你們既做下那
椿醜事,還送上門來怎的?(老)吓,姑娘速去賠個小心,央求他
再處。(作)文郎休要着惱。念謝小姐與我春英,都是婦道家,那
裏曉得這些道理?(唱)

勸檀郎怒氣潛銷,念癡環倫常未曉。求伊寬宥從前罪,重
把那恩情相保。

(小生白)你不提起從前也罷,提起從前,快把那謀婚奪愛的棍徒
拿來交代我!(作)阿呀,這是吳老爺的表弟,教我怎好交代與
你?(外)實不相瞞,舍表弟怕你的威風,早早的逃脱了。(小
丑)溜忑哉耶!(老)走了。(小生)嗄!

【北喜遷鶯】休想把虛言相冒,休想把虛言相冒!向

───────────

① 你們説的話(事儿),且慢慢再商量。且跟我外甥女兒做了親再説吧。慢慢能:慢
慢地。

跟前一例粧喬。蹊也麽蹺,這也是閨房舊寶。

（外白）事到其間,也不怕你不就。（小生連唱）

到今日打破機關沒處逃,還仗你鬼計高。還着個很冤家
門中護好!

（小丑白）請你做子親勒再説罷。（小生連唱）噯,

快些兒迴避香輶①,快些兒迴避香輶!

（衆鼓樂,花旦花轎、生、又生、淨同上）

【南畫眉序】夾路瑞煙飄,一徑笙歌向前導。

（小丑白）亦是花轎來哉。前客讓後客,且拉貴荅等勾軒看②。

（花轎、衆進門,下。生、又生連唱）

看粧成金屋好貯嬌嬈。

（白）吓,文年兄恭喜!（小生）多謝年兄!（生、又生）吓,原來會
元公和鍾老師多在此。（外、小丑）正是請問二位到此何幹?
（生）小弟麽,因在都中把這位的令妹許配文兄,今日特與小婿送
親至此。（外）殷元公,你又來多事了。小弟送謝小姐到此,尚且
不肯成親,你把小家之女前來混鬧!（小生）住了! 雖是小家,卻
不比那些敗盟喪節之婦。快請新人出轎,交拜成親!（小丑）住
子,住子! 我裏外甥囡兒雖不成勢,也是御史勾囡兒。難道倒陰
乾子我裏弗成③?（作）你要做親,只怕還要我春英做主哩。

（外）停妻再娶,反了,反了!（老）只怕真個在那裏做夢!（合唱）

把前盟隨意相拋。戀新婚無端執拗。今朝打下鴛鴦棒,
拚做出釵樓廝鬧。

（淨白）看個光景,只怕做弗成親勾。來,打轎子轉去④。（生、又
生）且慢!（小生）吓,你們都來阻我的親事,是何道理?

——————————

① 輶:原指輕便的小車,這裏指花轎。
② 又有花轎來了。前客讓後客,且在這裏等一會兒看。
③ 且慢,且慢! 我外甥女兒雖不成勢,也是御史的女兒。難道倒把我們晾在一邊不成?
④ 看這情況,只怕做不成親的。來:打轎子回去。

【北出隊子】恁做下無情腔調,倒想要阻鸞儔回鳳交?

(小丑白)直頭要大家我个外甥囡兒做親甮①!(小生連唱)

把探花郎身分恁輕瞧! 硬着俺抛卻名花折柳條。

(生、又生白)年兄,放些主意出來纔好。(小生)請到後廳花燭。

(淨)介嗄我裏擡得進去②。(小生連念)吳因之,我今進去完成

花燭,少不得還要究問你那沒行止的表弟!(唱)

且看俺完就姻盟把冤恨徼!

(小生隨花轎下)(外)梁、秦二兄,你看他急急忙忙進去拜堂,那

知就是我吳因之的表弟吓。(衆笑介,同唱)

【南滴溜子】他只道今番鳳顛鸞倒,又誰知反墮一場

圈套? 試覷新娘容貌,冤家狹路逢,風魔頓掃。把舊日奇

謀,教你自曉。

(小生急上)吓,梁年兄、仲羽在那裏?(生、又生)文年兄怎麽説?

(小生)説也奇怪,那位新人不肯與小弟成親,定要娶了謝小姐、

收留了春娘,纔許拜堂合巹。不知是甚麽意思?(生、又生)連我

們也不懂吓。(淨)故呷喬一擲哉③。(外冷笑介)看你逃到那裏

去。(小丑)也弗怕里弗來求我裏④。(作)⑤我如今倒要回去

了。(老)是吓,同我家小姐一齊轉去,省得受他的閒氣!(小

生)阿呀,這啞謎兒我好難猜也!

【北刮地風】⑥嗳呀,則這綉閣春深花影搖,穩情的伴

雲英偷度藍橋。有甚麽桃根姊妹關懷抱,直恁的做怪粧妖!

到臨頭,他不肯藏嬌,難道是定婚符倒做了連環舊套? 因此

① 實在要你跟我外甥女兒做親的!
② 那麽我們擡進去。
③ 那架子也搭起來(裝腔作勢)了。
④ 也不怕他不來求我們。
⑤ 原抄本無括號。
⑥ 原抄本無括號,但"北刮地風"在這裏應讀作曲牌名而非唱詞。

上拜心香,拖上箇如意根苗。

> （背白）新娘雖是這般講,只是這兩個亡廉喪恥之女,教我怎生領
> 受吓?

（唱）雖則是規①政寬,雅量容風流同抱。繡屏前將他細打
熬,怎教伊敗殘花挨入鸞巢?

> （外、小丑、生、又生）文兄吓!

【南滴滴金】笑伊行何必尋煩惱,恁樣團圓天下少。
休道是當前蹴起風波稿,多是昧心腸,猜不到!

> （老白）我家的小姐是冰清玉潔之人,你休要認差了!（作）就是
> 我春英,也是有節操的女子,怎麼這等埋怨起來?（小生）現在隨
> 着別人,怎説甚麼節操? 豈有此理!（老、作連唱）

你休要把根原細討,早些向華堂同拜倒。

> （白）你若不信,去問新娘便知。（唱）

試問閨娃,管分明這遭。

> （生、又生白）這話講得有理。去喚你妹子出來。（淨）介嚘妹子
> 走得出來②!（二梅香③照燈,花旦上）蠟照半籠金翡翠,羅裙宜
> 着繡鴛鴦。（生、又生）新娘出來了。（小生看,大驚介）阿呀,看
> 新娘的面龐,分明像因之的表弟!（外）豈敢,豈敢!（小丑）那是
> 交代出來勾哉④。（小生）真乃奇哉,怪事也!

【北四門子】覰着他,當前一副蓮花貌;覰着他,當前
一副蓮花貌;是當初青衫舊標。

（作白）姐姐不要睬他!（外）這是你的寃家,如今與他淘氣⑤嘘。（小
　　生連唱）

---

① 規:疑當作"閨"。

② 那麼妹妹走出來吧!

③ 梅香:丫鬟。

④ 這樣就交代清楚的了。指真相暴露,露餡。

⑤ 淘氣:吵架。

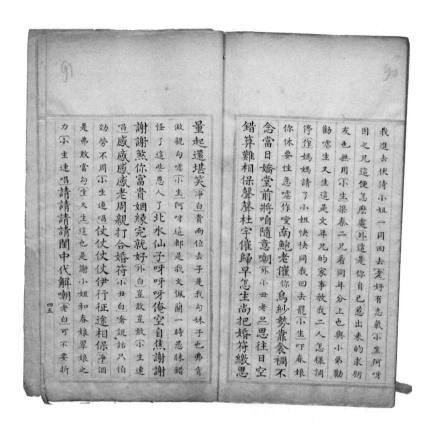

卻被你瞞花欺柳粧成套，逗的人滿腹焦。

（作白）姐姐休要睬他。（小生連唱）

俺便仔細瞧，你休好處拋。須念我莽牽牛，當年誤鵲橋！

（淨白）妹子，吓且進去。（花旦虛下，小生連唱）

好教人怒臉銷，喜氣高，這機關聰明難料！

（生白）有甚難料？只因你無志功名，故此做這圈套來激勵你。

這都是會元公玉成你的美意。（小生）阿呀，阿呀，足感盛情！

（外）只怕還是小弟趨奉。（淨）話是說明白勾哉。阿要請出來做親罷①？（小丑）做嗄親？方纔渠説我外甥囡兒是殘花敗柳，亦説嗄勾敗盟喪節。個樣人直頭無相與勾！上子花轎勒走②！（作）我春英費了無限心機，今日倒受他這場大氣！我進去伏侍小姐，一同回去。（老）好有志氣！（小生）阿呀，因之兄，這便怎麼處？（外）這是你自己惹出來的，求朋友也無用。（小生）梁、秦二兄，看同年分上，也與小弟勸勸嘘。（生、又生）這是文年兄的家事，教我二人怎樣調停？（作）媽媽，請了小姐，快快同我回去罷。（小生）吓，春娘你休要性急嘘。（作）噯，

【南鮑老催】你烏紗勢靠，衾裯不念當日嬌，堂前將咱隨意嘲。

（外、小丑、老旦）

思往日，空錯算，難相保。聲聲杜宇催歸早，怎生尚把婚符繳？思量起，還堪笑。

（淨白）貴兩位去子是，我勾妹子也弗肯做親勾嘘③。（小生）阿呀，這都是我文佩蘭一時愚昧，錯怪了這些恩人了。

【北水仙子】呀呀呀，俺空自焦！謝謝謝，謝煞你，富貴姻緣完就好。

（外白）豈敢，豈敢。（小生連唱）

感感感，感老周親打合婚符。

（小丑白）嗄説話，只怕效勞不周④。（小生連唱）

仗仗仗，仗伊行征途相保。

（淨）個是弗敢當勾⑤。（生、又生）這也是謝小姐和春娘、翠娘之

---

①　話是説明白的了。要不要請出來做親吧？

②　做什麼親？剛纔他説我外甥女兒是"殘花敗柳"，又説什麼"敗盟喪節"。這樣的人真的沒有什麼可打交道的！上了花轎趕緊走！

③　這兩位走了的話，我妹妹也不肯做親的呢。

④　什麼話，只怕效勞不周。

⑤　那是不敢當的。

力。（小生連唱）

請請請，請閨中代解嘲。

　　（老白）可不要折煞了老嬋。（小生）阿呀，春娘吓。（作）扯淡！
　　（小生連唱）

記記記，記半載衾裯恩義膠。悔悔悔，悔當初錯逗芳
心惱。

　　（作白）你不該這等破口。（小生連唱）阿呀，

懇懇懇，懇你全舊義，暫相饒。

　　（半跪介）（作）阿呀，請起。（外）春娘，他已這般哀懇，勸你曲從
　　了罷。（作）是。（下）（老下）（小丑）吩咐樂人賓相，就請新人。
　　（白淨上）來哉，來哉。（副上）噲，我來子楞日裏哉，嗇倒要硬上
　　哉①？（白淨）個是各店各賣噓②。（小丑）好事好日，弗要爭，弗
　　要爭！吥瓰一遍一句嘿哉，打勾和局③。（副）鍾老爺説得弗
　　差④。（白淨）介嘿請吓⑤。（副）自然吥長哉⑥。（白淨）得罪！
　　伏以探花今夜真得意，（副）多時拉瓰瞎動氣⑦！（白淨）登時兩
　　位新人到，（副）就怕夜裏來弗及！（小生上）（白淨）伏以小姐真
　　正有福氣，（副）幾乎別人搶子去。（白淨）幸虧師姑代子缺，
　　（副）弗然那做團圓戲？（小旦上）（白淨）伏以個位姐姐真調皮，
　　（副）女扮男粧討便宜。（白淨）自家出手攀親事，（副）只講老
　　擦⑧有主意。（花旦上）（白淨、副）就拜天地。（照常行禮）（白
　　淨、副）叩謝皇恩！請各位老爺後堂筵宴。（外、生、又生、小

----

　　①　喂，我來了一整天了，怎麼你倒要強搶了？
　　②　那是各做各的買賣呀。
　　③　今天好日子，你們不要爭，不要爭！你們你一言我一語就是了，打個和局吧。
　　④　鍾老爺説得没錯。
　　⑤　那麼請啊。
　　⑥　自然你年長（你先來）。
　　⑦　瞎生氣時間太長！
　　⑧　老擦：老練，厚臉皮。

丑）請吓。（俱下）（小生、小旦、花旦唱）

【煞尾】香閨打下團圓稿，趁風流美滿意歡耀。把那鬢影釵光，向燈前看個飽！

（下）

三才福下卷終

附　　録

《三才福》方言口語詞彙集

石汝傑

《三才福》各折編號①：

上卷

下卷

A

【阿】表示疑問的副詞，……嗎？○阿要我猜着子嗒人家？{14}
阿有冷粥冷飯求捨一碗？{10}

【阿伯爺爺】對父親的尊稱。○阿伯爺爺真鄉宦，打雄喫食開心
慣。{03}

【阿哥】哥哥。○個星大阿哥纔到菴裏去張羅哉。{11}

【阿鬍子】絡腮鬍子。○那説我一嘴勾白阿鬍子，弄得我暄

---

① 《三才福》的目次，原抄本沒有順序號，我們現在分別加上編號，以便稱説。以下
引用時就用編號表示，如{07}表示是第七齣"勒允"。

紅。{13}

【阿媽】老媽子。○你個兩日還是捨母裏來,阿該應不拉阿媽厾抱抱?{28}

【阿嬭】媽媽。○阿嬭,你看看渠看嘘!{20}

【阿呸】呸。表示唾棄,反感。○[又生]因之的話,一些也不差。[小生]阿呸!{24}

【阿婆】婆婆。○阿婆説道,孤身哉了,弗出來受拜哉。{20}

【阿是】是不是,表疑問。○阿是弗肯?介噯做一个很子罷。{28}

【阿要】(1)要不要。○阿要讓我去説明子罷?{19}(2)加强感嘆語氣。○阿要詫異厾,倒做子一个怪夢拉裏哉。{29}

【阿喲來】嘆詞,用力時的呼叫聲。○阿喲來,直介重得好哉!{11}

【阿有介事】有這樣的事嗎?○老親娘,阿有介事嘘?{03}

【挨身】身體湊近(擠進)。○那時小弟挨身進去。{06}

【安逸】清閑,舒服。○思量喫一碗安逸茶飯,選着子蘇州府學。{05}

【抝】即“拗”,折。○呧是弗問情由,抝子里一大把厾。{29}

【呋】嘆詞,表示肯定的應答,好,是。○[外]起來。[大淨]呋,是哉。{09}

【熬】忍耐。○即得熬子餓,且掙得去看。{09}

B

【八成賬】百分之八十,比喻不完美。○老爺勾租蘇銀絲能介,滿面纔起子蜂巢勾哉,只好算八成賬。{05}

【拔出嘴】指開口(就駡人)。○嗜等樣有樣凡人,拔出嘴來就駡吓?{21}

【跋】搬,放(倒)。○我昨夜頭接子考勒居來,弗知阿是辛苦子

了,跋倒子頭就困。{29}

【罷】(1)語氣詞,吧。(2)罷休。○［副］駝兄,呣嘿嘿罷。［駝夫］罷嘿,看老爺面上,熱合熱合看。{10}

【白嚼】閑聊,瞎説。○阿呀,白嚼子半日,忘記子今日馬頭上接大人哉。{05}

【白相】玩兒。○阿唷,吳會元會白相了,教出來勾蚌將軍纔弗是善八姐,真正強將手下無弱兵!{22}

【擺款】擺架子。○做官勾時候要擺款了,用個把駝夫。{13}

【包邊】一種錢幣,具體意義不明。○有嗲騷底錢,落盡大包邊。{07}

【抱穩】有把握。○老師你自己弄得這般光景,不要太抱穩了。{13}

【板板六十四】形容古板,不通融。○且亦是倒板板六十四勾,故樣精寡銅是弗上串勾,報里做奢?{05}

【板刷】硬毛刷子。○我笑老爺勾租蘇爲嗲像子板刷?{14}

【半把】一半左右。○已裏勾官府半把是里且爺勾門生、故舊。{19}

【半日】半天,形容時間長。○老先生,辛苦子半日哉。{28}

【伴】躲藏。○嗲了弗擺拉桌面上,伴拉檯子底下介?{03}

【幫襯】幫助;比喻趨附。○若論他走熱路,會幫襯的那些伎倆,我在鳳池菴親眼見來。{13}

【被頭】被子。○要困師姑,等天亮子去,趁子熱被頭罷。窮爺困哉,弗起來哉!{21}

【蚌將軍】喻指女性。○教出來勾蚌將軍纔弗是善八姐。{22}

【鼻青嘴腫】比喻氣急敗壞的表情。○姨娘聽見説呣到子鳳池菴裏來,氣得鼻青嘴腫。{03}

【比子】比。可以加助詞"子"。○題子名字比子銅錢銀子好得多得來。{28}

【必竟】畢竟。○他又央我到府,必竟要求照應。{18}

【邊式】意義不明。○哈哈哈,那是邊式拉裏哉嚇。{13}

【鼈】放(進);藏(入)。○家婆鼈在荷包裏,誰料人間剪綹多。{17}

【別故/別過】去世。○今年十六歲,姜要收耶,貴个鹽商,就別故哉。{15}落里曉得勿多兩年,晚家公亦別過哉。{09}

【別人家】別人。○別人家勾事體,出怕你少説子點罷!{24}

【瘑皮】乾癟,形容無權無勢。○我一個瘑皮教官,囉裏攏得嗜風水介?{24}

【捆拉巧上】碰在巧上,碰巧。捆,同"碰"。○落里曉得捆拉巧上,倒坐子喜哉。{03}

【併包】合併,比喻合體。○吤虱勾小姐也是併包勾時候哉。{07}

【波螺】一種圓形螺。○[小丑]我笑吤勾肚皮好像波螺![丑]我是蠱脹耶。{14}

【波渣】又作"波吒",痛苦。○年老又無家,終日受波渣。{09}

【撥算盤珠】比喻盤算。○老相公弗要發極,我倒替吓撥歇算盤珠勾,阿要弄一個挽回之法。{07}

【不】(1)動詞,給予。○我大家你是老相與,弗要不個驚嚇拉我咭。{20}(2)介詞,給,表示被動。○前日子鍾老師勾租蘇纊不里騙紅子。{11}

【不拉】動詞"不"(給)和介詞"拉"(給)的組合。(1)介詞,給,表示被動。○故嗎勸吓勿要串哉,前日子老爹勾租蘇纊不拉渠騙紅子!{15}(2)給,讓,表示使動。○阿該應不拉阿媽虱抱抱?{28}

【不一……使使】給一個……,中間用動詞,強調這一動作。○那間落子臺哉,索性不一踱渠使使。{13}讓我挑落子方巾,認認真真個不一看渠使使。{20}

C

【纔/才】副詞，都。〇吳老爺、秦相公纔拉裏！{02}肉才咬忒子棱爿乩。{29}

【纔是】都是。用於指責責任都在對方。〇纔是你个瘟師姑！{19}

【曾】副詞，表示動作行爲已經過去。本書中用於方言的只有"弗曾"。〇爹爹曾爲御史，不幸與母親相繼而亡。{03}並不曾傾蓋相過，又何曾世誼同科？{12}你去見鍾老師，可曾通知謝小姐麽？{18}

【差】錯。〇吓，據吪貴席説話，吾是進來差勾哉？{03}

【差弗多】適可而止；將就過去。〇勸吪差弗多子點罷。{03}

【搭腳】指鬍子。〇老爺個暄紅勾搭腳，只怕要抗拉銀櫃裏兩日乩。{10}

【詫異】奇怪。〇阿要詫異乩，倒做子一个怪夢拉裏哉。{29}

【差】差使，支派。〇大老哥，吾大是錢公子差得來。{11}

【拆探】拆卸。本文中所指是什麽物品，意義不明。〇亦貼子一口拆探收攏哉。{13}

【纏】糾纏；胡搞。〇大家里去纏嘿是哉。{15}

【纏子鈕】搞錯秤紐的大小，比喻誤解、弄錯。〇介嘿我倒纏子鈕拉裏哉。{05}

【場哈】地方。〇少弗得吃飯勾場哈就有落蕩哉。{09}

【場化】地方。〇要求老爺賞一个吃飯場化乩。{09}

【成功】作補語，(做)成。〇晚生若是攀弗成功貴頭親事。{17}

【成色】指銀子的純度。〇讓門斗估估看，嗜成色拉哈。{05}

【吃冷肉】受冷遇。具體含義不明。〇那間勿去免求人，竟陪老爺吃冷肉。{10}

【喫醋撚酸】形容吃醋，嫉妒。〇你有春英在家，況且喫醋撚酸，何等利害！{06}

【癡】瘋，傻。○只怕要癡耶！月裏个小干懂得啥事介？{28}

【癡頭癡腦】瘋瘋癲癲。○貴個錢公子癡頭癡腦，一個字也弗識。{14}

【銃馬子】一種放置槍械火器的裝置，比喻嚇唬人的架子。○像是個勾上當人來哉！讓我做一个銃馬子拉哈看。{24}

【出怕】恐怕，大概。○老相公出怕即日要回罏哉。{07}

【處】處罰。○個呷你處得我忒凶哉！{10}

【串】(1)瞎混。○進士中得忒遲，知縣直頭難串！{05}故噻勸㕸勿要串哉。{15}(2)串門。○趁今朝月半，到尼菴瞎串。{03}(3)伺候。○只因折子本，拉裏學裏串老爺。{05}

【串頭(繩)】串銅錢的繩子。○老爺弗是串頭繩下降，直腳是大光貝哉！{05}無得勾彈眼元絲，除非拿勾串頭得來做做𡍲。{07}

【闖寡門】指逛妓院。○專要拉外頭闖寡門、困師姑。{14}

【戳元寶】比喻掉包。○阿呀，老爺戳子元寶去哉。{10}

【綽】同"焯"，煮。○我綽兩粒雞荳，削一塊嫩藕拉𡍲。{03}

【雌貨】謔稱女性。○那說變子一个雌貨哉。{22}

【聰明面孔，實質肚腸】表面聰明，其實愚笨。○那間勾聰明面孔，纔是實質肚腸勾多哉。{24}

【湊趣】討人喜歡。○人人説道吴會元刁鑽人，落里曉得竟是極湊趣勾。{10}

【粗種草】比喻(孩子)不高貴。○粗種草，當弗起老先生个法眼勾噓。{28}

【攛掇】慫恿。○無非攛掇渠辦點惡蹟事務，騙口酒水吃吃。{14}

【攛哄】攛掇，慫恿。○小妹便攛哄姐姐前去。{18}

【啐出來】呸，用於强烈地否定對方。○啐出來，怕我勿在行了？{10}

【撮巴戲】耍把戲。○吴老爺到底拉𡍲撮啥巴戲？{19}

【㐌穿㕸个花椒】粗話，他媽的。㐌，即"肏"，性交的動作。花

椒,含義不明。○甀穿呃个花椒,倒合子一大淘來?{21}

D

【搭】(1)連詞,和。○拏我勾外甥囡兒搭個位春娘,備子轎子竟送到里大門上去?{30}(2)介詞,跟。○我搭你説,你個兩日還是捨母裏來。{28}

【搭鬼棚】比喻糊弄人,搗鬼。○個勾大鬼棚,直頭搭得道地丢!{30}

【搭子】連詞,和。子,助詞。○你託子啥吴會元勾表弟搭子一位女眷,拉菴裏來一陣鬼張羅。{24}

【嗒】語氣詞,的。○[淨]放呃丢娘勾屁![白淨]那勿要罵嗒,大家有爺娘勾嘘。{12}

【打幹】鑽營。○弗瞞呃説,要報優生勾是纔來打幹勾哉。{05}

【打和局】和好。○好事好日,弗要爭,弗要爭!呃丢一遞一句嚜哉,打勾和局。{31}

【打溷】胡攪。○咏,不想有个錢公子,也走進來打溷一場,那小姐匆匆而去。{06}

【打磕銃】打瞌睡。○讓我進去再打一个磕銃勒看。{29}

【打拉算盤浪】形容有打算,在計劃裏。○個個秀才兩字,那間弗要打拉算盤浪哉嘘。{07}

【打綿帶】道士的行事,具體不詳。○[白淨]……啥了個道場能散得遲介?[道士]多打子兩套綿帶了。{21}

【打破句】破壞,壞(人的)事。○[丑]老爺你直頭會打破句丢![小丑]弗是啥打破句嘘,自家勾圖細,有啥弗關機勾吓?{14}

【打喬】作梗。○渠要幫子姓錢勾奪貴頭親事,有我拉裏打喬,萬萬弗局勾!{13}

【打雄】粗話,原指動物交配,指尋歡作樂。○阿伯爺爺真鄉宦,打雄喫食開心慣。{03}

【打賬】打算。○要打賬攀一頭親,送子渠出去。{15}

【大膀】大腿。膀,即"髈"。○忽然奔出一隻狗來,兆大膀勾一咬。{29}

【大分】多半。○那說猜弗着?大分是錢侍郎勾兒子!{14}

【大大能】大大地。能,後綴。○阿曉得我個頭親事,大大能勾弗局哉嘘?{17}

【大光貝】指失財。與錢財有關,具體含義不明。○老爺弗是串頭繩下降,直腳是大光貝哉!{05}

【大花面】戲曲中的角色,大花臉,這裏指不正經的人物。○登時就發魘,原是一個大花面!{16}

【大家】代詞,作用相當於連詞"和",參見石汝傑(2019)。○直頭要大家我個外甥囝兒做親丑!{31}

【大老哥】大哥。○大老哥,吾大是錢公子差得來。{11}

【大清早起】清早。○大清早起,亦是嗄支話百叫丑哉?{22}

【大叔】對別人家男性下人的尊稱。○小大叔,兩隻素盤替我送子進去。{02}

【得】助詞。(1)用在動詞後,表可能。○去是去得勾。{15}(2)用在動詞和趨向補語之間。○三位相公丑走得出來。{29}(3)與"揢"(把)呼應,置於賓語後面。○弄出賊梗勾事務來,先揢你得送官。{19}(4)吳江方言,了。○怯力煞得!好哉,到拉裏得。{12}(5)吳江方言,的。○個也奇得。{11}

【得來】(1)趨向動詞,來。○快點替我去叫老娘得來。{20}(2)助詞,得。○窮得來滿面勾油泥。{05}(3)句末語氣詞,表程度高,……得很。○題子名字比子銅錢銀子好得多得來。{28}(4)與"拿"(把)呼應,置於賓語後面。○除非拿勾串頭得來做做丑。{07}

【得去】趨向動詞,去。○一个人也弗帶,且溜得去叙舊介。{03}

【得勢】用在謂詞後,表示程度高,……得很。○蘇州城裏勾讀書人也多得勢。{15}

【待新人】做跟婚禮有關的事。待,接待,伺候。○[白淨]龔老

三,你是嗜了能晏？〔鼓手〕待新人生意耶。{21}

【帶肚】帶著胎。○真正是時來運來,討勾家婆帶肚來！{20}

【單】副詞,只是、專。○單鑽拉女客面上。{24}

【單差】只是。○單差我裏攀高弗起。{29}

【單封頭】單獨封裝的錢,比喻單身。○我裏老爺亦是勾單封頭。{07}

【擔】端,拿,送。○我擔盤挑水肩頭老,這石磨從來卻未掮。{11}

【彈眼元絲】讓人眼睛發亮的足色紋銀。○無得勾彈眼元絲,除非拿勾串頭得來做做丑。{07}

【當】抵擋。○我貴个瘟皮教官嘰,那哼去當住渠呢？{19}

【當弗起】受不了;吃不消。○當弗起單鑽拉女客面上,書角角也弗扳一扳,囉裏有嗜出頭日腳个哉？{24}

【攙風水】抵擋;對抗。常用於疑問和否定句式,表示無法靠其抵擋(危難)。○弗是嗜託人託子王伯伯,我一个瘟皮教官,囉裏攙得嗜風水介？{24}

【倒鬼】即"搗鬼"。○到底倒嗜鬼？{11}

【倒戳毛】形容把事情辦糟,反而得罪(對方)。○那是倒戳毛拉丑哉。{12}

【道】以爲。○你道是吳會元嗜等樣人了？是斯文光棍！{14}

【道白】形容詞,白淨。○拿听硬絲租蘇,配渠道白面孔。{05}

【登】待(在)。○再弗殼渠拉商家丑登歇了,學子一謎魘派。{15}

【等大】指買窮人家的幼女做婢女,等她長大後納爲妾。○五年前頭有个妹子賣拉揚州鹽商丑做等大。{15}

【等軒】等一會兒。軒,同"歇",一會兒。○前客讓後客,且拉貴荅等勾軒看。{31}

【等夜】等門,晚上等未歸的人回家。○家主婆拉丑等夜个了,快洒點開哉滑。{21}

【戥稍直蹺】戥盤秤的尾梢上翹,比喻(因憤怒等)暴跳。○弗要

戤稍能介直蹻！｛07｝

【低成色】指銀錢等質地不好，這裏形容人低賤。○真正原是低成色吓。｛10｝

【低銅錢】質地低劣的銅錢。○里若怕子嚛，我就拏貴个低銅錢搭上去哉。｛05｝

【刁鑽】奸刁。○人人説道吳會元刁鑽人，落里曉得竟是極湊趣勾。｛10｝

【刁鑽促掐】（行事）奸刁缺德。○吓，人人説道吳會元是刁鑽促掐勾，囉裏曉得一團大道理。｛19｝

【疊】凸（出），鼓（起）。○好像彌勒佛能個疊出子勾肚皮！｛14｝

【定槽】鑄銅錢的模子。○查穿子里勾私鑄銅錢，弗怕弗拿勾定槽獻得出來。｛05｝

【動氣】生氣。○那勿要動氣，個星大阿哥繞到菴裏去張羅哉，事務是吾也辦得來勾。｛11｝

【兠】即"兜"，正對着（身體某一部分）。○兠大蹄勾一咬，肉才咬忒子稜尖丑。｛29｝

【鬭一枝花】比喻對抗，唱對臺戲。一枝花，曲名。○倒要全姓吳勾鬭一枝花勾哉！｛13｝

【丑】(1)用在名詞後，表示複數，們。○噲，三位相公丑走得出來。｛29｝弗瞞爺們丑説。｛02｝(2)表示與此人有關的家庭或群體。○有個名帖，還有一封字，哐要送到吳會元丑去勾。｛11｝本來是吳會元丑勾飯婆。｛09｝(3)扔，抛。○那是搐勿動勾哉，丑拉天井裏子罷。｛12｝(4)用在句末，強調數量多、程度高。○只怕要抗拉銀櫃裏兩日丑。｛10｝倒也唱得道地丑。｛15｝(5)用在謂詞性成分後，表示這一時刻的狀態，V着呢。○[小丑]掌禮人呢？[副]烏痧脹丑哉。｛10｝(6)用在謂詞性成分後，表示動作完成後的遺留狀態。○個繞是吳老爺作丑勾孶。｛19｝(7)用在謂詞性成分前，表示正在進行。○書童，書童！[副呵欠上]更深夜靜，還丑叫命來。｛21｝

【端正】準備（好）。○今夜頭端正子花花轎，要來搶你哉嚛。｛19｝

【斷】判斷，評判。〇渠還要使性勒趕我出去，求個親婆做主斷斷看。{20}

【兌准勾天平】天平的分量已經調準，比喻不能再增加一點兒分量。〇我勾背心好像兌准勾天平，厘毫絲忽纏加弗上勾哉！{05}

【對沖陶成】指對半的比例。〇勿知染得來阿有對沖陶成得來。{10}

【多哈】許多。〇纔是多哈官客衣裳拉哈。{15}

【多時】很久，很長時候。〇阿哾，多時弗挑哉了，肩架倒養嬌裏哉。{27}

【踱】戲曲裏，讀書人或者官員的走路方式，踱方步。〇索性踱勾兩踱看。{15}

【踱頭】愚笨且固執的人，呆子。〇你真正是个老踱頭！{07}

E

【惡蹟】劣蹟，壞事。〇無非攛掇渠辦點惡蹟事務，騙口酒水吃吃。{14}

F

【發極】非常着急。〇老相公弗要發極。{07}

【發轎】發出轎子，指轎子起動出發。〇介嘎大媒弗到，那哼發轎？{23}

【發心】發善心。〇虧得太太發心，拏房屋裏个物事，收拾一隻船送子渠居來。{15}

【發魘】變得瘋癲，變得狂妄。〇換落豬棍頭，脫子破草鞋，登時就發魘。{15}

【凡百】各種，所有(的)。〇凡百事體，譬得過嚦就罷哉。{24}

【飯婆】專司廚房的女僕。〇我陸老媽，本來是吳會元丑勾飯

婆。{09}

【飯主人】主人,雇主。○咦,前頭來勾是飯主人滑。{09}

【楓橋價】清朝蘇州最大的米市在楓橋,因此楓橋米價就成爲交易價的重要參照系。蘇州俗語有"探聽楓橋價,買米不上當"之説。此處借指應該去打聽一下可能性。○即是要報里勾劣,也要那勾楓橋價打聽打聽咶。{05}

【葑門】蘇州東南的城門。○大約賣柴勾兒子,故是葑門頭上多得勢勾拉丑!{15}

【弗】不。○多時弗挑哉了,肩架倒養嬌裏哉。{27}

【弗曾】没有。參見"曾"。○學生勾高墩實在兑弗慣,爲此多時弗曾去住夜。{03}

【弗差】不錯,好。○弗差勾!查穿子里勾私鑄銅錢,弗怕弗拿勾定槽獻得出來。{05}

【弗成意思】不像樣。○個勾肚皮漸漸能个大得弗成啥意思。{03}

【弗番道/弗翻道】不要緊,無所謂。○弗番道,……看渠那間汗毛也阿敢動我勾一根?{22}[生]……如何説起夢話來?[淨]弗翻道勾。{29}

【弗好看相】不好看(的感覺)。相,後綴。○晚生若是攀弗成功貴頭親事,非但輸子意氣拉小文,連老先生勾金面纔弗好看相哉滑。{17}

【弗局】不行;不順利。○阿曉得我個頭親事大大能勾弗局哉嘘?{17}

【弗殼】不料,没想到。○再弗殼你個本事學得齊全勾拉丑。{15}伏以貴樣事體真弗殼,黄連樹下尋作樂。{10}

【弗去銀水】銀水,當指銀子的成色。這裏形容陰鬱的表情。○嗜了一副弗去銀水勾面孔拉丑?{05}

【弗色頭】倒霉,晦氣。○[白]……只怕第一夜做親就要養兒子嘘。快點替我去叫老娘得來。[淨]阿要弗色頭。{20}

【弗上串】錢串不起來,形容無可救藥。○故樣精寡銅是弗上串

勾,報里做奢？{05}

　　【弗是】不行,不好。○起初呢,還遮掩得過,那間竟弗是裏哉,好像彌勒佛能個疊出子勾肚皮！{14}

　　【弗消】不必,不用。○老娘纔弗消叫得,已經養子一位胖胖大大個公子拉丑哉。{20}

G

　　【軋淘】交往,成爲夥伴。○現在吳會元老爺纔大家里軋淘勾介。{14}

　　【改教】轉向教學,指轉當府學的教官。○因此連忙改教,思量喫一碗安逸茶飯,選着子蘇州府學。{05}

　　【趕起身】逐客,趕(客人)走。○個是直頭趕起身哉滑。{28}

　　【隔夜下作】指提前做好,具體含義不明。○我大家你原是隔夜下作勾嘘。{28}

　　【革】同"個"。(1)那(個)。○我只恨個吳會元革狗賊。{20}(2)助詞,的。○只是渠纔弗曉得革來。{30}

　　【个】同"個"。(1)這,那。○个兩日是夜禁。{21}(2)助詞,的。○吾裏菴裏,新到一位常州个謝小姐。{02}但是個姓文个半點也勿明白。{19}

　　【个勾】那個。○專怪个勾吳會元刁鑽促掐了。{13}

　　【個】(1)這,那。○個是極好勾哉滑。{10}吳年兄個句說話說絕哉。{24}(2)的。○府學裏個鍾老爺,是小姐個娘舅。{14}(3)助詞,用在動詞和賓語之間。○求個親婆做主斷斷看。{20}倘若朋友親眷問起嚟,則説原討個謝小姐。{20}

　　【個把/个把】一兩個。○我做官勾時候要擺款了,用個把駝夫。{13}人丑介？走个把得出來！{11}

　　【個板書】這頁書,這裏比喻不光彩的過去。○啐,個板書是弗許再説勾哉嘘。{28}

【個點】這些。○靠子個點勢頭出去嫖娼宿妓,六个敢惹我?｛03｝

【個多哈】這許多。○真正門當户對,還要抖酌個多哈嗟來!｛14｝

【個個】(1)這個,那個。○個個吳會元是刁鑽促揩人。｛11｝個個嚏真正叫跟兄乩來。｛15｝(2)每個。○真正讀書人!個個纔是有趣勾。｛02｝

【個勾】這個,那個。○個勾肚皮漸漸能个大得弗成嗟意思。｛03｝像是個勾上當人來哉!｛24｝

【個歇】這會兒,現在。○個歇是時候哉,還弗見吳老爺來來。｛23｝

【個星】這些,那些。○個星薦頭嫌我有病,弗肯領我出去。｛09｝文兄,請你快點歸去,省得受個星閒喉氣哉。｛24｝

【個樣】這樣。○個樣人直頭無相與勾!上子花轎勒走!｛31｝

【個哉】句末語氣詞,表示完成。見"勾哉"。○文兄,只好陰乾你個哉嚧。｛24｝

【各答】覺得,明白。各,即"覺"。○[外]但是不可與他説明。[淨]個是我各答勾。｛27｝

【各店各賣】各做各的買賣,比喻各有專長。○個是各店各賣嚧。｛31｝

【跟兄】謔指隨從。○[花旦]拏了帖兒,隨我前去。[淨]好勾,個個嚏真正叫跟兄乩來。｛15｝

【更其】更加。○昨日痰火病發作,更其直僵哉!｛13｝

【勾】(1)這,那。○勾肚皮一日大一日拉裏哉!｛14｝(2)量詞,個。○個是勾學名,索性多謝你再題一个小名。｛28｝(3)助詞,的。○就是住拉齋房裏勾梁其姓者。｛05｝吓倒是弗來勾好!｛14｝只是做阿哥勾是弗會説話勾,只好自家當面去講勾嚧。｛15｝(4)助詞,用在動詞和賓語之間。○倒來破費勾相公哉!｛02｝何弗趁勾吳老爺拉裏,替小寶題一个名字?｛28｝

【勾多化】這許多。○介勾萬忽,有勾多化嚕蘇?｛21｝

【勾個】這個。○勾個破房子裏向,只怕住弗慣。｛15｝

【勾哉】用在句末,表示動作的完成和變化的結束,作用相當於

"了₂",但是包含强調的語氣。○那噎困得勾哉,就是天王來也弗開勾哉! {21}

【狗賊】罵人話。○阿嬛説得弗差,我只恨個吳會元革狗賊。{20}

【骨骱】關節,本文的意思似爲因爲勞累,骨頭鬆懈。○似這般路遠途遥,只怕要骨骱筋酸。{11}

【蠱脹】病名,鼓脹,(因病)肚子鼓起。○[小丑]我笑吪勾肚皮好像波螺! [丑]我是蠱脹耶。{14}

【故】這,那。○壞哉! 故是嗜意思? 上子大當哉! {10}

【故故】這個,那個。○故故才子到底那哼一件物事? {15}

【故噎】那麽。○故噎勸吪勿要串哉,前日子老爹勾租蘇纜不拉渠騙紅子! {15}

【故歇】現在,這會兒。○故歇嗜時候哉? {21}

【故星】這些,那些。○吾拉學裏向故星撇腳當長提起勾。{15}

【官】後綴,用於對年輕男性的尊稱。○九官,是我嘘。{21}

【關機】關心,在乎。○自家勾圖細,有嗜弗關機勾吓? {14}

【關事】與……有關。常用於疑問和否定的句式。○個纜是吳老爺作乩勾孽,關得我嗜事介? {19}

【光光乍】曲牌名,比喻光溜溜,什麽都没有。○布襖綿裙都不掛,一身剩得光光乍。{09}

【光郎】光郎頭,秃頭,指尼姑(或者和尚)。○今夜春風看鬢影,不教禪榻伴光郎。{20}

【歸除】打算盤的動作,比喻打算、計劃。○我勾歸除原打得弗差勾耶。{07}

【歸來】回來。○連个姨娘一淘歸來哉嘘。{31}

【歸去】回去。○大家秦相公歸去子半日哉。{03}

【貴】這,那。○吾貴頭親事就有點弗穩當哉。{11}貴兩位去子是,我勾妹子也弗肯做親勾嘘。{31}

【貴搭/貴荅】這裏,那裏。○轎子搬拉我貴搭一淘住。{19}前客讓後客,且拉貴荅等勾軒看。{31}

【貴个/貴個】這個,那個。○我貴个瘪皮教官嘿,那哼去當住渠呢?{19}貴個錢公子癡頭癡腦,一個字也弗識。{14}

【貴勾】這個,那個。○貴勾大牆門,大率就是得讓我走得進去。{11}

【貴樣】這樣,那樣。○伏以貴樣事體真弗殼,黃連樹下尋作樂。{10}

【滾水】開水。○快點拏滾水得來,讓我染子租蘇。{10}

【過門】指(新娘)出嫁到婆家,是一種儀式。○目前目後就要過門哉。{17}

【過歇】表示經歷態,過。○我到任勾時節,原擡過歇四轎勾。{05}

H

【害盡骨髓】比喻受害極深。○若是攀子渠,直腳誤盡終身,害盡骨髓哉滑!{14}

【好】表示動作的目的,以便。○劣生要發跡人報嘿,好嚇渠個細絲白練得出來。{05}

【好日】好日子;特指舉行婚禮的日子。○巴望你一个好日。{24}今日是我完姻的好日。{23}

【好事好日】即"好時好日",大喜的日子。○好事好日,弗要爭,弗要爭!{31}

【合淘】邀約(多人),湊在一起;合夥。合,音同"鴿"。○秹穿呃个花椒,倒合子一大淘來?{21}

【橫戳鎗】節外生枝;中途搗亂。○可恨勾吴會元橫戳一鎗,弄一个告化婆得來搪塞我。{13}

【橫生倒肚】指難產的胎位。○改日橫生倒肚,做一個凶捨母!{14}

【喉極】發急,遷怒。○阿是輸子銅錢了?拏我得來喉極。{21}

【候】等候;守候。○我且到前面候他。{12}

【忽】短睡。一般指(睡)一覺。○且居去忽一忽勒,天亮子勒再去罷。{21}

【胡哄】胡鬧。○道他忒胡哄,學宮樹將來簸弄。{05}

【花花轎子】花轎。○唗丒花花轎子檯我來勾。{10}

【滑】語氣詞,加強肯定的語氣,並帶有各種附加的含義。○個是極好勾哉滑!{19}等個一年半載,受長子頭髮也認弗出哉滑。{20}

【劃出】了結。○送拉里上子兌噦,一樁事體就劃出哉滑。{07}

【話人腳底癢】説曹操,曹操到。○真正話人腳底癢,到來哉!{14}

【歡喜】愛,喜歡。○我倒歡喜里了,捨弗得里了。{28}

【黃湯】謔稱酒。○少停請唗呷兩碗黃湯噦哉。{05}

【回頭】告別。○回頭子阿嬛,一个人也弗帶,且溜得去敘舊介。{03}

【回音】答覆。○吾去回音子渠。{14}

【惛悶】鬱悶,煩惱。○小姐勿要惛悶,滿面孔勾喜氣拉丒!{14}

【惑突】糊塗,迷糊。○我靜蓮當初一時惑突。{14}

J

【雞荳】雞頭米,芡實。○我綽兩粒雞荳,削一塊嫩藕拉丒。{03}

【咭】語氣詞,表示疑問、祈使等語氣。○介噦快點來咭。{12}弗要拖出病來咭。{28}

【即】副詞,只。○即見梁老相公一干子拉丒野裏走。{29}

【即得】(1)只得,只能。○無吃無着,即得仍舊趕到蘇州來尋人家。{09}(2)剛纔。○阿喲,好酒!我叫巷門阿九,即得糟子个口黃湯。{21}

【即是】(1)只是。○即是年紀老子點,興致也差得遠哉。{10}

(2)即使。○即是要報里勾劣,也要那勾楓橋價打聽打聽哈。{05}

【幾哈】多少。○讓我看看,幾哈嗇勾寶貝拉哈。{15}

【己(已)裏】同"記裏",這裏。○已裏勾官府半把是里丑爺勾門生、故舊。{19}

【記裏】這裏。○走子囉裏去哉介?吥!原來伴拉裏記裏。{03}

【祭丁】即丁祭,舊時每年仲春及仲秋上旬丁日都要祭祀孔子。這時,有作爲祭品的魚肉。○開葷直等祭丁,拜客嚟去傳駝漢。{05}

【家公】老公,丈夫。○即因要嫁家公了,甩忒子勾飯碗頭,轉身到無錫江尖嘴上去。{09}

【家裏】用在姓氏後,某家的,姓某的(人)。這裏的"家"讀促聲,同入聲(夾)。○文家裏是窮讀書人家,到底攀錢家裏個好嘸。{14}

【家婆】老婆。○真正是時來運來,討勾家婆帶肚來!{20}

【家主婆】老婆。○家主婆拉丑等夜个了,快洒點開哉滑。{21}

【夾里】即"家裏",某家的,姓某的。○梁夾里勾图哄再弗敢想里勾哉。{10}

【夾剪】夾斷銀子的工具。○夾剪能介一夾,……變子銀渣哉。{05}

【肩胛/肩架】肩膀。○靠子窮肩胛,弗是挑糞擔,就去駝老爹。{15}多時弗挑哉了,肩架倒養嬌裏哉。{27}

【剪邊銅錢】剪壞邊的銅錢,比喻劣質的小錢。○報子劣生是,一个剪邊銅錢也弗值个哉。{07}

【剪邊私鑄】剪邊的、私鑄的銅錢,指劣質的銅錢。○吓弗婆和子勾算盤珠,一个剪邊私鑄也想弗着勾嘸。{05}

【剪綹】扒手,小偷。○家婆鼈在荷包裏,誰料人間剪綹多。{17}

【薦頭】介紹工作的中間人。○個星薦頭嫌我有病,弗肯領我出去。{09}

【漸漸能】慢慢地。能,後綴。○個勾肚皮漸漸能个大得弗成嗇意思。{03}

【江尖嘴】無錫地名。○轉身到無錫江尖嘴上去。{09}

【姜】剛;剛纔。○姜要收耶,貴个鹽商,就別故哉。{15}

【交】到(某個時刻、季節)。○故歇已交五記鼓,諒來渠弗開勾哉。{21}

【交代】(1)交付。○文兄,貴頭親事交代拉吾身上。{13}(2)交(出)。○快把那謀婚奪愛的棍徒拿來交代我!{31}

【交運】碰到好運氣。○那間交子運,真正忒野大。{15}

【叫命】叫救命,謔稱大聲叫喊。○更深夜靜,還乱叫命來。{21}

【叫子】所謂。○叫子休官不若居官好,彼一時來此一時。{13}

【截】鋸(斷)。○亦弗是截弗倒勾樹,割勿忒勾肉。{13}

【介】語氣詞。(1)表示疑問,呢。○梁老相公介?文相公到哉。{27}有嗜好介?{24}(2)表示命令、祈使。○讓我來挑好子介。{27}(3)强調事實。○現在吴會元老爺纔大家里軋淘勾介。{14}

【介勾】這個,那個。○介勾入娘賊,纔是呧請得弗道地了,所以罰呧掮得來勾。{12}

【介勒弗是嗜】怎么不是。○[淨]吓,你是靜蓮嘘![丑]介勒弗是嗜?{20}

【介没/介嚜】那麽。○介没走嘘。{02}介嚜讓我點子燈籠勒介。{21}

【今夜頭】今晚。○今夜頭端正子花花轎要來搶你哉嘘。{19}

【今朝】今天。○趁今朝月半,到尼菴瞎串。{03}

【精寡銅】質次的銅錢,比喻人無可救藥。○故樣精寡銅是弗上串勾,報里做奢?{05}

【驚動】受驚;動胎氣。○阿喲,驚動子了,亦是一個痛陣。{20}

【居來】"歸來"的口語音,回來,回家來。○收拾一隻船送子渠居來。{15}

【居去】"歸去"的口語音,回去,回家去。○立刻叫我尋呧得居去。{03}

【局騙】欺騙。○你勾兒子一陣勾局騙,破子我勾戒。{20}

K

【開心】取笑;作弄。○前日子是開足子我个心哉。{28}

【看】用在動詞重叠式後,表嘗試。○阿嬛,你看看渠看嘘! {20}

【看相】(因羨慕)看上;覬覦。○大約你做子官了,就看相起來哉吓。{31}

【抗】即"囥",藏,隱藏。○只怕要抗拉銀櫃裏兩日丑。{10}

【肯】願意。○阿是弗肯? 介嘪做一个很子罷。{28}

【苦惱】苦,痛苦。○苦惱吓,無吃無着,即得仍舊趕到蘇州來尋人家。{09}

【快洒/快灑】(動作)快,趕快。○快快灑灑,竟拜子天地,就進去高興哉滑。{20}家主婆拉丑等夜个了,快洒點開哉滑。{21}

【款頭】罪名。○貴个款頭,稱稱分兩,倒也弗輕嘘。{07}

【虧心短行】虧心缺德。○他在小弟面上幹了一椿虧心短行之事。{23}

【困】(1)睡。○想是姨娘弗拉屋裏,一干子困弗慣哉。{21}(2)指與異性性交。○亦困大子我勾肚皮。{20}專要拉外頭闖寡門、困師姑。{14}

L

【拉】(1)動詞,在。○想是姨娘弗拉屋裏。{21}(2)介詞,在。○因此送里拉鳳池菴居住。{05}(3)介詞,給。○有个妹子賣拉揚州鹽商丑做等大。{15}弗要不個驚嚇拉我咕。{20}

【拉丑】(1)動詞,在。○外甥囡兒拉丑囉裏? {19}(2)副詞,用在動詞前,表示動作正在進行,在那裏。○吳老爺,嗲了拉丑冷笑? {02}(3)助詞,用在動詞後,表示動作的結果。○再弗殻你個本事學得齊全勾拉丑。{15}已經養子一位胖胖大大個公子拉丑哉。{20}(4)助詞,用在"有"等動詞後,強調存在。○唗屋裏有酒席拉丑,走到

小菴裏來做嗇？{03}故是葑門頭上多得勢勾拉丒！{15}

【拉哈】(1)動詞,在(這裏)。○讓我看看,幾哈嗇勾寶貝拉哈。{15}(2)副詞,用在動詞前,表示動作正在進行。○況且有勾吳會元拉哈硬撐船。{19}(3)助詞,用在動詞後,表示動作的結果。○連個一嘴租蘇纔斷送拉哈勾。{14}(4)助詞,用在"有"等動詞後,強調存在。○鍋裏阿嗇冷飯拉哈？{10}

【拉裏】在,在這裏。(1)動詞,在。○吳老爺、秦相公纔拉裏！{02}(2)介詞,在。○走子囉裏去哉介？哌！原來伴拉裏記裏。{03}(3)副詞,用在動詞前,表示動作正在進行。○阿曉得我也拉裏笑吪？{14}(4)助詞,用在動詞後,表示動作的結果。○弗好哉,倒惹子禍拉裏哉。{10}勾肚皮一日大一日拉裏哉！{14}(5)助詞,用在"有"等動詞後,強調存在。○故故劣生,我也想着一個人拉裏。{05}我倒有頭好親事拉裏,特來説拉吪丒聽。{14}

【來】(1)介詞,給。○相煩吪寫一個執照來我。{11}(2)語氣詞,與"還"等連用。○還有一個執照拉裏來。{12}花轎去了半日哉,還弗見來來介。{20}

【來丒】同"拉丒",在。○大爺,吳會元來丒外頭。{28}

【來哈】同"拉哈",在。○吓,賊介多哈道理來哈。{19}

【牢實】東西。有諧謔義。○介勒拏個個牢實得進來做嗇？{19}

【老擦】(手段)老練;(臉皮)厚。○[白淨]自家出手攀親事,[副]只講老擦有主意。{31}

【老爹】老父親;老大爺。○前日子老爹勾租蘇纔不拉渠騙紅子！{15}

【老官】對男性的尊稱。○九老官,開子我。{21}

【老老】老頭兒。○你大家梁老老串通子,那嗇勾得來騙紅子我勾租蘇。{10}

【老媽】老年婦女。○我陸老媽,本來是吳會元丒勾飯婆。{09}

【老娘】接生婆。○只怕第一夜做親就要養兒子嚱。快點替我去叫老娘得來。{20}

【老盼】親近。具體含義不明。○大家錢公子老盼子,囉裏曉得有子勾身孕!{14}

【老錢】錢的謔稱。○伏以教官做親真話[詫]異,一个老錢弗肯費。{10}

【勒】助詞,連接兩個動作,表示先後順序,前一個有時是方式。○説那要用了,特地挤子命勒捐來勾。{12}且居去忽一忽勒,天亮子勒再去罷。{21}讓我進去再打一個磕銃勒看。{29}請你做子親勒再説罷。{31}

【了】(1)助詞,表示原因。○因爲有勾對頭來做知府,怕里報仇了,避到蘇州來。{02}我倒歡喜里了,捨弗得里了。{28}大約你做子官了,就看相起來哉吓。{31}(2)語氣詞,與疑問詞語連用。○無非……騙口酒水吃吃,有嗒道理勾了!{14}阿認得我了?{21}

【棱/楞】用在量詞前,表示一整(塊、天)。○肉才咬忒子棱爿丑。{29}噲,我來子楞日裏哉,嗒倒要硬上哉?{31}

【里】(1)他,她。○替我掌木柴打里出去!{10}(2)助詞,用在動詞後,表示動作完成後的狀態。○到里哉。{02}

【里丑】他們。○請里丑出來詳詳看。{29}

【裏】助詞。(1)用在動詞後,表示動作完成後的狀態。○阿喲來,直介重得!好哉,噲出子門裏哉。{11}原來亦上子當裏哉。{22}(2)用在動詞、形容詞後,強調當時所處的狀態。○張天師不拉鬼迷子,有法無處使裏哉。{19}阿呀,弗好裏哉嘘。{20}

【裏向】裏面。○門上無人拉裏,且踱到裏向去。{13}勾個破房子裏向,只怕住弗慣。{15}

【聊表】大概,表面上。○我聊表説子兩句,梭頭匣弗捏。{14}

【臨時】臨……的時候。○臨時上轎倒是一個痛陣來哉介。{19}

【六个/六個】哪個,誰。○靠子個點勢頭出去嫖娼宿妓,六个敢惹我?{03}六個叫你來勾?{10}

【露鉛】銀子裏露出鉛來,比喻露餡。○勿要原露子鉛出來咭。{10}

【囉里/囉裏】哪裏。也用於強調疑問。○阿彌陀佛,囉里有介事介? {02}囉裏曉得時運到起來哉! {15}

【囉裏個種】哪一種。○囉裏個種嘞叫才子介? {15}

【落】趨向動詞,作補語,下;V＋掉。○換落豬棍頭,脱子破草鞋。{15}讓我挑落子方巾。{20}

【落蕩】地方,有着落的地方。○少弗得吃飯勾場哈就有落蕩哉。{09}

【落里】同"囉裏",哪裏。○落里曉得勿多兩年,晚家公亦別過哉。{09}

【落圈套】上當,中計。○[小生]吓,被他賺去了。[小丑]落子里个圈套哉。{24}

【落鎖】上鎖。○前門是落子鎖勾哉,開子後門勒走罷。{21}

【落臺】下臺。○那間落子臺哉。{13}

M

【慢慢能】慢慢地。能,後綴。○你乬勾説話,且慢慢能介商量。{31}

【妹子】妹妹。○五年前頭有个妹子賣拉揚州鹽商乬做等大。{15}

【門斗】又稱"門子",隨從的僕役。○老爺想拆封,門斗當戲盤。{07}

【命杖】比喻勢力,幫助。具體所指不詳。○倘或小文靠子里勾命杖,吾貴頭親事就有點弗穩當哉。{11}

【没/嘸】助詞,表示停頓,其前後兩個成分有關聯。○我拏扇子遮子下爬没是哉! {10}劣生要發跡人報嘸,好嚇渠個細絲白練得出來。{05}

【嘿哉】語氣助詞,表示容許、允諾,……就是了。○少停請吥呷兩碗黄湯嘿哉。{05}

【目前目後】眼前,馬上。○目前目後就要過門哉。{17}

N

【拏】即"拿"。(1)介詞,把。○嚇里得來拏勾囡兒白送拉我做小。{05}(2)用。○替我拏木柴打里出去!{10}

【哪】嘆詞,給人東西時,或者指示某物時,提醒對方注意。○這裏來,哪,拏去!{11}

【哪哼】怎樣。○我倒看你哪哼勾去法介。{15}

【那】(1)怎麼,怎麼樣。○請教那一個搭法?{30}(2)吳江方言,你。○還有一封書信,教我送那勾。{11}

【那乤】吳江方言,你們。○那乤看看。{11}

【那个樣】怎麼樣。○吓,還有个解法勾來——則是那个樣解法呢?{30}

【那勾】怎樣(的)。○阿是搶親?……只是那勾搶法?{17}

【那光景】怎麼樣。○前日子説歇勾錢家裏個親事,小姐心上到底那光景?{14}

【那哼】怎樣,怎麼樣。○領我進去看看那哼一个標致勾介?{02}

【那話頭】怎麼説,怎樣。○個個書上那話頭介?{11}

【那間】現在。○起初呢,還遮掩得過,那間竟弗是裏哉。{14}

【那嚘】連詞,(現在)這樣的話,於是。○那嚘困得勾哉,就是天王來也弗開勾哉!{21}

【那嗜】怎麼。○你大家梁老老串通子,那嗜勾得來騙紅子我勾租蘇。{10}

【那是】(現在)這樣的話,於是。○那是我像樣拉裏哉。{28}

【那説】怎麼(説)。○那説勾吳會元特地來看小干,一个見面錢纔無得勾!{28}

【囡兒】女兒。○小姐是御史勾囡兒,姓錢個是侍郎勾兒子。{14}

【鬧熱】熱鬧。○一淘坐鬧熱點,請吓!{12}

【呢】助詞。(1)用於選擇問。○個個才子嚜到底長勾呢短勾，闊勾呢狹勾介？{15}(2)表示停頓。○贄儀呢，不拉值路勾喫子去；學租呢，齋房裏向分子大半。{05}

【嫩水梨】嫩梨，比喻年輕女性。○年紀活子七十三，倒想喫隻嫩水梨。{10}

【能】這樣，那樣。○龔老三，你是嗇了能晏？{21}好像二郎神能介，額角上開子一隻眼睛。{29}

【你乿】你們。○請教你乿嗇勾來意？{22}

【娘】媽。○兒子，你大起來，弗要忘記子吳老爺，個是娘勾恩人嚯。{28}

【娘舅】舅舅。○府學裏個鍾老爺，是小姐個娘舅。{14}

【娘娘】對已婚女性的尊稱。○原來是塔兒巷裏勾陸娘娘！{21}

【餧】湊合着(做)，對付着。○阿喲來，直介重得！好哉，餧出子門裏哉。{11}

【嚯】語氣詞，強調疑問、祈使等各種語氣，呢。○阿曉得我個拖身大肚拉裏嚯？{02}九官，是我嚯。{21}介嚜小姐，失陪你哉嚯。{14}

【挪搖念肚】軟磨硬纏。○起初是勿肯來，不拉我一陣挪搖念肚，登時換子衣裳就來哉。{12}

P

【排綿】一種針綫活，具體細節不明。○排綿的排綿，添綫的添綫。{25}

【觚賴】即"派賴"，無賴。○阿就是姓吳勾觚賴人，本來訓哉滑。{13}

【攀】攀親，指與人結爲姻親。○到底攀錢家裏個好嚯。{14}單差我裏攀高弗起。{29}要打賬攀一頭親，送子渠出去。{15}

【爿】爬。○我一干子去接考，忒辛苦子了，爿到床上去就困。{29}

【爿高墩】爬坡。高墩，高的土堆，本書中比喻孕婦的肚子。

○學生勾高墩實在爿弗慣，爲此多時弗曾去住夜。{03}

【噴蛆】比喻胡説。○[小丑]弗要噴蛆！[副]啥个噴蛆？{05}

【搒】碰(到)。○夢裏向倒也搒着勾。{29}

【搒一鼻頭灰】形容碰壁。○阿呀，渠即認道嫁子别人勾哉，要搒一鼻頭勾灰得來！{30}

【批點】批評，貶低。○老爺弗要批點得來半个銅錢也弗值！{14}

【譬】(打比方來)寬慰，排解(怨憤)。○凡百事體，譬得過嚜就罷哉。{24}

【偏陪】在側旁陪伴。○先有一个偏陪我拉裏！{03}

【撇脱】甩掉。○所以撇脱子你，跟子記裏貴位哉。{24}

【撇脚當長】撇脚，指崴脚，形容不正的(人)。當長，當指學裏的人，具體所指待查。○吾拉學裏向故星撇脚當長提起勾。{15}

【婆和】(把算盤珠)擼整齊。這裏比喻攪渾水。婆，撫摸，按摩。○呔弗婆和子勾算盤珠，一个剪邊私鑄也想弗着勾嘘。{05}

Q

【七顛八倒】形容混亂的樣子。○囉裏曉得七顛八倒勾做起啥夢來哉。{29}

【起蜂巢】形容(臉上)起皺紋。○吓，老爺勾租蘇銀絲能介，滿面纔起子蜂巢勾哉。{05}

【起來】趨向動詞，强調意外的變化。○囉裏曉得時運到起來哉！{15}大約你做子官了，就看相起來哉吓。{31}

【錢店】錢莊。○我叫孫祥官，幫開歇錢店。{05}

【前日子】前天，前幾天。○前日子鍾老師勾租蘇纔不里騙紅子。{11}

【前頭】以前。○五年前頭，有个妹子賣拉揚州鹽商𠑹做等大。{15}

【掮】用單肩扛。○這石磨從來卻未掮。{11}

【喬一擲】喬,搭架子;裝腔作勢。待查。○[小生]説也奇怪,那位新人不肯與小弟成親。……[淨]故呷喬一擲哉。{31}

【怯力】即"吃力",累。○怯力煞得!{12}

【親眷】親戚。○倘若朋友親眷問起嚜,則説原討個謝小姐。{20}

【親娘】對老年女性的尊稱。○老親娘,阿有介事嘘?{03}

【親婆】對婆婆的稱呼。○親婆,做新婦個熬子痛勒告訴你。{20}

【請煞弗到】怎麼請都不來。○秀才請煞弗到,門斗常時弗見。{05}

【窮爺】男子(傲慢的)自稱,老子。○窮爺困哉,弗起來哉!{21}

【渠】他,她。○渠个先老爺在日,做過嗜御史勾了。{02}

【渠乢】他們,她們。○介嚜我送你到子渠乢門前,就要溜勾嘘。{15}

【缺子牛那狗耕田】俗語,形容没有好的對象(牛)用次一等的(狗)來代替。○真正缺子牛那狗耕田。{11}

R

【熱合】湊合,將就。○[副]駝兄,唔噥噥罷。[駝夫]罷嘘,看老爺面上,熱合熱合看。{10}

【人乢】稱呼男性下人。○人乢介? 走个把得出來!{11}

【認道】以爲。○阿呀,渠即認道嫁子別人勾哉,要掰一鼻頭勾灰得來!{30}

【認得】認識。○阿是唔乢纔弗認得我哉。吾叫張小大。{15}

【日腳】日子。○囉裏有嗜出頭日腳个哉?{24}

【日逐】每天。○日逐勸我讀書,拘束得人好不自在。{02}

【入娘賊/肏娘賊】罵人的粗話。參見"疰"。○介勾入娘賊,纔是唔請得弗道地了,所以罰唔掮得來勾。{12}介勾肏娘賊,吾裏勾人纔到囉裏去哉了,要唔勾吳江老得出來?{11}

S

【騷底錢】質量低劣的銅錢。參見"低銅錢"。○有嗜騷底錢，落盡大包邊。{07}

【煞】即"殺"，用在動詞、形容詞後，表示很高的程度。參見"請煞弗到""説煞"。○怯力煞得！{12}真正累煞嘘。{14}

【嗜】即"啥"。(1)什麽。○阿要我猜着子嗜人家？{14}(2)怎麽；爲什麽。○吥嗜能忙？中秋節盤當日送起來哉。{02}

【嗜等樣】什麽樣。○你道是吳會元嗜等樣人了？是斯文光棍！{14}

【嗜个】什麽。○[小丑]弗要噴蛆！[副]嗜个噴蛆？{05}

【嗜勾】什麽。○直頭頑皮虱！請教你虱嗜勾來意？{22}

【嗜了】爲什麽。了，助詞，表示原因。○吳老爺，嗜了拉虱冷笑？{02}

【嗜人】什麽人，誰。○只是平白地勾走得去，曉得你是嗜人介？{15}

【嗜時候】什麽時候。○介勾相公，故歇嗜時候哉？還要到囉裏去？{21}

【嗜事務】什麽事。○[淨]嗜事務了？[衆]我們是報喜的。{29}

【嗜説話】什麽話。用於反駁。○嗜説話，新娘娘是總要討个！{10}

【嗜用】什麽事。○相公嗜用？{21}

【善八姐】善，指黃鱔，比喻善良、好對付的人。○教出來勾蚌將軍繾弗是善八姐，真正强將手下無弱兵！{22}

【上兑】上戥子稱(金銀)，喻指送銀子。○送拉里上子兑嚜，一椿事體就劃出哉滑。{07}

【上肩】幫助別人把重物送上肩頭。○[白淨]阿喲，吾大弄不動滑。[末]我來幫你上肩去。{11}

【上緊】努力(做)。○吳老爺因見我家相公不肯上緊功名，要把

他激勵一番。{22}

【少弗得】少不了,必定。○少弗得吃飯勾場哈就有落蕩哉。{09}

【少停】過一會兒。○少停請嗚呷兩碗黄湯嘚哉。{05}

【奢遮】聰明能幹。○我曉得嗚是奢遮人滑。{12}

【捨】布施,施捨。○阿有冷粥冷飯求捨一碗? {10}

【捨母】指(生產後的)月子。參見"凶捨母"。○你個兩日還是捨母裏來。{28}

【捨弗得】喜歡,不捨得。○我倒歡喜里了,捨弗得里了。{28}

【生活】活兒。○個樣重南生活,勿是吾大阿哥也做勿來勾! {11}

【失照】失禮。○原來是塔兒巷裏勾陸娘娘! 我醉裏哉了。失照,失照! {21}

【師姑】尼姑。○鳳池菴裏有个師姑叫靜蓮。{03}

【師太】對尼姑的尊稱。○[小丑同付淨上]師太介? [丑]嗲勾? {02}

【實惠】實在。○認是認得勾,實惠一無交關勾嘘。{03}

【實面】世面。○即是渠見歇大實面,勾個破房子裏向,只怕住弗慣。{15}

【實明實白】明明白白,老老實實。○倒是實明實白對我説子罷。{15}

【使得】可行,行得通。常用於疑問和否定的句式。○弗知阿使得介? {28}個是使弗得个! {19}

【使性】發脾氣。○渠還要使性勒趕我出去。{20}

【事體】事,事情。○別人家勾事體,出怕你少説子點罷! {24}

【事務】事,事情。○來哉,來哉,老爺有嗲事務了? {05}

【是】提頓助詞,强調其前的成分。○嗲説話,新娘娘是總要討个! {10}貴兩位去子是,我勾妹子也弗肯做親勾嘘。{31}

【是裏哉】是了。表示確認。○吓,是裏哉。大約賣柴勾兒子,故是葑門頭上多得勢勾拉丑! {15}

【是哉】與助詞"嘚(没)"連用,就是了。○貴句話嘚倒説子我心

坎上來哉。我替吚去嚟是哉。{12}少停拜堂勾時節,我拏扇子遮子下爬没是哉!{10}

【收】收爲小妾。○今年十六歲,姜要收耶,貴个鹽商,就別故哉。{15}

【收生】接生。○做親連收生,也算大笑話!{20}[穩婆]九官,是我。拉大衛衖口收子生勒居來。{21}

【受】積攢(錢財);蓄起(頭髮)。○等個一年半載,受長子頭髮也認弗出哉滑。{20}

【書角角】比喻很少一點書。○書角角也弗扳一扳。{24}

【輸意氣】指在氣勢上失敗。○非但輸子意氣拉小文,連老先生勾金面繞弗好看相哉滑。{17}

【説話】(1)名詞,話。○你氹勾説話,且慢慢能介商量。{31}(2)動詞,説。○只是做阿哥勾是弗會説話勾。{15}

【説煞】説得很準。○文兄,個兩句説話,倒説煞子你哉嗻!{24}

【私男】私生子。○古來那些私男,一個個多是有好日的。{28}

【私鑄銅錢】違法鑄造的銅錢,比喻強加給對方的罪名。○查穿子里勾私鑄銅錢,弗怕弗拿勾定槽獻得出來。{05}

【蹢】即"縮",退(進去)。○[小旦仍退介,淨白]倒蹢子進去哉。{03}

【梭頭匣弗捏】比喻没有説到要點。匣,也。○我聊表説子兩句,梭頭匣弗捏。{14}

T

【踏月】即"達月",(懷孕)足月。○看吚個肚皮,已經踏月快哉。{03}

【攤銃】丢臉。本文中當指"失約"。○我今日拉你菴裏備子酒席,去請吳會元。弗知渠阿要攤銃得來。{12}

【痰火病】中醫術語,一種類似哮喘的症狀。○昨日痰火病發

作,更其直僵哉！{13}

【淘】指(人)群,人際的夥伴關係。不能單獨用。○倒合子一大淘來？{21}

【淘氣】找碴吵架;鬧別扭。○這是你的冤家,如今與他淘氣嘘。{31}

【討】娶(妻)。○聽見説文相公先討子一位姨娘拉虽。{02}

【討信】問消息,問回音。○錢公子只管來討信。{14}

【忒】(1)副詞,太。○進士中得忒遲,知縣直頭難串！{05}(2)用在動詞後,表示脱離、完成。○亦弗是截弗倒勾樹,割勿忒勾肉。{13}一个大媒倒溜忒哉！{23}

【忒野】太。○那間交子運,真正忒野大。{15}

【特】吳江方言,了。○[外上]……有人麽？[白淨上]來特,來特。{28}

【替】介詞,給,爲。○做阿哥勾替你攀親。{15}

【偶儻】開朗,豁達。○妹子,吷雖是從小偶儻勾,則是那哼挳上渠虽勾大門介？{15}

【天井】房屋之間的小院子。○虽拉天井裏子罷。{12}

【添綫】一種針綫活,具體不詳。○排綿的排綿,添綫的添綫。{25}

【挑白擔】挑擔做小買賣。具體不明。○吾也一無事務,居來挑挑白擔罷。{15}

【條款】罪名。○即據里日日拿勾學宮裏勾樹作得來打柴燒,就是大條款哉。{05}

【停軒】過一會兒。軒,同"歇",很短的時間。○停个軒,吷亦看見秦相公奔出來。{29}

【通文】(説話)文縐縐。○貴兩句通文,我越發弗懂哉。倒是實明實白對我説子罷。{15}

【同口供】對口供,指説話統一口徑。○好吓,同同勾口供,搭一个大鬼棚拉哈哉。{22}

【銅錢銀子】錢的總稱。○真正小器! 題子名字比子銅錢銀子好得多得來。{28}

【痛陣】(生產時的)陣痛。○阿喲! 臨時上轎倒是一個痛陣來哉介。{19}

【頭頭】量詞重叠,每一扇(門)。○个兩日是夜禁,頭頭巷門纏弗肯開勾。{21}

【圖細】子女,孩子。○[小旦]母舅。[小丑]自家圖細弗必送得勾。{14}

【拖身/拖身體】指懷孕。○阿曉得我個拖身大肚拉裏嘘? {02}弄得我拖子賊梗一個重身體。{20}

【託人託子王伯伯】俗語,形容所託非人。○弗是嗜託人託子王伯伯,我一个瘢皮教官,囉裏攃得嗜風水介? {24}

W

【外甥囡兒/外甥囡嗮】外甥女。○菴裏向貴勾謝小姐,囉裏曉得倒是鍾老師個外甥囡兒! {17}你是嗜等樣人? 拉裏調戲我勾外甥囡嗮! {22}

【晚家公】再嫁的丈夫。○落里曉得勿多兩年,晚家公亦別過哉。{09}

【萬忽】指讓人厭煩的人。具體不詳。○介勾萬忽,有勾多化嚕蘇? {21}

【噲】嘆詞,喂。○噲,老親娘,請聲小姐出來。{14}

【爲嗜(了)】爲什麼。了,助詞,表示原因。○[外]靜老,勸你省事些罷。[丑]爲嗜了? {02}我笑老爺勾租蘇爲嗜像子板刷? {14}

【瘟】用於咒罵(人或物),添加在詞語前。○纏是你个瘟師姑! {19}

【穩穩能】十拿九穩。能,後綴。○貴位小姐,穩穩能學生要到手勾哉。{03}

【窩伴】糾纏(人);纏住。○一定是那錢侍郎的公子窩伴了你不放吓! {02}

【我裏】我們。○弗知我裏勾相公阿拉裏菴裏向。{03}

【卧龍街】蘇州地名。○兜過子卧龍街,轉出子幽蘭巷。{11}

【屋裏】家裏。○想是姨娘弗拉屋裏,一干子困弗慣哉。{21}

【烏痧脹】病名,俗稱乾霍亂。○[小丑]掌禮人呢? [副]烏痧脹扨哉。{10}

【無】没有。○門上無人拉裏,且踱到裏向去。{13}

【無擺法】没辦法。○錢公子只管來討信,無擺法,再去説説看。{14}

【無得】没有。○一个見面錢纔無得勾! {28}

【無啥】没什麽,用於否定。○無啥好嘘,不過蘇州城裏向嘿數一數二勾罷哉。{29}

【無用】没有用。○讚煞拉記裏也無用滑! {21}

【吴江老】吴江人。○要呧勾吴江老得出來? {11}

【吾大】吴江話,我。○那看吾大勿起,吾大吴江老極有靈變勾扨! {11}

【吾裏】我們。○吾裏菴裏,新到一位常州个謝小姐。{02}

【呧】(1)你。○呧是我老爺勾心腹,快點替我就去説。{05}(2)我。○停个軒,呧亦看見秦相公奔出來。{29}(3)後綴,見"一軒呧"。

【呧扨】你們。○呧扨阿曉得啥叫駝漢? {05}呧扨相公阿拉屋裏? {02}

【勿差】不錯。○勿差勾,你是無得租蘇勾了,大家里去纏嘿是哉。{15}

【物事】東西。○拏房屋裏个物事,收拾一隻船送子渠居來。{15}

X

【細絲白練】優質的銀子。○劣生要發跡人報噠,好嚇渠個細絲白練得出來。{05}

【細細能】細細地。能,後綴。○介嘞纔請坐子,讓我細細能介説拉你乤聽。{29}

【瞎】副詞,胡亂。○趁今朝月半,到尼菴瞎串。{03}

【呷】(1)喝。○少停請呸呷兩碗黃湯噠哉。{05}(2)副詞,也。○個呷你處得我忒凶哉!{10}

【匣】副詞,也。○我聊表説子兩句,梭頭匣弗捏。{14}

【下爬】下巴。○少停拜堂勾時節,我拏扇子遮子下爬没是哉!{10}

【吓】嘆詞/語氣詞,即"啊"。○一定是那錢侍郎的公子窩伴了你不放吓!{02}吓,原來賊梗勾緣故。{03}

【閒喉氣】閒氣。○文兄請你快點歸去,省得受個星閒喉氣哉。{24}

【閒話】話。○我且問呸乤拉裏講嗏勾閒話?{14}

【現鐘弗撞去煉銅】比喻不顧眼前的利益,去追求不着邊際的好處。○弗要爭,現鐘弗撞倒去煉銅!{03}

【相好】好朋友。○我還聞得有个吳會元是文佩蘭的相好。{15}

【相與】(親密)交往。○看相與面上,周全子一遭罷。{12}

【詳】詳(夢),解讀(夢境)。○我昨夜頭做子一个夢,要請相公乤詳詳了。{29}

【響】吭聲;弄出聲響。○嚀,樂人鼓手乤,雖則是當差,替我響響介。{10}

【巷門】爲治安目的,在各個街巷口所設的門,有人看守,早晚定時開閉。○故歇四更天哉,弗知阿有嗏叫巷門勾來哉。{21}

【小】妾。○嚇里得來拏勾囡兒白送拉我做小。{05}是偏房弗算小勾。{07}

【小寶】寶寶。○何弗趁勾吳老爺拉裏，替小寶題一个名字？{28}

【小干】小孩子。○月裏个小干懂得嗒事介？{28}

【小娘家】姑娘家。○你是個小娘家，上弗起當勾嘘！{15}

【小樣】偏小(的)。○大阿哥，小樣點勾嘩哉！{11}

【曉得】知道。○囉裏曉得七顛八倒勾做起嗒夢來哉。{29}

【效驗】有效，起作用。○囉裏來勾效驗勾烏鬚藥介？{10}

【歇】(1)助詞，表示經歷態，過。○阿曉得吳老爺差人來打聽歇來嘘？{31}(2)表短暫的時間，一會兒。見"個歇""故歇"。

【寫發票】開保票。○那是寫子發票哉。{07}

【新婦】兒媳婦。○親婆，做新婦個熬子痛勒告訴你。{20}

【新郎官人】尊稱新郎。○打扮子後生新郎官人勒，然後發轎。{10}

【新娘娘】新娘。○嗒説話，新娘娘是總要討个！{10}

【星】(一)些。○那間年紀一把，又星省事哉。{05}

【形】疑是誤字，當是"引"(引誘)之誤。○纔是形子錢公子大家小姐攀親。{19}

【凶捨母】難產。做捨母：(產後)坐月子。○我若有心來騙勾小姐嘩，改日橫生倒肚，做一個凶捨母！{14}

【軒】音"掀"，同"歇"，一會兒。見"等軒""停軒""一軒吼"。

【暄紅】血紅。○老爺個暄紅勾搽腳，只怕要抗拉銀櫃裏兩日丑。{10}

【學裏朋友】讀書人。○個一扮是直頭像子學裏勾朋友哉。{15}

【學生】書生自稱。○學生錢恕士，過世勾爺爺，做過禮部侍郎。{03}

【尋人家】找雇主。○無吃無着，即得仍舊趕到蘇州來尋人家。{09}

【尋死路】尋死。○昨夜頭想想要尋死路。{09}

【訓】(布料)歪斜；比喻桀驁不馴。○阿就是姓吳勾派賴人，本來訓哉滑。{13}

Y

【揢上門】不顧對方的意願，自己强行送上門。○則是那哼揢上渠乱勾大門介？{15}

【魘倒】癡心。○貴个魘倒人，呒倒也認得勾了。{03}

【魘弗醒】癡心妄想。○里是我勾心腹，倒替呒做媒人，弗要魘弗醒！{03}

【魘派】癡心的做派。○學子一謎魘派，動弗動要攀嗜勾才子。{15}

【魘子】同"魘倒人"，癡心人。○直頭女魘子哉滑。{16}

【晏】晚。○龔老三，你是嗜了能晏？{21}

【養】生（孩子）。○只怕第一夜做親就要養兒子噓。{20}

【嘹】副詞，也。○樂人鼓手乱，雖則是當差，嘹替我響響介。[内吹打介]{10}

【耶】語氣詞，强調事實。○溜忒哉耶！{31}

【爺娘】爹媽，父母。○那勿要罵噠，大家有爺娘勾噓。{12}

【爺爺】尊稱父親。○學生錢恕士，過世勾爺爺，做過禮部侍郎。{03}

【野】野地。○即見梁老相公一干子拉乱野裏走。{29}

【野貓】比喻狂妄的人，這裏指他娶了吳府丫鬟爲妾，地位類似女婿。○只怪這文佩老做了我吳府上的野貓，還要想天鵝肉喫。{02}

【夜禁】晚間戒嚴。○相公，个兩日是夜禁，頭頭巷門纔弗肯開勾。{21}

【一遞一句】一人（説）一句。○呒乱一遞一句嚦哉，打勾和局。{31}

【一干子】一個人。○想是姨娘弗拉屋裏，一干子困弗慣哉。{21}

【一徑】一直。○個個吳會元喫子一頓，也一徑弗來。{14}

【一淘】一起。○想是個吳會元串通子你，一淘拉哈做鬼吓！{14}

【一無陶成】一點没有長進。○真正一無陶成,十足勾一個浪蕩子!{14}

【一軒呃】一會兒,一下子。軒,同"歇"。呃,同"能",後綴。○拏點首飾變賣變賣,連我一軒呃也體面起來哉!{15}

【姨娘】對妾的尊稱。○請姨娘廳上來上轎。{18}

【亦】(1)又。○弗好哉,亦做子鍾老師個故事拉裏哉!{20}(2)還。○那倒亦會寫字勾了。{11}

【亦勾】又。○身上亦勾冷,肚裏亦勾餓。{09}

【陰乾】冷落(人),不理睬。○難道倒陰乾子我裏弗成?{31}

【應爲了】就爲此。○[外]……只是鬚鬢如銀,未免取厭於閨房耳。[小丑]應爲了。{10}

【硬撐船】强横行事。○况且有勾吴會元拉哈硬撐船。{19}

【硬上】不顧一切,强行行動。○噲,我來子楞日裏哉,嗜倒要硬上哉?{31}

【用頭】用處。○個是嗜用頭介?{11}

【幽蘭巷】蘇州地名。○兜過子卧龍街,轉出子幽蘭巷。{11}

【有介事】有這樣的事。○囉里有介事介?{02}

【有嗜】有什麽,强調否定的語氣。○至親莫如郎舅,有嗜弗出力勾介?{27}

【有數説个】引用諺語、俗語時用,老話説。○有數説个,先下手爲强!{11}

【有樣】漂亮。○嗜等樣有樣凡人,拔出嘴來就駡吓?{21}

【元湯】含義不明。○學臺即日到快哉!想口元湯喫喫嚜好滑。{05}

【原】本來。○我裏外甥囡兒原要攀文兄勾噓。{24}

【圓房利市】婚禮時的紅包。利市,利益,好處。○只怕拉厾詐圓房利市噓。{23}

【遠話】不能實現的空話。○嗳,現在那錢侍郎兒子要謀奪我的這頭親事,你怎生説這樣的遠話?{08}

【月半】農曆十五日。○趁今朝月半,到尼菴瞎串。{03}

【月裏】指(生産後)還没有滿月(的)。○月裏个小干懂得嗜事介?{28}

【越發】更加。○貴兩句通文,我越發弗懂哉。{15}

Z

【哉】語氣詞,了。○吴老爺、秦相公來哉!{02}

【讚】疑是"站"之誤。○讚煞拉記裏也無用滑!{21}

【糟】動詞,喝。有諧謔義。○我叫巷門阿九,即得糟子个口黄湯。{21}

【灶下】指厨房。○領里到灶下去。{10}

【則】副詞,只。○倘若朋友親眷問起嚟,則説原討個謝小姐。{20}

【則是】連詞,只是。○妹子,吼雖是從小偶儻勾,則是那哼控上渠乱勾大門介?{15}

【賊梗】這樣。○吓,原來賊梗勾緣故。{03}

【賊介】這樣。○吓,賊介多哈道理來哈。{19}

【詐】敲詐。○只怕拉乩詐圓房利市噓。{23}

【張羅】胡搞。○拉菴裏來一陣鬼張羅,一个外甥囝兒倒不拉里張羅子去哉滑!{24}

【張天師不拉鬼迷】善捉鬼的張天師被鬼迷,比喻魔法失靈,没有辦法。○張天師不拉鬼迷子,有法無處使裏哉。{19}

【張智】裝模做樣。○要説便説,有這許多張智!{08}

【長】指年長。○[白淨]介嚟請吓。[副]自然吼長哉。{31}

【掌禮】在婚喪儀式中負責司儀(的人)。○[小丑]掌禮人呢?[副]烏痧脹乩哉。{10}

【着】作動詞的補語,表示達到目的,V+到。○[小丑]阿要我猜着子嗜人家?[丑]老爺亦弗是仙人,囉裏猜得着介?{14}做夢做

夢,倒不拉我做着拉裏哉吓!｛29｝

　　【照應】照顧。○實在内裏要勾小奶奶照應照應。｛05｝

　　【折倒】全盤收下。○盤裏箇物事是折倒勾哉。｛02｝

　　【支話百叫】哇哇大叫。○大清早起,亦是嗒支話百叫丑哉?｛22｝

　　【直僵】僵硬。○昨日痰火病發作,更其直僵哉!｛13｝

　　【直脚】副詞,實在。○若是攀子渠,直脚誤盡終身,害盡骨髓哉滑!｛14｝

　　【直介】這樣。○阿喲來,直介重得。｛11｝

　　【直人】直爽的人。○嗒勾難相與? 勾倒是勾直人。｛12｝

　　【直頭】副詞,實在。○個一扮是直頭像子學裏勾朋友哉。｛15｝

　　【值路(勾)】同"門斗",學宮的差役。○贄儀呢,不拉值路勾喫子去。｛05｝

　　【執照】憑據。○相煩吥寫一个執照來我。｛11｝

　　【重南】沉重(的東西);辛苦(的活兒)。○個樣重南生活,勿是吾大阿哥也做勿來勾!｛11｝

　　【豬棍頭】勞動時穿的短褲。棍,即"褌"。○即換落豬棍頭,脱子破草鞋。｛15｝

　　【住】停(下);且慢。○住丑,住丑!……囉裏個種嚜叫才子介?｛15｝住子,住子,弗要原拉裏做夢吓?｛29｝

　　【轉來】回來。○轉來哉?｛12｝

　　【轉去】回去。○來,打轎子轉去。｛31｝

　　【粧圈做套】裝腔作勢,玩弄花招。○一見了文相公,就變起臉來。一齊粧圈做套,逼得個文相公有屈難伸,大鬧一場,竟忿忿而去了。｛25｝

　　【斫】砍,割。○吥日日拿个學宮裏个樹,斫得來當柴燒。｛07｝

　　【着】派,讓。○我已着吴剛下凡,爲兩地成就姻緣去了。｛01｝

　　【子】(1)助詞,用在動詞後,了。○小大叔,兩隻素盤替我送子進去。｛02｝官府查夜凶了,要問明白子開勾。｛21｝(2)助詞,表示命令,意志。○相公,大家我書僮商量子罷。｛03｝讓我去對外甥囡兒説

明白子看。{30}

【子勒/子了】兩個助詞的結合,連接先後兩個動作或者事件。
○且問明白子勒再商量。{15}忒辛苦子了,只到床上去就困。
{29}

【自家/自介】自己。○端正子益母草,我新郎官人自家來煎嚇。
{20}老爺,吓自介看看嘘。{10}

【走熱路】走門路。○若論他走熱路,會幫襯的那些伎倆,我在
鳳池菴親眼見來。{13}

【租蘇】鬍子。○連個一嘴租蘇纔斷送拉哈勾。{14}

【足色】充分的成色,比喻十足的。○老相公,吓勾窮是倒算足
色勾。{07}

【罪過動動】形容詞,有罪孽;可憐兮兮。○罪過動動勾,趕我到
囉裏去嚇?{20}

【昨夜頭】昨晚;有時指昨天。○昨夜頭想想要尋死路。{09}

【斫】同"斫",砍,割。○即據里日日拿勾學宮裏勾樹斫得來打
柴燒,就是大條款哉。{05}

【作成】讓人得到好處。這裏是反話。○弗要說渠,纔是貴相好
作成勾。{13}

【作樂】取笑,作弄。○只怕老先生亦拉丑作樂我嘘。{28}

【坐喜】懷(上)孕。○落里曉得捆拉巧上,倒坐子喜哉?{03}

【做……勾(個)】用以表示身份。○我且問你,做阿哥勾替你攀
親。{15}親婆,做新婦個熬子痛勒告訴你。{20}

【做鬼】搗鬼。○想是個吳會元串通子你,一淘拉哈做鬼嚇!{14}

【做很子】(小孩子)做惡狠狠的表情。○介嘌做一個很子
罷。{28}

【做花燭】舉行婚禮。○阿要去看做花燭,見見新娘娘?{23}

【做親】成親,結婚。○直頭要大家我个外甥囡兒做親丑!{31}

【做人家】成家。○也做弗起嗜人家。{05}

【做嗜/做奢】幹什麼。○吓屋裏有酒席拉丑,走到小菴裏來做

嗜？｛03｝故樣精寡銅是弗上串勾，報里做奢？｛05｝

　　【做小眼睛】(小孩子)眯眼，一種可愛的表情。○噲，好兒子，做一个小眼睛拉爺看看嘸！｛28｝

《三才福》人物脚色語言表

脚 色		初次出場的幕次	人物名字或社會身份	對白語言
旦	旦	月瑞	董雙成	官話
	小旦	月瑞 鬧艷	秦弄玉 謝繡貞	官話
	正旦	月瑞	嫦娥	官話
	作旦	月瑞 逃席	寒簧 春娘	官話
	花旦	改粧	張翠雲	官話
	老旦	鬧艷 尼婚	謝小姐女僕 錢恕士母親	官話
	貼	月瑞 踏竿	段安香 梁夢仙	官話
	占	月瑞	吳彩鸞	官話
生	生	踏竿 星現	梁學灝 天使	官話
	小生	逃席	文佩蘭	官話
	又生	逃席	秦仲羽	官話
外	外	逃席	吳因之	官話
淨	淨	鬧艷 計逼 改粧 夜窘	錢恕士 駝夫 張小大 道兄	吳語
	大淨	月瑞 收丐	張騫 陸老媽	官話 吳語

脚　色		初次出場 的幕次	人物名字 或社會身份	對白語言
淨	付淨	逃席	佛婆	吳語
	白淨	負石 聯姻 夜窨	吳江老 佛婆 巷門阿九	吳語
丑	丑	逃席	靜蓮	吳語
	小丑	逃席 計逼	書僮 鍾焕原	吳語
副	副	計逼 勒允 夜窨	孫祥官 門斗 書童	吳語
末	末	喬妒	吳因之老僕	官話
雜	雜	染鬚	院子	吳語

《三才福》曲牌表

曲牌名	出現的幕次及次數*
粉蝶兒(中呂)	月瑞
泣顏回	月瑞(出現兩次)
石榴花	月瑞
鬪鵪鶉	月瑞
撲燈蛾	月瑞
下小樓	月瑞
煞尾	月瑞,星現,羣嬉福圓
遶紅樓(中呂)	逃席
四季盆花燈(羽調集曲)	逃席
花覆紅娘子	逃席
馬鞍帶皁羅	逃席
尾	逃席,喬妬,鼎託,聯姻,改粧, 彙議,空索,總勵,酌贈
秋夜月(南呂)	鬧艷
宜春引	鬧艷
潑帽入金甌	鬧艷
浣沙蓮	鬧艷
懶畫眉(南呂)	踏竿
遶地遊	踏竿

（續表）

曲牌名	出現的幕次及次數 *
鶯滿園林二月花（商調）	踏竿
林間三巧	踏竿
引	計逼，勒允，喬妒，鼎托，聯姻，改粧，雙賺，彙議，酌贈，設套
博頭錢	計逼
石榴雨漁燈	爭媒
銀燈花	爭媒
駐馬輪臺	勒允
駐雲聽	勒允
鳳釵花落索（羽調集曲）	喬妒
二犯皂角兒	喬妒
光光乍	收丐
新水令（仙呂入雙調）	收丐
步步嬌	染鬚
北折桂令	染鬚
南江兒水	染鬚
北雁兒落	染鬚
南僥僥令	染鬚
北收江南	染鬚
園林好	染鬚
北沽美太平	染鬚
耍孩兒	負石，總勵
水紅花（商調）	疑寶

（續表）

曲牌名	出現的幕次及次數*
九品蓮	疑寶
花六麼	疑寶
漁燈兒(小石)	鼎托
錦漁燈	鼎托
錦上花	鼎托
錦後帕	鼎托
小桃紅(越調)	聯姻
下山虎	聯姻
五韻美	聯姻
集賢賓(商調)	改粧
二郎神換頭	改粧
琥珀貓兒墜	改粧
玉胞肚	牝謁(出現兩次)
漁家傲(中呂)	覆誆
剔銀燈(中呂)	覆誆,設套(出現兩次)
攤破地錦花	覆誆
麻婆子	覆誆
朱奴兒(正宮)	雙賺,鼎捷
朱奴插芙蓉	雙賺
朱奴剔銀燈	雙賺
朱奴帶錦纏	雙賺
園林好(仙呂)	奇謀
江兒水	奇謀

（續表）

曲牌名	出現的幕次及次數 *
玉交枝	奇謀
流板	尼婚
皂角兒	尼婚(出現兩次)
薄媚滾(越調)	夜窨
一撮棹(正宮)	夜窨
江頭金桂(雙調)	彙議
金字令	彙議
夜行船序(仙呂)	空索
黑蟆序	空索
錦衣香	空索
漿水令	空索
粉孩兒(中呂)	總勵
紅芍藥	總勵
會河陽	總勵
縷縷金	總勵
越恁好	總勵
五拘子	酌贈
點絳唇(仙呂)	星現
混江龍	星現
村裏迓古	星現
寄生草	星現
黃羅袍(商調)	拉試
貓兒撥棹	拉試

曲牌名	出現的幕次及次數 *
一江風（南宮）	孩謔
皂羅袍（仙呂）	孩謔
玉芙蓉（正宮）	鼎捷
醉花陰（黃鐘）	羣嬉福圓
南畫眉序	羣嬉福圓（出現兩次）
北喜遷鶯	羣嬉福圓
北出隊子	羣嬉福圓
南滴溜子	羣嬉福圓
北刮地風	羣嬉福圓
南滴滴金	羣嬉福圓
北四門子	羣嬉福圓
南鮑老催	羣嬉福圓
北水仙子	羣嬉福圓

＊沒有標示次數的均爲僅出現一次。

附録四

清代傳奇《三才福》中的代詞[*]

石汝傑

《三才福》是新發現的一部清代的傳奇,劇中的對白裏有大量吳方言的口語,其中有很多其他文獻裏不多甚至罕見的語言現象,對於吳語歷史的研究來説,這一文獻有很高的價值。

在傳統的戲劇裏,使用哪一種語言形式,是身份的標記,如官員、文人用官話,底層的老百姓和身份低下的人物用方言(如北京土話或者地方方言)。本劇的語言使用方式也基本相同,但是,更明顯的特點是,品德高尚的人用官話,即使是丫鬟或者小家子女;而道德低下的人用方言(這裏是當時的吳語),即使是地方官員和世家子弟。因爲情節複雜,人物對話多,所以使用方言口語的段落相當多,内容也很豐富,作爲方言歷史研究的文獻,極爲可貴。

本劇共 31 齣,但是原著没有順序號,我們給它們分别加上編號,以便稱説。各齣的標題都是兩个字,只有最後一齣的標題是四个字,疑是把原來是兩齣的内容合併起來的。以下引用時就用編號來表示其出處是第幾齣,如{07}表示是第七齣"勒允"。

上卷

01 月瑞	02 逃席	03 鬧艷	04 踏竿	05 計逼	06 爭媒	07 勒允
08 喬妬	09 收丐	10 染鬚	11 負石	12 疑寶	13 鼎託	14 聯姻
15 改粧	16 牝謁	17 覆詿	18 雙賺	19 奇謀	20 尼婚

* 本文原發表在《熊本學園大學文學・言語學論集》第 28 卷第 1 號(通卷第 54 號),2021 年 6 月 30 日,51—72 頁。收入本書時,有部分删改。

下卷

21 夜窨　22 彙議　23 空索　24 總勵　25 酌贈　26 星現　27 拉試
28 孩謔　29 鼎捷　30 設套　31 羣嬉　福圓

　　本文引用《三才福》的例句，一般不另加説明。只在少數幾處
加了註，以利於理解。其餘請參見本書附録的方言口語詞彙集。
爲了把説明文字與例句區分開來，我們在例句前加上一个
符號"○"。

一、人稱代詞

　　這裏，先按照各个人稱單數、複數的順序來考察。

　　(1) 第一人稱

　　【我】第一人稱單數。是本書裏用得最多、最普遍的形式，在不
同人物和語言環境(官話和方言)中都有。開頭的幾齣裏就能找到連
續、反復使用的例子。如下面這一節就出現了七个"我"(其中两个出
現在小生説的官話的臺詞裏)、一个"我裏"(我們)：

　　○[淨]里是我勾心腹，倒替吼做媒人，弗要魘弗醒！貴位小姐，
穩穩能學生要到手勾哉。[丑]弗要爭，現鐘弗撞倒去煉銅！我綽两
粒雞荳，削一塊嫩藕拉虽，大家吼裏向去坐坐罷。……[小丑暗上，
白]弗知我裏勾相公阿拉裏菴裏向，──倒拉裏搗鬼。[小生連念]
吓，我如今去尋因之兄商議，必有計較。[小丑]相公，大家我書僮商
量子罷。[小生]狗才，你到此怎麽？[小丑]特地來尋吼吓。[小生]
吳老爺呢？[小丑]大家秦相公歸去子半日哉。[小生]如此隨我到吳
老爺府上去。[小丑]勸吼差弗多子點罷。[小生]爲何？[小丑]姨娘
聽見説吼到子鳳池菴裏來，氣得鼻青嘴腫，立刻叫我尋吼得居去，若
是晏子點，連我繚要打得來。{03}

　　這一段裏，小生説的是官話，而淨、丑、小丑等人説的是方言
(吳語)。

　　【吼】我。本劇中，"吼"一般表示第二人稱，只有這一例是第一
人稱，並與"我"同用。○[淨]停个軒，吼亦看見秦相公奔出來，好像

二郎神能介,額角上開子一隻眼睛,倒嚇得我一跳。{29}(按,停个軒,過一會兒。軒,同"歇",很短的時間。)

【我裏】我們。○忽然夢見我裏勾晚家公,明明白白對我説道。{09}/我裏外甥囝兒雖不成勢,也是御史勾囡兒。{31}

【吾】我。○借住拉吾菴裏。{02}/文兄,貴頭親事交代拉吾身上。{13}/吾拉學裏向,故星撇腳當長提起勾。{15}

【吾裏】我們。○[丑]弗瞞爺們乩説,吾裏菴裏新到一位常州個謝小姐。{02}/吾裏公子有個帖子,還有一封書信,教我送那勾。{11}/不拉多哈女眷攔牢子,要打要罵,虧得吾裏妹子出來勸住子,哃就溜试哉。{29}

與"我"相比,"吾"的例子要少一些。

【吾大】吳江話,我。○[白淨]阿喲,吾大弄你不動滑。[末]我來幫你上肩去。[白淨]多謝哃。{11}/大老哥,吾大是錢公子差得來,要見那乩飯主人勾。{11}

(2)第二人稱

【哃】第二人稱單數,你。這个字當讀爲自成音節的鼻輔音[n]。○[小生]狗才,你到此怎麼?[小丑]特地來尋哃吓。{03}/相公,个兩日是夜禁,頭頭巷門纔弗肯開勾,勸哃明朝去子罷。{21}

【哃乩】你們。○[丑]哃乩相公阿拉屋裏?[小丑]拉乩桂花廳上。{02}/[副]哃乩勾小姐也是併包勾時候哉,我裏老爺亦是勾單封頭,送拉里上子兌嚦,一樁事體就劃出哉滑。{07}

【你】大多數用於官話的對白,但是也出現在某幾齣的方言對白中。很可能是作者在寫作時不小心忘記做出區分了,這也反映了官話對書面語所產生的強大影響。所以,方言臺詞中的"你"同樣應該理解爲就是"哃"。如下例的對話,淨説方言,花旦則説官話,但是兩人都用"你"。○[淨]……你是個小娘家,上弗起當勾噱![花旦]文人遊戲,這又何妨![淨]勿差勾,你是無得租蘇勾了,大家里去纏嚦是哉。只是做阿哥勾是弗會説話勾,只好自家當面去講勾噱。[花旦]這又何難![淨]我倒看你哪哼勾去法介。[花旦]你去取我那隻

衣箱出來。{15}

【你丑】你們。○［小丑］直頭頑皮丑！請教你丑嗇勾來意！{22}/［淨］介嚜纔坐子，讓我細細能介説拉你丑聽。{29}/你丑勾説話，且慢慢能介商量。{31}

【那】吴江話，你。○［白淨］吾裏公子有個帖子，還有一封書信，教我送那勾。［外］取來。［看介］［白淨］那倒識字勾了。{11}/［外上］……有人麼？［白淨上］來特，來特。那是吴會元耶，前日子作弄得我好嚇。{28}

【那丑】吴江話，你們。○大老哥，吾大是錢公子差得來，要見那丑飯主人勾。{11}/那丑看看，個樣重南生活，勿是吾大阿哥也做勿來勾。{11}

（3）第三人稱

【里】第三人稱單數，他、她、它。很多文獻裏寫作"俚"。本劇中，第三人稱代詞用"里"，其他情況（如表方位的），多用"裏"。○［淨］里是我勾心腹，倒替吥做媒人。{03}/因此送里拉鳳池菴居住。也勿便接里得來伏侍，因此進退兩難。{05}/［小丑］故嚜罷哉，領里到灶下去。{10}/吥是弗問情由，扚子里一大把丑。{29}（按，這一例中，"里"復指前面提到的杏花。）

【里丑】他們。○己裏勾官府半把是里丑爺勾門生、故舊。{19}/弗知是好兆呢還是惡兆嚇，請里丑出來詳詳看。{29}

【渠】他、她、它。○一定是吥得罪子渠了。{12}/［小丑］看渠弗出，直頭想得周到丑。{22}/聽見説我裏勾外甥女婿中子探花，早晚大家狀元、榜眼一齊歸來哉，只是渠纔弗曉得革來，阿要替渠説明白子罷？{30}

【渠丑】他們。○［淨］看來你貴個意思，直頭要去拜渠勾哉。介嚜我送你到子渠丑門前，就要溜勾嘘。{15}

（4）討論

整體上來看，這部劇裏，各个人稱差不多都有兩種或更多的形式。列表如下：

	單數	複數
第一人稱	我、吾	我裏、吾裏
第二人稱	吜、你	吜乢、你乢
第三人稱	里、渠	里乢、渠乢

　　"我"（五可切，上聲）、"吾"（五乎切，平聲）發音接近，可能只是書寫形式的不同。如上文所列，第一人稱單數還有一例用了"吜"。但是不能認定就是作者的疏忽。趙元任（1928：95—96）指出，20世紀初的蘇州話裏第一、第二人稱單數，還保留有自成音節的鼻輔音形式："我"寫成"五"[ŋ]，"你"寫作"唔"[n]。語音形式應該有不同，但是在文獻裏混用的例子多，兩个人稱都寫成"吜"或"唔"。（石汝傑2020b）

　　"吜"與"你"，可以看作是訓讀的關係。明末沈寵綏在《度曲須知》（明崇禎十二年原刻本，1639）"收音總訣"中，把東鍾、真文、侵尋等三大類鼻音韵尾（收音）分爲鼻音、舐舌、閉口（分别與-ng、-n、-m三類韵尾對應），並用吳方音來説明具體語音。他説："吳俗有'我儂、你儂'之稱，其'你'字不作'泥'音，另有土音，與舐舌音相似。"亦即吳語的"你"不能讀作[ni]，應當讀爲舐舌音[n]。（古屋昭弘2014）

　　但是，第三人稱的"里""渠"却是完全不同的形式。劇中，用於第三人稱代詞單複數的"里"，共出現46次，"渠"則有40次。可以説兩者的使用頻率不相上下。所以，無法斷定這兩个形式中哪个更有優勢。有時還同時出現，如下例：

　　○渠个先老爺在日，做過嗜御史勾了，因爲有勾對頭來做知府，怕里報仇了，避到蘇州來，借住拉吾菴裏。{02}

　　這裏的"渠"指借住在菴裏的謝小姐，"里"指其父的冤家（對頭）。

　　作爲複數後綴，第一人稱用"裏"，其他兩个人稱則用"乢"，與現代北部吳語的很多地點方言是一樣的。

“厾”還用在其他指人的詞語後,表示複數。如:

○爺們厾走過一邊,老親娘送子小姐進去。{03}

○[小丑]噲,樂人鼓手厾,雖則是當差,嗦替我響響介。{10}

○人厾介? 走个把得出來! {11}

其中,“爺們厾、樂人鼓手厾”顯然是複數詞尾(劇中還有“丫頭厾”),“爺們厾”是个特别的組合,“爺們”在戲曲裏指老爺、少爺等男性“上等人”。但是,“人厾”特指男性下人,不一定是複數。

“裏”和“厾”還表示地點,出現在“拉裏、拉厾”等形式裏。如:

○[小丑]我且問㕸厾拉裏講啥勾閒話? {14}

○真正弗爭氣,勾肚皮一日大一日拉裏哉! {14}

○老娘纔弗消叫得,已經養子一位胖胖大大個公子拉厾哉。{20}

○即見梁老相公一干子拉厾野裏走。{29}

關於這些詞語的用法,有待今後集中討論。

劇中有个角色(白淨)是吴江人,作者特意用了一些特殊的方言形式來表現。我們把這个人物出現的三齣戲(負石、疑竇、孩譃)中的對白摘録出來,看其中的人稱代詞,整理如下:

	單數	複數
第一人稱	吾大、我、吾	吾裏
第二人稱	那、㕸	那厾
第三人稱		

第一人稱單數有“吾大”(7 个)和“我”(8 个),但是其中三个“我”用在有官話色彩的唱詞(耍孩兒)裏;“吾”只有一个。第二人稱單數有“那”(14 个)和“㕸”(2 个),複數是“那厾”。這些段落裏,只有一例“那”不是人稱代詞:“阿喲,那是掮勿動勾哉。”{12}第三人稱没有用例。查看現代吴江方言的人稱代詞,與本書的形式有很大的不同:

	單數	複數
第一人稱	吾奴、吾	吾堆
第二人稱	倻	吾倻
第三人稱	伊	伊拉

"倻"即本書中的"那"。"吾",記録者標爲舌根鼻音[ng],應該與這裏的"呍"有關,但後者應該是舌尖鼻音。(汪平 2010:174)以上内容讓我們知道一些當時吴江方言的情況,但是也有可能作者在模仿方言時把非吴江話的形式也混在一起了。

（5）其他人稱代詞

【自家】自己。○丫頭虱,端正子益母草,我新郎官人自家來煎吓。{20}

【自介】自己。介,當即"家"的訛誤,連讀時,聲調就與"自家"變得一樣了。○［副白］……阿喲,弗好哉,王靈官出現哉！［小丑］那説？［副］老爺,呍自介看看嘘。{10}

【别人家】别人。只有一例,單從這一例來看,也可以認爲就是"别的人家"。○［小丑］别人家勾事體,出怕你少説子點罷！{24}

【大家】用於表示兩人（或者更多人）一起（共同行動）,其作用相當於一個連詞。詳見石汝傑（2019）。○鳳池菴裏有個師姑叫静蓮,大家里相與子兩年哉。{03}（大家里:我和她）/我綽兩粒雞荳,削一塊嫩藕拉虱,大家呍裏向去坐坐罷。{03}（大家呍:我和你）/［小生連念］吓,我如今去尋因之兄商議,必有計較。［小丑］相公,大家我書僮商量子罷。……［小生］吴老爺呢？［小丑］大家秦相公歸去子半日哉。{03}（大家我書僮:你和我書僮;大家秦相公:［吴老爺］和秦相公）/［小丑］好同年,好同年,你大家梁老老串通子,那嗜勾得來騙紅子我勾租蘇,亦擎告化婆調换得來搪塞我。我大家你拼子罷！{10}（你大家梁老老:你和梁老老;我大家你:我和你）

二、指示代詞

本書中的指示詞形式複雜多樣,同一意義的詞往往有兩个以上不同的語音形式或者書寫形式。其中,還有一些詞形相同但是用法不同的(即不屬於代詞的類别),這裏也拿出來,放在一起加以分析説明,以方便讀者。

（1）革

【革】(1)那。只有兩例。〇我只恨個吳會元革狗賊,[唱]怎移花換木簸弄喬才? |20|(2)助詞,的。〇只是渠纏弗曉得革來,阿要替渠説明白子罷? |30|

（2）个

【个】(1)指示代詞,這,那。〇[副]相公,个兩日是夜禁,頭頭巷門纏弗肯開勾,勸吪明朝去子罷。|21|/阿哟,好酒! 我叫巷門阿九,即得糟子个口黄湯。|21|(2)量詞。〇鳳池菴裏有个師姑叫静蓮,大家里相與子兩年哉。|03|/今日是勾八月半,回頭子阿嬛,一个人也弗帶,且溜得去叙舊介。|03|(按,這一例裏的“勾、个”都是量詞。)(3)結構助詞,的。〇吾裏菴裏,新到一位常州个謝小姐。渠个先老爺在日,做過嗒御史勾了。|02|/[淨]看吪个肚皮,已經踏月快哉。|03|(按,踏月,指懷孕足月。)(4)結構助詞,地。〇個勾肚皮漸漸能个大得弗成嗒意思。|03|(5)語氣助詞,的。〇今日是八月半,只怕要到佛堂裏來燒香个嘘。|02|/[小丑]嗒説話,新娘娘是總要討个! |10|(6) 量詞,用在動詞和時間賓語間,表示動作輕鬆、隨意。〇停个軒,吪亦看見秦相公奔出來。|29|

（3）個

【個】(1)指示代詞,這;那。可以作主語,也能作爲修飾語,用於各種組合前。〇個一扮是直頭像子學裏勾朋友哉。|15|/。[淨]阿是搶親? 個極是勾哉。只是那勾搶法? |17| (2)結構助詞,的。〇府學裏個鍾老爺是小姐個娘舅,何弗叫渠主子婚介? |14|(3)結構助詞,地。〇好像彌勒佛能個疊出子勾肚皮,真正弗像樣! |14|/[淨]

貴位小姐,自從拉佛殿上見子一面,看得弗仔細,讓我挑落子方巾,認認真真個不一看渠使使。{20}(4)語氣助詞,的。○[小丑]王法是有個,…… 我貴个瘋皮教官嚛,那哼去當住渠呢? {19}(5)量詞。○[丑]吳老爺,個是勾學名,索性多謝你再題一個小名。{28}(按,第一个"個"是指示代詞,"勾"和第二个"個"是量詞。)(6)量詞,用在動詞和時間賓語間,表示動作輕鬆、隨意。○倘若朋友親眷問起嚛,則説原討個謝小姐。等個一年半載,受長子頭髮也認弗出哉滑。{20}(按,第一个"個"與官話的"的"相當,"討的是……"。受,積攢;累積;這裏指等頭髮長得多起來。)

【個把】量詞"個"和"把"的結合,表示接近那个數的約數。一兩個。○我做官勾時候要擺歂了,用個把駝夫。{13}

【個點】這些。○[白]學生錢恕士,過世勾爺爺做過禮部侍郎。靠子個點勢頭出去嫖娼宿妓,六个敢惹我? {03}

【個個】(1)這个,那个。第二个"個"是量詞。○個個秀才兩字,那間弗要打拉算盤浪哉嘘。{07}/個個吳會元是刁鑽促揎人,前日子鍾老師勾租蘇繞不里騙紅子。{11}/[花旦]拏了帖兒,隨我前去。[淨]好勾。個個嚛真正叫跟兄丑來。{15}(2)量詞的重疊形式,每个。○[丑]真正讀書人! 個個繞是有趣勾。{02}

【個勾】同"個個"(1),這个,那个。○個勾肚皮漸漸能個大得弗成。{03}/個勾大鬼棚,直頭搭得道地丑! {30}

【個歇】同"故歇",現在,這會兒。歇,名詞,表示短暫的時間。○大爺,個歇是時候哉,還弗見吳老爺來來,只怕拉丑詐圓房利市嘘。{23}

【個星】這些,那些。5 个。星,當是"些"的兒[n/ng]化形式。○個星薦頭嫌我有病,弗肯領我出去。{09}/[小丑白]文兄,請你快點歸去,省得受個星閙喉氣哉。{24}

【個樣】這樣,那樣。3 个。○那丑看看,個樣重南生活,勿是吾大阿哥也做勿來勾。{11}/個樣人直頭無相與勾,上子花轎勒走。{31}

【個哉】"個"和"哉"的結合,用在句末,表示動作的完成和變化的結束,作用相當於"了₂",並包含强調的語氣。○[外]仲羽雖則是新婚宴爾,煩你陪鍾年兄到書齋一叙。[又生]如此,文兄得罪了![小丑]文兄,只好陰乾你個哉嘘。{24}

【個種】這種,那種。○蘇州城裏勾讀書人也多得勢,囉裏個種嘿叫才子介?{15}(按,這裏與"囉裏"連用,哪[裏]一種。)

(4)箇

【箇】結構助詞,的。"箇"字,全劇一共出現六次,只有一例用於方言口語。○[小丑]盤裏箇物事是折倒勾哉。{02}(按,折倒,指全盤收下。)

(5)勾

【勾】(1)這,那。○即據里日日拿勾學宮裏勾樹作得來打柴燒,就是大條欹哉。{05}(按,勾學宮勾,那學宮的。兩个"勾"不同。條欹,指罪名。)/但是勾小文大家吳會元是相好個。{11}/[淨]介勾萬忽,有勾多化嚕蘇?{21}(2)結構助詞,的。用於定語後。○個小文走子渠勾門路,竟攀成子親,目前目後就要過門哉。{17}/[小丑]阿唷,吳會元會白相了,教出來勾蚌將軍繞弗是善八姐,真正强將手下無弱兵!{22}(3)結構助詞,地。用於狀語後。○忽然奔出一隻狗來,朓大蹼勾一咬,肉才咬忒子棱爿丑。{29}(按,對着大腿咬一口,肉都咬掉了一整塊。)/去是去得勾,只是平白地勾走得去,曉得你是嗜人介?{15}(按,狀語"平白"後面,兩个助詞"地、勾"連用。)(4)語氣助詞,的。用在句末,有時後面還能跟其他語氣助詞。○[外]仲羽,你看他又來發痴了![又生點頭冷笑介。丑]説起來真正佛也要動心勾嘘!{02}/學生錢恕士,年紀嘿一把,還弗曾有家主婆勾來。{03}/[淨]貴个魘倒人,吤倒也認得勾了。[丑]認是認得勾,實惠一無交關勾嘘。{03}(5)量詞,个。○[小丑]叫子文佩蘭,是勾少年名士。{14}/[丑]吳老爺個是勾學名,索性多謝你再題一個小名。{28}(按,本例中,作爲量詞的"勾"和"個"同時出現。)(6)量詞,用在動賓之間,或者是動詞重叠式之間,表示動作輕鬆、隨意。○[丑]倒來破費勾相公哉!介嘿替我謝聲罷。[小丑]是哉。{02}/[淨]倒扮一個

我看看噓。……[淨]索性踱勾兩踱看。{15}(7)即"够"。○專怪他
這等的放肆,也要得他勾了。{11}

　　【勾哉】(1)助詞"勾"和"哉"的結合,語氣助詞。用在句末,表
示動作的完成和變化的結束,作用相當於"了₂",包含强調的語氣。
○[副]介嘻讓我點子燈籠勒介,前門是落子鎖勾哉,開子後門勒走
罷。{21}/[淨]話是説明白勾哉,阿要請出來做親罷。{31}(2)助詞
"勾"和"哉"的連用,也帶强調的語氣。○弗瞞吼説,要報優生勾是,
纔來打幹勾哉。{05}/[外]……你速將此衣穿戴,權充謝小姐前去。
你道如何?[丑]個是極好勾哉滑。{19}

　　(6)故

　　【故】這,那。○[小丑看介]阿呀,阿呀,壞哉!壞哉!故是嗜意
思?上子大當哉!{10}/[淨]吓,是裏哉,大約賣柴勾兒子,故是葑門
頭上多得勢勾拉瓦。{15}

　　【故故】這个,那个。第二个"故"即量詞"个"。一共四个用例。
○故故劣生,我也想着一個人拉裏。{05}/故故梁老老,窮得來滿面
勾油況[泥],且亦是倒板板六十四勾。{05}/實在內裏要勾小奶奶照
應照應……因此借故故報劣,嚇里得來拏勾囡兒白送拉我做小。
{05}/做阿哥勾替你攀親,你説要攀嗜才子?故故才子,到底那哼一
件物事?{15}

　　【故嚜】這麼,那麼。嚜,提頓助詞,後代常寫作"末"。用於連接
上下文。○[小丑]故嚜罷哉,領里到灶下去。{10}/[花旦]我還聞得
有個吳會元是文佩蘭的相好。[淨]故嚜勸吼勿要串哉。{15}

　　【故歇】現在。5个。○但放心,我故歇就到菴裏去替吼説親。
告別哉。{13}/[副]介勾相公,故歇嗜時候哉?還要到囉裏去?{21}

　　【故星】這些,那些。○[花旦]我久聞得蘇州有個少年名士,喚做
文佩蘭。[淨]有勾,有勾,吾拉學裏向,故星撇腳當長提起勾。{15}

　　【故樣】那樣。○故樣精寡銅是弗上串勾,報里做奢?{05}

　　(7)貴

　　【貴】這,那。○[小丑]阿呀!天地神聖爺爺!貴副鬼臉教我那

哼去見上司吓。{10}(按,説自己的臉。)/[丑]老親娘,就是貴日大家
錢公子一淘拉佛堂上看見貴個哉耶。{14}(按,貴日,那一天。)/[小
丑白]聽子年兄老先生貴番説話,梁夾里勾図呒再弗敢想里勾哉。貴
勾告化婆嘿,那哼呢?{10}(聽了年兄這番話,梁家的女兒再不敢想
她的了。這個乞丐怎麽辦呢?)/貴位小姐,自從拉佛殿上見子一面,
看得弗仔細。{20}/貴兩位去子是,我勾妹子也弗肯做親勾嘻。{31}

【貴搭/貴荅】這裏,那裏。○我且對外甥図兒説明白子勒,教轎
子搬拉我貴搭一淘住,有理勾。{19}/[小丑白]亦是花轎來哉。前客
讓後客,且拉貴荅等勾軒看。{31}(按,等勾軒,等[個]一會兒。)

【貴个】這個,那個。6 个用例。○貴个欵頭,稱稱分兩,倒也弗
輕嘻。{07}(按,欵頭,罪名。)/[小丑]貴个梁老老,我是弗饒里勾!
{10}/五年前頭有个妹子賣拉揚州鹽商丑做等大,今年十六歲,姜要
收耶,貴个鹽商就別故哉。{15}/我貴个瘋皮教官嘿,那哼去當住渠
呢?{19}

【貴個】這個,那個。只有 4 个用例。○貴個無良心勾,亦怕爿
高墩,要另換一個纏纏。{14}(按,爿高墩,爬高的土堆。高墩,這裏
比喻孕婦的肚子。)/[淨]看來你貴個意思,直頭要去拜渠勾哉。{15}

【貴勾】這个,那个。4 个用例。○[白淨]……貴勾大墻門,大
率就是得,讓我走得進去。{11}/菴裏向貴勾謝小姐,囉裏曉得倒是
鍾老師個外甥図兒。{17}

【貴樣】這樣。只有 1 例。○[小丑上]伏以貴樣事體真弗殼,黃
連樹下尋作樂。那間勿去免求人,竟陪老爺吃冷肉。{10}(按,弗殼,
沒有料到。)

(8) 介

【介勾】這個,那個。勾,量詞,同"个"。○[副]介勾相公,故歇
嗜時候哉?還要到囉裏去?[小生]到鳳池菴去打聽消息。{21}/介
勾肏娘賊,吾裏勾人纏到囉裏去哉了,要呒勾吳江老得出來?{11}

【介勒】(1)那麽。○[外]你的令甥女,是我好友文佩蘭聘下的,
怎幫了別人前來搶奪之理?[小丑]介勒拏個個牢實得進來做嗜?

{19}(按,牢實,東西。)(2)怎麼。○[丑]阿彌陀佛！[淨]吓,你是靜蓮嘘。[丑]介勒弗是嗇？{20}(按,介勒弗是嗇:怎麼不是呢。)

【介嘿】那麼。常用於連接上下文。○[丑]倒來破費勾相公哉,介嘿替我謝聲罷。[小丑]是哉。{02}/[小丑]……故故劣生,我也想着一個人拉裏。[付]介嘿老爺説出來,讓門斗估估看,嗇成色拉哈。{05}/介嘿小姐失陪你哉嘘。[小旦]師父請便。{14}

【介没】那麼。同"介嘿"。○[付淨]大街大巷嘘,留神點！[丑]啐,介没走嘘。{02}

【有介事】有這樣的事。現代常見的"(像)煞有介事"用法同。這裏的"介"是指示代詞,這,那。本劇中没有單獨的用例。○[外]我笑你非爲事忙,一定是那錢侍郎的公子窩伴了你,不放吓！[丑]阿彌陀佛,囉里有介事？{02}

【介】(1)語氣助詞,一般用在疑問句末,呢。○[付]學臺即日到快哉！想口元湯喫喫嘿好滑。[小丑]那哼想法介？{05}/[丑]爲嗇了介？[小丑]貴個錢公子痴頭痴腦,一個字也弗識,專要拉外頭闖寡門、困師姑。{14}/[副上白]老爺介,老爺介？[小丑]嗇了？[副]吳會元來哉。[小丑]快點請,快點請。{10}/[小丑]囉裏來勾效驗勾烏鬚藥介？{10}/個個才子嘿到底長勾呢短勾,闊勾呢狹勾介？{15}(2)用於祈使句末。○[付淨白]師太,走上來介。{02}/[副白]老爺,讓門斗來看看介。阿喲,弗好哉,王靈官出現哉。{10}(3)結構助詞,用在狀語後。例見"能(介)"。

(9)　討論

從以上各个例子來看,有幾个值得注意的現象。(1)表示指示意義的代詞,有多个形式,它們大多數發音接近但是又有不同(如聲母相同而韵母却不一樣)。(2)這些詞在指示遠近時意味曖昧,没有明確地與官話的"這、那"相對應的形式,似乎只能從上下文來判斷其所指的遠近。(3)這些不同的形式之間在用法上到底有多少不同,也很難確定。但是,如"勾",基本上只能單獨使用,或者作爲量詞與其他指示詞結合,如"個勾、貴勾"。有時,它們還同時在同一句中出

現,如:

○但是勾小文大家吳會元是相好個,個吳會元是刁鑽促掐人。{11}

這裏的"勾(小文)"和"個(吳會元)"用法一樣,都是"那(個)"。

○菴裏向貴勾謝小姐,囉裏曉得倒是鍾老師個外甥囡兒。{17}

以下兩例,説的是同一件事,但是"个、勾"的使用似乎很隨意,也無法看出來有什麼不同。

○即據里日日拿勾學宮裏勾樹作得來打柴燒,就是大條欵哉。{05}

○老爺説,唔日日拿个學宮裏个樹斫得來當柴燒。{05}

從本劇的用例來看,只能説,這些形式的用例用數量多少的不同,如"個"有 200 多個,"个"有 100 多個,其他的形式就不是那麼多了。還有與量詞"个"等成分的搭配也有一些不同,這裏列表來考察。左邊是這些指示詞,上方是第二个成分。有"＋"號的,表示有這樣的組合。

	個	个	勾	歇	星	樣	搭	勒	嘪
個一	＋		＋	＋	＋	＋			
故一	故故			＋	＋	＋			＋
貴一	＋	＋	＋			＋	＋		
介一			＋					＋	＋
勾一									
箇一									
革一									

從語音來看,"个個箇"中古音是古賀切,去聲;"故"是古暮切,去聲;"貴"是居胃切,去聲;"勾"是古侯切,平聲;"介"是古拜切,去聲;"革"則是古核切,入聲。共同點就是:這些字的中古聲母都是見母[k];其中,去聲字多。從現代蘇州音來看,"个個箇故"是完全同音

的;"革"則可能是這些字促化的結果(現代的量詞"个"讀成入聲,也是同樣的現象)。"貴""勾"的語音形式則無法與前述的幾個形式直接等同起來,但是又可能與現代蘇州的"該"[kɛ](這)、"歸"[kuɛ](那)有淵源關係。"貴""勾"的現代讀音是[kuɛ][ky]。"勾"讀成[kei]也是很常見的,音與"該"近。還有一點值得注意的是:能與上方所列的"個"等組合的指示代詞,主要是"個、故、貴"等三個;在表示指示意義的用法上,"勾"似乎跟"個、故"等相同,但是却没有相仿的組合。

(10)指代方式、程度的代詞

【賊梗】這樣,那樣。○[丑]吓,原來賊梗勾緣故,爺們丒走過一邊,老親娘送子小姐進去。[老旦]曉得。{03}/[小丑]依吪賊梗説,我老爺比糞也弗如得來。{05}/個兩日,正是踏月勾時候,教我賊梗勾走遠路丒。{12}/弄出賊梗勾事務來,先挈你得送官。{19}

【賊介】這樣。○[小丑]好勾好勾! 你前日子作樂得我賊介個田地,今日亦幫子錢家裏搶我勾外甥囝兒,你到底嗒意思? {19}

【能】(1)這樣,那樣。○[小丑]吪嗒能忙? 中秋節盤當日送起來哉。{02}/[白淨]龔老三,你是嗒了能晏? [鼓手]待新人生意耶。{21}(按,晏,晚。)/[白淨]阿喲喲,原來是聚龍官師太! 嗒了個道場能散得遲介? {21}(2)用在名詞後面,後加助詞"介",用於表示比喻。本劇中常用"像……能介"的組合,像……似的。○[生大驚介]……喲喲喲,這也可笑! [副]弗要戥稍能介直蹺。{07}(按,戥稍,戥的秤杆;蹺,翹[起]。形容驚訝得跳起來。)/老爺賊梗一個成色,撞着子弗曾開封個小姐,夾剪能介一夾……變子銀渣哉。{05}/[淨]停個軒,吪亦看見秦相公奔出來,好像二郎神能介,額角上開子一隻眼睛,倒嚇得我一跳。{29}(3)用在單音形容詞重叠式後,作用相當於後綴。○[淨]介噎纔請坐子,讓我細細能介説拉你丒聽。{29}(按,細細能介,細細(兒)地。介,助詞。)

(11)指示地點的代詞

【記裏】這裏。○[小丑]完哉,完哉,我説渠嗒了接我裏到記裏

來,原來亦上子當裏哉。{22}/我裏外甥囡兒……跟子記裏貴位哉。{24}

【己裏】這裏。○己裏是哉,噲,老親娘,請聲小姐出來。{14}/己裏勾官府半把是里丟爺勾門生、故舊。{19}

這兩个只是同一个詞的不同書寫形式而已。

三、疑問代詞

(1) 啥

【啥】即"啥",什麽。是表示疑問最常用的詞(語素),一般的用法是與各種詞語合在一起表疑問。按,本劇中只用"啥"這个形式(只有一例寫作"奢",見"做奢"),從近代的文獻來看,現在通用的"啥",其書寫形式是在相當晚的時期才確定下來的。(1)什麽。○小姐是御史勾囡兒,姓錢個是侍郎勾兒子,真正門當户對,還要斟酌個多哈啥來?{14}(按,個多哈啥,那許多什麽。表示强烈否定。)(2)一般用作名詞的定語。○[大淨]鍋裏阿有啥冷飯拉哈?{10}/啥意思?學生勾高墩實在爿弗慣,爲此多時弗曾去住夜。{03}(3)用於謂詞性成分前,問原因、理由。怎麽,爲什麽。○/[白淨扮吴江老上]來得,來得。那啥話?{11}(按,那啥話,你怎麽説?)/[老]……這多是你自己不好。[淨]啥弗好?送子渠菴裏去嘾就是哉滑。{20}/[白淨上]來哉,來哉。[副上]噲,我來子楞日裏哉,啥倒要硬上哉。{31}(按,楞日,一整天。)(4)相當於"做啥",干什麽。○[白淨]那今朝來啥?[外]要見你家主人的。{28}

【啥个】什麽。從語感來看,"个"不是量詞,而是與"的"對應的成分。(1)問事物一般用這个形式。○[外]靜蓮,你難道就忘了中秋日的言語麽?[丑]啥个説話介?{19}/[白淨]呧是做啥个勾?[道士]九官,是我嘘。[白淨]阿喲喲,原來是聚龍官師太!{21}(2)常用於表示反問,加强否定的語氣。○[小丑]弗要噴蛆![副]啥个噴蛆?{05}(3)用於謂詞性成分前,問原因、理由。怎麽,爲什麽。○[小丑]啥个忙?[淨]挑糞忙。{05}

【嗒勾】同"嗒个"。○[小丑同付淨上]師太介？[丑]嗒勾？
{02}/[小丑]直頭頑皮�吚！請教你吚嗒勾來意！{22}/[小丑]起來,
師太,吚嗒勾好笑？[丑]我笑老爺勾租蘇爲嗒像子板刷。{14}/[小
丑]阿曉得我也拉裏笑吚？[丑]笑我嗒勾？{14}

【嗒等樣】什麼樣,怎樣。○你道是吳會元嗒等樣人了？是斯文
光棍。{14}/呔！你是嗒等樣人！拉裏調戲我勾外甥囡吚！{22}

【嗒了】爲什麼。○[外冷笑介,丑]吳老爺嗒了拉吚冷笑？
{02}/[副上白]老爺介,老爺介？[小丑]嗒了？[副]吳会元來哉。
[小丑]快點請,快點請。{10}/[小丑]嗒了文兄滿面孔個心事？{13}

【嗒人】什麼人,誰。○[淨]去是去得勾,只是平白地勾走得去,
曉得你是嗒人介？{15}/[小丑上]……阿呀,阿呀！個是嗒人？[老]
他説是吳会元的表弟。{22}

【嗒事/嗒事務】什麼事。事務,泛指事情。○[丑]只怕要痴耶,
月裏個小干懂得嗒事介？{28}/[淨上]來哉,來哉,老爺有嗒事務了？
[小丑]快點駝我到馬頭上去。{06}

【嗒説話】什麼話。常用於否定對方的話。説話,名詞,話。○
嗒説話,新娘娘是總要討個！{10}/[小生連唱]感感感感老周,親打
合婚符。[小丑白]嗒説話,只怕效勞不周。{31}

【嗒用(頭)】怎麼用(法);什麼事。○[白]書童,書童,[副呵欠
上]……相公嗒用？{21}/[白淨]個是嗒用頭介？[外]我也不知什麼
意思。{11}

【爲嗒(了)】爲什麼。了,助詞,表示原因。○[外]靜老,勸你省
事些罷。[丑]爲嗒了？{02}/[老旦]這頭親事委實如何？[小丑]直
頭攀弗得勾！[丑]爲嗒了介？{14}/[小丑]起來,師太,吚嗒勾好笑？
[丑]我笑老爺勾租蘇爲嗒像子板刷。{14}

【做嗒/做奢】干什麼。常用於問原因,爲什麼。奢,通"嗒"。○
官府查夜兜了,要問明白子開勾。吚是做嗒个勾？{14}/吚屋裏有酒
席拉吚,走到小菴裏來做嗒？{03}/故樣精寡銅是弗上串勾,報里做
奢？{05}

【無嗒】没什麽。用於表示否定。○[又生]文兄,你不知他的令妹? 雖是個小家,倒是個絶世佳人,傾城容貌哩。[淨]無嗒好嗒,不過蘇州城裏向嚁數一數二勾罷哉。{29}

(2) 囉、落、六

【囉里】(1)哪裏。有時用於反問句,表示强烈的否定。○[小丑]囉裏來勾效驗勾烏鬚藥介? {10}/[丑]阿彌陀佛,囉里有介事? {02}/巴望你一個好日,當弗起單鑽拉女客面上,書角角也弗扳一扳,囉裏有嗒出頭日腳個哉? {24}(2)哪;哪(個)。後面也可用"个"。○蘇州城裏勾讀書人也多得勢,囉里個種嚁叫才子介? {15}

【落里】哪裏。○因此連忙改教,思量喫一碗安逸茶飯,選着子蘇州府學,落里曉得真正弗成局面? {05}/[小丑白]人人説道吳會元刁鑽人,落里曉得竟是極湊趣勾? {10}

以上兩个應該是同一个詞,但是語音形式有不同。"囉"是舒聲字,"落"是入聲字,也可能是"囉"的弱化形式,促化了。

【六个】哪个,誰。○[白]學生錢恕士,過世勾爺爺,做過禮部侍郎,靠子個點勢頭出去嫖娼宿妓,六个敢惹我? {03}/[小丑]那説? 阿呀阿呀,你是教化婆滑,六个叫你來勾? {10}

這个"六"與上述"落"同音,意義也相同。

(3) 那、哪

【那】怎麽。○[丑上,白]……個兩日正是踏月勾時候,教我賊梗勾走遠路丑。[淨]轉來哉? ——那哉介? {12}/[白淨]幸虧師姑代子缺,[副]弗然那做團圓戲? {31}

【那勾/那个】怎樣。○阿是搶親,個極是勾哉。只是那勾搶法? {17}/[小丑白]還要强來,扯你去見吳會元! 看你那个對我! {22}

【那光景】怎樣,如何。問對方的意見時用。○前日子説歇勾錢家裏個親事,小姐心上到底那光景? {14}

【那哼】怎樣,怎麽(辦)。○[丑]聽見説文相公先討子一位姨娘拉丑,領我進去看看,那哼一個標致勾介。{02}/[淨]吥心上嚁要那哼? [花旦連唱]心自報,要成就兩家姻眷。[淨]妹子,吥雖是從小偶儂勾,則是那哼掘上渠乬勾大門介? {15}/故故才子到底那哼一件物事? {15}/貴勾告化婆嘿,那哼呢? [外]教化起於學校,這原是年兄該受領的吓。{10}

【哪哼】同"那哼",怎麽,怎樣。○[淨]我倒看你哪哼勾去法介。[花旦]你去取我那隻衣箱出來。{15}

【那話頭】怎麽説;什麽話。○[白淨]個個書上那話頭介? [外]吓,你家公子要借我一塊大磨石,叫你立刻挈去。{11}

【那嗜勾】怎麽。○你大家梁老老串通子,那嗜勾得來騙紅子我勾租蘇,亦挈告化婆調換得來搪塞我。我大家你拼子罷! {10}

【那説】怎麽(説),怎麽。常用於表示意外的感覺。○[淨上白]那説個冤家竟弗拉菴裏。{03}/[丑]大爺,那説勾吳會元特地來看小干,一個見面錢纔無得勾。{28}/[丑白]罪過動動,我若有心來騙勾小姐嘿,改日橫生倒肚,做一個兇捨母。[小丑]那説? {14}(按,兇捨母,難產。捨母,一般指婦女生產後的"月子"。)/[副白]……阿喲,弗好哉,王靈官出現哉! [小丑]那説? [副]老爺,唔自介看看嘘。{10}/[外]今日此舉特來超度你。[丑]那説超度我介? {19}

以上是表疑問的"那(哪)"。以下則是不同的用法:基本意義是"現在",由此派生出來的意思有:那麽;於是。

【那間】現在;當下。○個個秀才兩字,那間弗要打拉算盤浪哉嘘。{07}/起初呢,還遮掩得過,那間竟弗是裏哉,好像彌勒佛能個疊出子勾肚皮! 真正弗像樣。{14}(按,疊出,凸起,鼓起。)/前日子嘿騙忒子我勾租蘇,看渠那間汗毛也阿敢動我勾一根? {22}(租蘇,胡子。)

【那嘿】現在;那麽。○[衆齊進巷門,下][白淨]那嘿困得勾哉,就是天王來也弗開勾哉。{21}

【那是】承接上文所説的情況,引出目前(或今後)的有關情況,於是;這樣的話。是,提頓助詞。○[副]咳,勿知染得來阿有對冲陶成得來。[小丑]讓我染得起來。[白]那是只怕像樣裏勾哉。{10}(按,對冲陶成,指大約一半的比例。)/[外連念]教你老爺早晚迎娶便

了。[副]是哉！那是寫子發票哉。{07}/阿喲，那是掮勿動勾哉，乚拉天井裏子罷。{12}

【哪】嘆詞，提醒對方注意即將説的話，或者是要拿出來的東西。可連用。○[末]這裏來，哪，挙去！{11}/[生]住了！你還要趕去怎麼？[又生]哪哪哪，交還他這枝竹竿。{04}/[小丑]那哼激勵呢？[外]哪，[唱]……你休得要漏洩機關，恁胸頭怎解怒滿？[小丑白]好計策！但是亦弗要作樂我咭。{19}

　　（4）問數量的代詞

　　問數量的代詞，最常見的是"幾"，常和量詞連用，問時間則説"幾時"。本書中，口語和官話都用這個形式，真正方言的形式只有一個"幾哈"。這裏把有關的"多哈"也一併列出。

【幾哈】疑問代詞，多少。○[花旦]你去取我那隻衣箱出來。[淨]吷，讓我看看，幾哈嗏勾寶貝拉哈。{15}

【多哈】許多。○山門外頭，擠滿子多哈樂人鼓手，説道錢公子乚來接小姐上轎勾。{19}/正要採子走，不拉多哈女眷攔牢子，要打要罵。{29}

　　（5）討論

　　"囉"（包括"落"）和"那（哪）"應該是同源的，不同的是聲母（n-l）。從現代蘇州方言看，這兩个的發音，也比較特别，是逸出一般的音系的，即其韵母是一个[o]。而在一般情况下，這類字（果攝開口一等）的韵母是[əu]，與遇攝合口一等同，即：籮＝爐[ləu]。

　　"幾哈"中的"哈"，除了用於模擬笑聲外，還出現在"場哈"（地方）、"拉哈"（在）、"來哈"（在）等詞語中。這個語素，本來是表地點的。在北部吴語還有其他一些近似的形式，如艾約瑟記録的19世紀上海話，有"場化、場好"（地方）、"多許、多好"（許多、多少）。"化、許"讀[ho]（許，當是一種訓讀），"好"讀[hɔ]，現代蘇州話則説：幾化、場化。（石汝傑2007、2011、2015）

　　本文討論的範圍和使用的例句只限於《三才福》這一部劇本。這部作品的内容豐富,語料也相對充足,因此本文得以做出適當的歸納和分析,但是還未必能全面地反映那个時代語言的全貌,所以還需要與其他文獻資料聯繫起來綜合考察。

參考文獻

丁聲樹等　《現代漢語語法講話》,商務印書館,1961 年。

劉月華、潘文娛、故韡　《實用現代漢語語法》(增訂第 2 版),商務印書館,2002 年。

吕叔湘主編　《現代漢語八百詞》,商務印書館,初版 1980 年,增訂本 1999 年。

錢乃榮　《當代吳語研究》,上海教育出版社, 1992 年。

錢乃榮　《上海話語法》,上海人民出版社,1997 年。

石汝傑　蘇州方言的代詞系統,《代詞》(李如龍 張雙慶主編),暨南大學出版社,1999 年。

石汝傑　吳語"來(在)"類詞形式和用法的歷史演變,復旦大學《語言研究集刊》第四輯,上海辭書出版社,2007 年。

石汝傑　艾約瑟《上海方言語法》同音字表,《熊本學園大學文學·言語學論集》第 18 卷第 1 號(通卷第 35 號),2011 年 6 月。

石汝傑　明清時代北部吳語人稱代詞及相關問題,《中國方言學報》第 5 期,商務印書館,2015 年。

石汝傑　明清時代的吳語人稱代詞"大家",《熊本學園大學文學·言語學論集》第 26 卷第 2 號(通卷第 51 號),2019 年 12 月。

石汝傑 2020a　明清時代吳語的疑問詞和疑問句,《海外事情研究》第 47 卷(通卷第 92 號),2020 年 3 月。

石汝傑 2020b　研讀經典文獻,推進吳語研究——紀念趙元任《現代吳語的研究》出版 90 週年,《吳語研究》第十輯,上海教育出版社,2020 年。

石汝傑、宮田一郎主編　《明清吳語詞典》,上海辭書出版社,

2005 年。

汪 平 《吳江市方言志》,上海社會科學院出版社,2010 年。

謝自立 蘇州方言的代詞,《吳語論叢》,上海教育出版社,1988 年。

游汝傑 吳語裏的人稱代詞,《吳語與閩語的比較研究》,上海教育出版社,1995 年。

趙元任 《現代吳語的研究》,清華學校研究院,1928 年;科學出版社新 1 版,1956 年。

趙元任 《漢語口語語法》(呂叔湘譯本),商務印書館,1979 年。

趙元任 《中國話的文法》(丁邦新譯本),香港中文大學出版社,1980 年。

朱德熙 《語法講義》,商務印書館,1982 年。

朱景松主編 《現代漢語虛詞詞典》,語文出版社,2007 年。

Edkins, J.(艾約瑟)1868: *A Grammar of Colloquial Chinese, as Exhibited in the Shanghai Dialect* (上海話語法), Presbyterian Mission Press.

附録五

SUZHOU DIALECT, SOCIAL STATUS, AND GENDER IN *SANCAIFU*, A REDISCOVERED MID-QING *CHUANQI* PLAY[*]

Wu Cuncun

The University of Hong Kong

Commencing in the mid-Qing period, the composition of literary works in authors' local dialects emerged as a growing trend in the Jiangnan region. Studies to date have noted several examples of Wu dialect fiction and tanci, *while Kunqu plays, the dominant form of southern* (chuanqi) *opera, continued to be written in a mixture of classical Chinese and guanhua. The mid-Qing play* Sancaifu 三才福(*All Goes Well for Three Talented Friends*), *kept in the Skachkov Collection, Russian State Library* (RSL), *is a rare example of a play in part rendered in Wu dialect* (*Suzhou variety*). *Spoken parts of the play employ Suzhou dialect of the time and include numerous local expressions and slang terms that would have made little sense to audiences or readers from elsewhere. The RSL's handwritten copy likely dates from the early*

---

[*] 這篇舊作,發表於美國夏威夷大學出版社出版的學刊 CHINOPER: Journal of Chinese Oral and Performing Literature 第 39 輯卷一(2020 年 7 月)。考慮到本書與中外文化交流的關係,也爲了方便英語研究者,錄此以供讀者參考。

nineteenth century, purchased by Skachkov in Beijing sometime before 1857, thereafter remaining cataloged but unremarked in Russia. Knowledge of the play disappeared in China except for a single mention in a Manchu prince's reading notes. A two-volume play consisting of thirty-two scenes and over 46,000 Chinese characters, Sancaifu's plot consists of several parallel storylines, most of which concern marriage fates. The key protagonists are predominantly men of letters; however, the play also features a large number of female urban commoner roles, such as girls from struggling families, concubines, maids, nuns, elderly beggars, midwives, and go-betweens. In contrast to other plays of the time, these subaltern characters are not mere targets of humor, but more often than not play a key role in the storyline. Consistent with the prominence of urban commoner women, the play also draws attention to social values that contradict the conservative Neo-Confucianism that dominated plays from this era. Following an analysis of the play's unusual textual and material features, this paper seeks to assess what lies behind its deliberate deployment of dialect across distinctions of social stratification, gender, and moral standing. It is this last element that establishes the unique importance of this otherwise-obscure text for Chinese theater history.

KEYWORDS: *chuanqi* drama; *Kunqu*; dialect; Suzhou; commoner women; Miankai; Skachkov

Discovery of new material can often bring new knowledge to our understanding of history and culture. In this paper, I consider the

significance of a number of such new features in *Sancaifu* 三才福
(All Goes Well for Three Talented Friends), a mid-Qing *chuanqi*
傳奇 (southern drama) that I recently uncovered in the Skachkov
Collection, Russian State Library (RSL) (see fig.1). As far as I
have been able to ascertain, this play is not recorded in library cata-
logs or bibliographical surveys as being held elsewhere. A handwrit-
ten copy, it probably dates from the early nineteenth century, as we
know it ended up in St. Petersburg soon after Skachkov first left China
in 1857. It has remained unremarked in libraries in Russia (the RSL and
its precursor) ever since, and knowledge of it disappeared in China ex-
cept for a single mention in a Manchu prince's reading notes, about
which I will have more to say throughout my analysis.[1]

　　The rediscovery of a Qing play might not be a significant thing
in itself until we note that *Sancaifu* is also a rare example of a play
rendered in Wu dialect, a feature that increases its value for Chi-
nese literary history. Spoken parts of the play employ the Suzhou
variety of Wu dialect of the time and include numerous local ex-
pressions and slang terms that would have made little sense to au-
diences or readers from elsewhere. While it is well known that Wu
dialect expressions appear in literati compilations of folk songs

---

　　[1]　Passing mention of the *Sancaifu* manuscript (along with those of *Guwangyan* 姑
妄言 and *Caixingzhao* 財星照) can be found in an appendix to Feng Zheng 馮蒸 *Jin san-
shi nian guowai "Zhongguoxue" gongjushu jianjie* 近三十年國外"中國學"工具書簡介
(An introduction to foreign "Chinese studies" reference books from the last thirty years;
Beijing: Zhonghua shuju, 1981), pp.329—36(p.334), which is a Chinese translation of
Arnol'd Ivanovich Melnalksnis's preface to the RSL Skachkov Collection catalog (see note
8). I thank Professor Wilt Idema for drawing my attention to the Feng reference.
Melnalksnis's catalog was published in Moscow in 1974, and it should be assumed that
knowledge of its contents reached China shortly after that date.

commencing with publications from the late-Ming period, ① that fiction from the late-nineteenth century in Wu dialect was not uncommon, and that regional operas were commonly performed in local dialect, dialect is a far less common feature in surviving *Kunqu* 崑曲 (Kun opera) or *chuanqi* scripts. Among surviving works of literature in regional dialects, works featuring Wu dialect are by far the most well known, and a high degree of development is evident in the dialect's uses within folk songs, fiction, and *tanci* 彈詞 (lute ballads). Studies to date have noted several examples of Wu dialect in the aforementioned genres. Nevertheless, even with *Kunqu* play scripts being predominantly composed by playwrights from the Lower Yangtze, a pattern emerged during the Qing dynasty whereby arias remained in the classical language and spoken dialogue was in vernacular *guanhua* 官話 (Mandarin), with Wu dialect limited to occasions when a humorous flourish was needed and usually spoken by clowns. Even these instances cannot be described as com-

① The most prominent example is, of course, the collection of Wu dialect songs in *Shan'ge* 山歌 (Mountain songs) compiled by Feng Menglong (1574—1646). Related research publications in English include Ôki Yasushi and Paolo Santangelo's full translation *Shan'ge, the "Mountain Songs": Love Songs in Ming China* (Leiden: Brill, 2011); Kathryn Lowry, *The Tapestry of Popular Songs in 16th- and 17th-Century China: Reading, Imitation, and Desire* (Leiden: Brill, 2005); Anne McLaren, "Folk Epics from the Lower Yangzi Delta Region: Oral and Written Traditions," in *The Interplay of the Oral and the Written in Chinese Popular Literature*, ed. Vibeke Børdahl and Margaret Wan (Copenhagen: Nordic Institute of Asian Studies Press, 2010), pp.157—86; and my own paper, "'It Was I Who Lured the Boy': Commoner Women, Intimacy and the Sensual Body in the Song Collections of Feng Menglong (1574—1646)," *Nan Nü: Men, Women and Gender in China* 12, no.2 (2010):311—43. For Wu dialect *tanci*, see Mark Bender, *Plum and Bamboo: China's Suzhou Chantefable Tradition* (Chicago: University of Illinois Press, 2003).

mon.①

Sancaifu is, therefore, significant as a rare example of a mid-
to late-Qing play script written in dialect. With closer inspection, it
also becomes clear that the play is unusual in featuring a large
number of urban commoner women such as girls from humble fam-
ilies, concubines, maids, nuns, elderly female beggars, midwives,
and gobetweens. Unlike other plays of the time, these characters
are not mere targets of humor but tend rather to play significant
minor roles in the storyline. In line with this significant presence of
urban commoner women, the play draws attention to social values
that contradict the conservative Neo-Confucianism more generally
advocated in plays from this era. Addressing these unique features,
this paper will discuss the alignment of Suzhou dialect and urban
commoner women in the play and the significance of their conjunc-
tion for Chinese theater history, particularly in relation to what it
reveals about the manipulation of dialect use and role types. As role
types are also traditionally allocated across a moral division of posi-
tive and negative characters (broadly, *sheng* 生 and *dan* 旦 roles
being refined/good, and *jing* 淨 and *chou* 丑 tending to be coarse/sus-
pect), role type and dialect contrast are distributed accordingly (i.e.,
isomorphically) in this play (the only one of its type known so far).

---

① Ming dramatists, including Xu Wei 徐渭 (1521—1593) and Wang Jide 王驥德
(? —1623), discuss the use of literary language, *guanhua* and dialect. See Wang Jide
Qulü 曲律 (Wang Jide's *Rules for qu*), ed. Chen Duo and Ye Changhai (Changsha: Hu-
nan renmin chubanshe, 1983), chapters 12—14 ("Lun xu shizi" 論須識字, "Lun xu
dushu" 論須讀書, and "Lun jiashu" 論家數). The modern scholars Wu Mei 吳梅 (1884—
1939), Xu Shuofang 徐朔方 (1923—2007), and Huang Shizhong 黄仕忠 have also dis-
cussed these specific language issues; see Huang Shizhong, "Zhongguo xiqu zhi fazhan yu
fenqi" 中國戲曲之發展與分期 (The development and periodization of Chinese opera),
Yishu baijia 藝術百家 2 (1990):8—16, 32.

Details of the Handwritten Copy of *Sancaifu*

Sancaifu consists of thirty-two scenes and more than 46,000 Chinese characters. The manuscript kept in the Skachkov Collection appears at this stage to be the sole extant copy and version. It is a handwritten, thread-bound copy consisting of two volumes—twenty scenes in volume one and twelve scenes in volume two—and totaling 253 pages. While there are four pages missing in the original copy from what appears to be a binding error, overall it is in extremely good condition—the pages are neat and clean fine rice paper, with black-ink characters arrayed on redlined grids. Pages in the original are numbered, but staff (presumably of the RSL) have added a separate series of page numbers in pencil commencing from the first page of the table of contents (see fig.2). Both the handwritten format and the binding are elegant and professional, resembling a printed copy rather than a handwritten one, with covers in gold-flecked pink kraft-like paper front and back (see fig.1).① These features, including the binding (or copying?) omissions, suggest that it is not the author's original manuscript, but a commissioned copy.

The copy is somewhat unusual in not bearing the name of the playwright, or any prefaces or postscripts, or even a colophon. Unlike most other traditional Chinese books, there is no front or back matter, no punctuation, no seals, and no annotation or comments

---

① Sun Chongtao 孫崇濤, *Xiqu wenxianxue* 戲曲文獻學 (Studies in theater archives; Taiyuan: Shanxi jiaoyu chubanshe, 2008), provides very detailed and complete documentation related to hand-copied opera libretti. Comparing the appearance of handwritten opera texts photographically reproduced in Sun's book and that of *Sancaifu*, it is clear that *Sancaifu* is different from scripts for mass consumption made available by copy shops such as Baiben Zhang (百本張), and closer to those made for the *Nanfu* 南府 court theatrical bureau or an opera collection series produced by an aficionado. See pp.157—83.

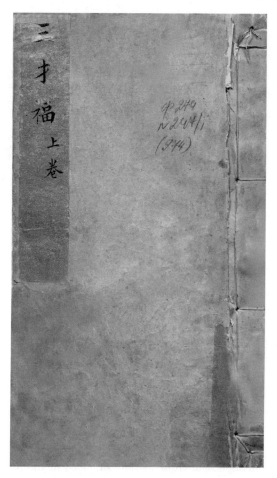

FIG.1   The cover of *Sancaifu*, vol.1 (courtesy of Russian State Library)

at the head or foot of any pages. Given that the Skachkov Collection
contains a handwritten copy of another play, *Caixingzhao* 財星照
(Illumined by the God of Wealth), which shares the same type of
cover page and main text paper as *Sancaifu*, as well as the same
handwritten format and style of binding, we may presume that both

Fig.2　Second contents page and page 1a
of *Sancaifu*, vol.1 (courtesy of Russian State Library)

plays were part of a larger set.[1] Author details and further informa-
tion may be mentioned in front matter contained in the first volume of
the series—if we knew where it was (and if such a series exists).

No dates appear in the volume, and no obvious clues to its
date of production appear in the textual matter. It is unlikely that

[1]　While I inspected this volume at the RSL, at the time I did not have the opportu-
nity to read it and therefore am unable to confirm whether this play also contains dialect. A
copy, which I have not inspected, is also listed in the catalog of the Shanghai Library.

firm dating will ever be possible; nevertheless, comparison of
collectors' records and possible links to contemporary events may
allow a close estimate of when the play was written.

The easiest and most obvious starting point is the Skachkov
Collection of which the manuscript is a part. Konstantin Andreia
novich Skachkov (1821—1883), a Russian diplomat and sinologist,
was resident in Beijing from 1849 to 1857 in his role as director of
the meteorological and magnetic observatory attached to the Rus-
sian Orthodox Mission, later returning to China as a consul and ul-
timately the head of the Russian consular mission in Shanghai.① During
his stay in Beijing, Skachkov widely sought out Chinese books,
paintings and woodblock prints, maps, and various documents and
items, including what is now known to be the only extant copy of
the early Qing pornographic novel *Guwangyan* 姑妄言 (Preposter-
ous Words). If *Sancaifu* entered this collection during this period,
which is likely, then we can assume that it was written prior to the
1850s. Skachkov's collection was obtained by the head of the Kya-
khta-based Russo-Mongolian border tea trading firm of A. L. Rodi-
onov and Co. in 1863.② The collection (at least the books and

---

① Joseph Gershevitch, "A Pioneer of Russian Sinology: K. A. Skachkov (1821—
1883)," *Asian Affairs* 4, no.1 (1973):46—54, esp. p.53. I am grateful to one of the
anonymous reviewers who directed me to this source, which I had missed. Where there are
already widely accepted Romanizations of Russian people or institutions I have adopted
them; otherwise authors and titles of academic works are transliterated according to the
ALA-LC system.

② Stuart Thompstone, "Russia's Tea Traders: A Neglected Segment of a Still
Neglected Entrepreneurial Class," *Culture*, *Theory and Critique* 24, no.1 (1980):131—
63, esp. pp.138—39. It is not clear from Thompstone's and Gershevitch's articles when
the paintings and prints became separated from the collection's books and maps, but some
of the prints at least are now part of the Hermitage Collection (personal correspondence).

maps) was then donated to the Rumyantsev Museum, the RSL's precursor, in 1873, and is now kept in the RSL's collection in Moscow. A catalog of the RSL's Skachkov Collection (Fond 274), which does not include the paintings and prints, was made by the Russian sinologist Arnol'd Ivanovich Melnalksnis and is still in use at the library.①

　　Searching compilations of Qing records and catalogs for information on *Sancaifu* has not provided any leads. Bibliographic works on Qing plays are known to be comprehensive; however, consulting *Jinyue kaozheng* 今樂考證 (Details of Contemporary Opera), *Qulu* 曲錄 (Bibliography of Opera), *Quhai zongmu tiyao* 曲海總目提要 (Comprehensive Catalog with Content Summaries of the Ocean of Songs), and even *Gudian xiqu cunmu huikao* 古典戲曲存目彙考 (Details of the Existing Titles of Classical Opera) has not uncovered any links to this work. Consulting more recent bibliographic surveys, such as those on the *Chewangfu* 車王府 or *Shuanghongtang* 雙紅堂 collections that have furnished numerous lost Qing play titles, has yielded no further knowledge relating to this play.② The only existing record from the Qing dynasty I have been able to uncover is found in Jin Liankai's 金連凱 *Yehai pi-*

---

①　*Opisanie kitaĭskikh rukopisnykh knig i kart iz sobraniia̐ K. A. Skachkova* (Description of the Chinese manuscripts and maps from the collections of K. A. Skachkov; Moskva: Nauka, 1974). A Chinese translation has been available since 2010: *Kang An Sikaqikefu suo cang Hanji xieben he ditu tilu* 康·安·斯卡奇科夫所藏漢籍寫本和地圖題録, tr. Zhang Fang 張芳 and Wang Han 王菡 (Beijing: Guojia tushuguan, 2010).

②　Huang Shizong, *Chewangfu quben zidishu ji* 車王府曲本/子弟書集 (The Chewangfu libretti and *zidishu* collections), 4 vols. (Nanjing: Jiangsu guji, 1993), and the same author's *Ricang Zhongguo xiqu wenxian zonglu* 日藏中國戲曲文獻綜録 (A survey catalog of Chinese theatrical documents in Japan; Guilin: Guangxi Normal University Press, 2010).

anzhou 業海扁舟（A Ferry Crossing the Ocean of Karma）in the
author's preface dated the thirteenth year of Daoguang (1833). [1] In
the relevant passage, the author says he has little interest in
scholarly works unless they relate to drama:

> All my life my only hobby and principal passion has been to
> read up on all the guides to the stage, including *The Exact
> Meaning of Musical Rules*, *The Comprehensive Anthology
> [of Texts and Musical Notation of Southern and Northern
> Arias] in Nine Modes*, *Popular Songs of an Era of Peace*,
> *A Hundred Plays of the Yuan Dynasty*, *Sixty Exemplary
> Plays*, ... *Sancaifu*, ... and all the current plays in various
> regional styles that I am unable to detail here one-by-one.
> They are all stuffed to overflowing in my bookshelves, and
> while I cannot provide a full account, not one is unread or left
> to gather dust. [2]

平生所愛,獨酷好觀詞譜如《律呂正義》《九宮大成》《雍熙樂府》
以及《元人百種》《六十種曲》…《三才福》… 等記,並各時興雜劇
院本,不可枚舉,插架連床,曷勝詳載,無一不閲,未有塵封。

To date, this is the only mention of *Sancaifu* in the Qing dynasty
record that I have identified.

Crucially, as a result of theater historian Yan Changke's re-
search, we are able to identify Jin Liankai and when he lived. [3] It

---

① 　Yan Changke 顔長珂, "*Lingtai xiaobu*, *Yehai pianzhou* zuozhe Jin Liankai kao"
《靈臺小補》、《業海扁舟》作者金連凱考 (Results of research into the author of *Lingtai xi-
aobu* and *Yehai pianzhou*, Jin Liankai), *Zongheng tan xi lu* 縱橫談戲録 (Assorted papers
on Chinese drama; Beijing: Wenhua yishu chubanshe, 2014), p.264. The original copy of
Yehai pianzhou is kept at the Library of the Chinese National Academy of Arts, Beijing.

② 　Yan Changke, "Jin Liankai," p. 273.

③ 　Yan Changke, "Jin Liankai," pp.269—73.

turns out that Jin Liankai is a nom de plume of Prince Miankai 綿愷 (1795—1839), third son of the Jiaqing emperor (1760—1820) and brother to the Daoguang emperor (1782—1850). The unreserved devotion to the theater that he expresses here is diametrically opposed to that reported in William Dolby's article on the same author's anti-theatrical tract *Lingtai xiaobu* 靈臺小補 (A Small Boost for the Heart, 1832). There, in the opening to "Liyuan culun" 梨園齷論 (Rough Discourse on the Pear Orchard), we may read, "All my life I have never hated anything so much as the Pear Orchard, the theatre, which is a veritable sea of evil."[①] Why the discrepancy? The answer has to do with the royal lineage of "Jin Liankai," which was not yet generally known when Dolby was writing (although Yan Changke first announced the link in 1987). Now that more is known about him, it is clear that Prince Miankai was indeed fond of the theater, that this particular passion together with his aristocratic standing led to trouble at court, and also that his profession of distaste for theater in *Lingtai xiaobu* and the steps he took to circulate that miscellany were aimed at atoning for an ultimately tragic obsession.

　　From Yan Changke's research into the authorship of *Yehai pianzhou*, we know that Prince Miankai was something of a dandy and an inveterate theatergoer throughout his life, and both shortcomings, if we can call them that, got him into a good deal of trouble. As the only known "audience" for *Sancaifu* the prince fits the type of man the author of the play set out to amuse, a man unable

---

　　① William Dolby, "Actors' Miseries and the Subversive Stage: A Chinese Tract against the Theatre," *Asian Theatre Journal* 11, no.1 (1994):64—80, 64.

to resist any of the city's amusements. As was quite common
among royal playboy princes, Miankai was besotted with drama,
the theater, and actors throughout his tragic and not very long life,
and it appears his downfall and eventual demise were all a result of
those three principal interests. In 1823, as appropriate for a brother
of the emperor, he moved out from the Agesuo 阿哥所 (Princes'
Residence) in the Outer Palace of the Forbidden City into a man-
sion the emperor had bestowed on him.① Just four years later,
however, he was to be punished by the emperor and downgraded
from prince of the first rank (親王 *qinwang*) to commandery
prince of the second rank (郡王 *junwang*). His crime had been to
steal a young eunuch-actor from the Forbidden Palace, first hiding
him at his home and, perhaps hoping to avoid further investigation
by the emperor, later moving him outside Beijing. Less than a year
later, however, the emperor relented and allowed Miankai to be re-
instated as prince of the first rank. In a show of gratitude to the
emperor and to prove his commitment to improvement, Miankai
wrote the highly moralistic miscellany *Lingtai xiaobu* mentioned
above (penning the play *Yehai pianzhou* for the same purpose
later). In order to placate Daoguang further he distributed free cop-
ies of the treatise to selected temples in the capital for the edifica-
tion of the public. Unfortunately, none of this show of contrition
was reflected in the way he actually behaved, which was much as
he had previously, if not worse. In July 1838, after an actor's wife
came forward to accuse Miankai of kidnapping her husband, the
Daoguang emperor had a search conducted of Miankai's mansion

---

①　Evelyn S. Rawski, *The Last Emperors: A Social History of Qing Imperial In-
stitutions* (Berkeley: University of California Press, 1998), p.120.

and found he had illegally abducted and imprisoned eighty-two men, including a number of actors (which is an indication of how large his mansion estate must have been).[①] The emperor took deep offence at his continuing disregard for the law and propriety and again divested the prince of his title, levying other heavy penalties as well. This time demotion caused Miankai to suffer a breakdown, and aged forty-three, he passed away in January the next year. By that time the emperor had returned some of his aristocratic privileges, but this gesture failed to halt Miankai's decline.

These epitheatrical details are not insignificant if we want to understand what *Sancaifu* was doing in Miankai's reading list and what it tells us about the play in relation to drama and theatergoing at the time. Given that *Sancaifu* is not recorded in any bibliographies or mentioned by other men of letters we may assume it was never a well-known play, and certainly not in the same league as the other plays mentioned by Miankai in his reading list. Furthermore, while Miankai stands out as a learned dramatist in aristocratic circles, it is unlikely that his collection and knowledge of Qing plays exceeded that of the composers of published surveys of Qing plays. Given the idiosyncratic range of items mentioned, the play's appearance in his list needs to be explained by reasons other than the comprehensiveness of Miankai's library, and that is one of the puzzles emerging from the scant data currently available. Much of what follows is clearly tentative; however, considered together the numerous puzzles begin to look like answers.

---

①　Ma Zhefei 馬哲非, "Miankai qiujin duoren an shimo" 綿愷囚禁多人案始末 (Events surrounding the case of Prince Miankai's mass imprisonment), *Zijincheng* 紫禁城, no.2 (1992):26—27.

A further puzzle, not unrelated to the first, is that *Sancaifu* is a long, well-written play with amusing plot twists and a host of entertaining characters, in which case we should expect, if it had any significant readership (or even audience), that it would have come to the attention of other Qing theater aficionados and scholars and found its way into their miscellanies, catalogs, and bibliographic studies—all of which suggest that Qing scholars did not record or mention the play because they were unaware of it. It, therefore, follows that the play received very limited circulation, if any, including among friends, let alone publication or printing for public consumption. Given its pristine condition, there is a strong likelihood that the extant copy had, before it came into Skachkov's possession, remained in someone's study from the day it was copied.

If the play enjoyed such limited circulation, how did Prince Miankai come to read and have a high opinion of it? Until information emerges to suggest otherwise, the best answer at present is that the author was a playwright resident in theater-obsessed Miankai's mansion. A not-uncommon practice in the Ming and Qing periods was for men of letters to reside as long-term houseguests, where they wrote plays or literary works, some of which were expected to keep their hosts entertained.[1] In such a scenario Miankai would have been one of the few to have read *Sancaifu* when it was first completed. His mention of it alongside the most well-known classical plays in his preface to *Yehai pianzhou* should

---

[1] The poet and composer Jiang Kui 姜夔 (ca.1155—ca.1221) was one such houseguest, as was the author and playwright Li Yu 李漁 (1610—1680). For nineteenth-century examples, see below.

have had the effect of promoting the play and its author through his social influence.

　　Could the play have been written by Prince Miankai himself, given his status as a mature playwright? The possibility is very slim when we remember that *Sancaifu* makes heavy use of Suzhou dialect; a Manchu prince born and raised in Beijing was unlikely to be so proficient in a southern dialect. But if it is from the hand of a houseguest, then why use Suzhou dialect and not the usual mix of literary Chinese and *guanhua*, as was expected for libretti? In answering this question, it will be important to note that all the arias of *Sancaifu* are in refined literary Chinese. In general, it is dialogue between commoners or uneducated① characters that is rendered in Suzhou dialect, with dialogue spoken by men of letters (and women attached to them) rendered in *guanhua*. These are features of the play that will be discussed in more detail below, alongside some particularly significant exceptions. Another historical factor that should be noted is that with the dominant influence of *Kunqu* in Beijing, most playwrights located there during the Qing dynasty were from the Wu-speaking areas of the Lower Yangtze, which helps explain both the existence of a Wu dialect-oriented play and Miankai's ability to read and appreciate it as a man fond of opera, theaters, and actors (actors too were mostly from Wu-speaking centers such as Suzhou and Yangzhou).② Similarly, it

---

　　①　Where I use "uneducated" in this paper I am referring to lack of *formal* education.

　　②　Writing during the Ming dynasty, Xu Shupi 徐樹丕 (fl. seventeenth century) notes in his *Shixiaolu* 識小録 (Record of small knowledge): "The Wu opera originated with Wei Liangfu. During the Longqing and Wanli reigns it underwent continuous refinement and musicians from elsewhere had to follow the Wu tradition. （轉下頁）

was quite common during the Qing period for men of letters from the Wu region who had not been successful in the imperial examination to remain in Beijing working as clerks while composing libretti as their pastime. Wu Changyuan 吴長元, the author of the first homoerotic "flower-guide" *Yanlan xiaopu* 燕蘭小譜 (A Small Book on the Orchids of Yan, 1785) and also Chen Sen 陳森, the author of *Pinhua baojian* 品花寶鑒 (A Precious Mirror for Grading Flowers, preface 1849) are both examples of men from Zhejiang and Jiangsu who spent over a decade in Beijing while closely engaged with the theater world in just those circumstances.①

(接上頁) High salaries were used to attract [Wu] musicians from a distance of more than a thousand *li* to teach their actors, while they were never able to reach the level of the actors from Wu" (吴中曲調起魏氏良輔，隆萬間精妙益出，四方歌曲必宗吴門。不惜千里重貨致之，以教其伶伎，然終不及吴人遠甚) (first entry of vol. 4). The influence of Wu playwrights and musicians on theater in Beijing was even stronger throughout the Qing dynasty, extending beyond *Kunqu* to include considerable impact on *Jingju*. See Fu Jin 傅謹, "Jingju jueqi yu Zhongguo wenhua chuantong de jindai zhuanxing: yi Kunqu de wenhua juese wei beijing" 京劇 崛起與中國文化傳統的近代轉型：以昆曲的文化角色爲背景 (The rise of Jingju and the early modern transformation of the Chinese cultural tradition: Considerations in light of the role of Kun opera), *Wenyi yanjiu* 文艺研究 9 (2007): 87—95. In the introduction to his article on Wu dialect in *nanxi*, Iwaki Hideo 岩城秀夫 points out that of 180 playwrights known from the Ming and Qing dynasties, only fifty or so were from places outside the Jiang-Zhe region; "Nangi ni okeru Gogo no kinō 南戲における呉語の機能" (Functions of Wu dialect in *nanxi*), *Chūgoku gikyoku engeki kenkyū* 中国戲曲演劇研究 (Tokyo: Sōbunsha, 1972), pp.625—53, esp. p.627. I am grateful to Catherine Swatek for alerting me to this last reference.

　　① 　I discuss these relationships at length in chapter four of my book *Xi wai zhi xi: Qing zhong wan qi jingcheng de xiyuan wenhua yu liyuan siyuzhi* 戲外之戲：清中晚期京城的戲園文化與梨園私寓制 (Drama beyond the drama: Mid- to late-Qing Beijing theater culture and the privateapartment system; Hong Kong: Hong Kong University Press, 2017), pp.115—40. Flower guides (*huapu* 花譜, also "flower registers") were small poetic volumes composed by literati men in praise of actor-prostitutes in late-eighteenth- and nineteenth-century Beijing; see Wu Cuncun, "'Beautiful Boys Made Up as Beautiful (轉下頁)

Finally, one possibility is that Miankai may have encouraged or even commissioned our putative houseguest to write a play that included dialect in something of an *avant-garde* experiment in drama.

Turning to consider the material aspects of the book more closely, we notice that despite the absence of explicit signs of origin and ownership it has been designed for elite consumption. Each page contains eight lines, and each line includes twenty characters, the character style and size for arias, dialogue, and stage instructions so carefully differentiated and regular that the effect is similar to a printed copy. These are signs that it was not a quick copy made by a simple theater fan, but was instead prepared by a highly skilled professional copier. As part of a large drama series its paper, covers, and binding indicate that it is from an upper-class man's collection. It might not be going too far to suspect that this copy of *Sancaifu* belonged to Miankai's private collection or to the collection of a close friend or relative. Miankai passed away in 1839 after he was demoted a second time. The preface to *Yehai pianzhou* that mentions *Sancaifu* is dated 1833, around the beginning of a busy and later very difficult period that continued up until Miankai's death in 1839. Having had his crimes discovered in July 1838 and once again being disgraced within the Daoguang emperor's court, he was subsequently too busy and too distressed to see the

---

（接上頁）Girls...'：Anti-Masculine Taste in Qing China,'' in Kam Louie and Morris Low, eds., *Asian Masculinities*：*The Meaning and Practice of Manhood in China and Japan* (London：RoutledgeCurzon, 2003), pp. 19—40；Wu Cuncun and Mark Stevenson, "Speaking of Flowers：Theatre, Public Culture, and Homoerotic Writing in Nineteenth-Century Beijing," *Asian Theatre Journal* 27, no.1 (2010)：100—29；Andrea S. Goldman, "Actors and Aficionados in Qing Dynasty Texts of Theatrical Connoisseurship," *Harvard Journal of Asiatic Studies* 68, no.1 (2008)：1—56.

publication of his contrition play *Yehai pianzhou*. His state of dis-
grace at the time of his death would in all likelihood have made
publication impossible, and his eventual demise put an end to the
play and his other theatrical interests altogether. If he was closely
associated with Miankai, the playwright who had enjoyed his hos-
pitality as houseguest, having witnessed the series of events lead-
ing to his host's death, would have been discouraged from mention-
ing *Sancaifu* ever again. Following the revoking of Miankai's rank
and princely mansion, his book collection would in the meantime
have been scattered into Beijing's bookshops, where, sometime in
the 1850s, perhaps during one of the fire sales held in response to
the ongoing Taiping aggression in the South, Skachkov might easi-
ly have picked up two handsomely copied playscripts.

　　One final and again highly tentative textual clue to a possible date
for the completion of *Sancaifu* appears in Scene 2 ("Tao xi" 逃席,
"Departing the Gathering"), where two characters' self-introductions
mention the years that they passed the regional civil examinations:

　　(*Wai*): A humble man, I am Wu Yinzhi, first in the *renchen*
　　year metropolitan examination.

　　(*Second Sheng*): I am Qin Zhongyu, first in the *xinmao* year
　　provincial examination.①

　　[外]下官壬辰會元吴因之。　　[又生]小生辛卯解元秦仲羽。
Fictional dates for fictional characters but the closest *xinmao* and
renchen years that could relate to Miankai are 1831 and 1832, re-
spectively. The previous *xinmao* and *renchen* years are 1771 and
1772 (more than twenty years before Miankai's birth), and there is
nothing to link the play to that period. The early 1830s fits with the

----

　① *Sancaifu*, 1. 5b.

events of both Miankai's life and Skachkov's visit to Beijing
(1849—1857) after the prince's demise, but there is too little in-
formation available to be certain of the date of completion.

REPRESENTATIONS OF URBAN COMMONER WOMEN—THEIR FATES AND THEIR VALUES

Sancaifu may not have circulated widely after it was written, but
this does not mean it is an uninteresting play. In many respects,
but particularly in the combination of formal and linguistic innova-
tion and reworking of contemporary social relations, it is a signifi-
cant and original work of literature. The play consists of several
parallel storylines, mostly concerned with marriage fates. The cen-
tral story is a twist on the conventional scholar-beauty romance. Wen
Peilan 文佩蘭 is a gifted but impoverished Suzhou scholar who is
distracted by the pursuit of women and uninterested in preparing
for the civil service examination. Out of concern his friend Wu
Yinzhi 吳因之 schemes to have all the beauties in the vicinity avoid
him, leading Wen to believe that they have deserted him for other
men. Frustrated and humiliated, Wen resumes preparations for the
examination, passes, and gains an official post. On his return to
Suzhou, all the beauties who had "deserted" him reappear, and he
realizes it was all along a ploy by his friend to ensure his talent
would not be wasted.

While it is clear in the above outline that the play's protago-
nists are predominantly men of letters and the storyline a variation
on a conventional pattern, *Sancaifu* at the same time weaves sev-
eral urban commoner women's stories into the main plot. Of
course, in the late imperial period, it was not at all unusual for
commoners to be represented in literary works, particularly

fiction. From the publication of the erotic novel *Jin Ping Mei* 金瓶
梅（The Plum in the Golden Vase）in the late sixteenth century on,
the portrayal of everyday urban life was a popular theme in Chinese
fiction, and it was particularly evident in several short-story collec-
tions of the time such as *Sanyan* 三言（Three Words）, *Erpai* 二拍
（Two Slaps）, *Huanxi yuanjia* 歡喜冤家（Enemies Enamoured）,
and *Longyang yishi* 龍陽逸史（Forgotten Tales of Longyang）.
Drama, however, was slow in reflecting this trend; the vast major-
ity of Ming and Qing plays are still centered on historical or mytho-
logical figures, and when early Qing playwrights sometimes focus
on contemporary stories, what they produced tended to be ex-
tremely moralistic.① When non-elite women（except household

---

　　① Contemporary concerns, if they were addressed at all, were brought on stage
through a process of conflation of past and present. See Li-Ling Xiao, *The Eternal Present
of the Past: Illustration, Theatre, and Reading in the Wanli Period, 1573—1619*
（Leiden: Brill, 2007）, pp.175—202, esp. p.202. See also Joshua Stenberg, "Three Rela-
tions between History and Stage in the *Kunju* Scene *Slaying the Tiger General*," *Asian
Theatre Journal* 32, no. 1 （2015）: 107—35, and Stephen H. West, "Drama," in
William. H. Nienhauser, Jr., eds., *The Indiana Companion to Traditional Chinese Liter-
ature* （Bloomington: Indiana University Press, 1986）, pp.13—30, esp. p.25. For the early
Qing Suzhou group of dramatists, see Andrea Goldman, "Social Melodrama and the Se-
xing of Political Complaint," *Opera and the City: The Politics of Culture in Beijing,
1770—1900* （Stanford: Stanford University Press, 2016）, pp.145—74. All the aforemen-
tioned sources also relate the historical settings of the plays to a moralistic intention. Paize
Keulemans's paper on "contemporary opera" （*shishi xiqu* 時事戲曲）in exploring the ex-
ception confirms the rule: "It is well established that many opera works in the Chinese tra-
dition deal with topics safely located in ages past." See "Onstage Rumor, Offstage Voices:
The Politics of the Present in the Contemporary Opera of Li Yu," *Frontiers of Chinese
History* 9, no.2 （2014）:173. Catherine Swatek was one of the earliest scholars in English
to draw attention to the exceptional contemporaneity of Li Yu's plays, and, in particular,
his interest in the dramatic potential of scenes of mass protest; in addition to her paper in
this issue, see Catherine Swatek, "Hand-copying and the Dissemination of Kun （轉下頁）

servants) do make a rare appearance, they are generally a target of scorn or humor held up for ridicule. *Sancaifu* is rare in including extended portrayals of the lives of urban commoner women, and as we shall see, lower-class women are often portrayed as experiencing considerable freedom and social mobility. Some even play a key role in the play, displaying both wit and courage.

This breadth of social position and mobility represented by the commoner women in *Sancaifu* is one of the most noteworthy features of the play. We therefore find girls from struggling families, concubines, maids, nuns, elderly female beggars, midwives, and go-betweens mostly portrayed in a positive manner and in some instances emerging as the most shining of the play's characters. The play also assumes that lower-class women move freely about the city, both physically and socially.

Sancaifu also portrays the daily life of lower-class women independent of the romantic or erotic associations that otherwise tended to surround this class of women in other works of literature. In Scene 4 ("Tagan" 踏竿, "Stepping on the Pole"), Mengxian 夢仙, the daughter of poor scholar Liang Xuehao 梁學灝, is sent to collect firewood from the park of the prefectural academy because her father does not have the money to buy any firewood to cook their lunch. When she goes there, she is challenged by a young man who jokingly accuses her of damaging public property, an unusual scene for *chuanqi* of a young woman of good family being teased by a young man in public (in this case they meet again and marry later

---

（接上頁）Opera in the Early Qing Dynasty" (paper presented at the Annual Workshop on Ming-Qing Literature, New School University, November 3, 2007).

in the play).① Scene 15 ("Shougai" 收丐, "Obtaining a Beggar") tells
a story about Grandma Lu 陸老媽, an elderly female beggar who
had been a cook for a wealthy gentry family until she resigned so
she could marry a poor elderly man. Widowed only two years later,
Grandma Lu returns to Suzhou city but is too proud to ask her pre-
vious master to let her return. The labor contractors consider her
too old and frail for anyone to take on as a servant, and she is left
to beg on the street. A scene such as a labor market for women,
depicted in this scene, was about as quotidian as it could get in
works written for the Qing opera stage. More remarkably, in Scene
21 ("Yejiong" 夜窘, "Difficult Night"), the playwright has includ-
ed a night scene in urban Suzhou that features a very drunken sol-
dier (on duty as watchman), a Daoist priest, a drummer heading
home after a wedding ceremony, and a gambler who has gambled
away his funds, and among these men we find a woman out at
night—Auntie Lu 陸娘娘, a midwife who had been called out to
deliver a child:②

> (Sounding of the fourth night watch, a *baijing* playing a
> drunk [watchman] advances and speaks): Hey, that was
> great liquor! My name is Nine O'Lane, and there's nothing I
> like more than booze. It's two in the morning, who is this pes-
> tering me to open the lane gate?
>
> (A Daoist, a drummer, and a midwife, each with different
> lanterns; *jing* playing a venerable Daoist advances): The
> fourth watch has sounded already and I'm in a hurry to get

---

①　*Sancaifu*, 1. 15a—18a.

②　Here and in subsequent passages I provide both the name of the character and the
role type, with some parts having no role type specified.

home. Open the lane gate.

([Watchman] *Baijing*): What on earth! How many of you are there? Come all at once to give your father a hard time? I've orders to keep a record of everyone who passes. State your business!

(Daoist): Nine, sir, it's me.

([Watchman] *Baijing*): Well I'm sorry, so it is! Venerable Master of Gathered Dragons Temple! What kind of rite keeps you out this late?

(Daoist): Had to perform two supplementary rites.

([Watchman] *Baijing*): And who are you, now?

(Midwife): Nine, sir, it's me. Just delivered a baby boy at the end of Grandmoat Lane.

([Watchman] *Baijing*): Well, so it's Auntie Lu of Pagoda Lane. Do forgive me, I'm a little smashed.

(Drummer): Nine, sir, let me in!

([Watchman] *Baijing*): Mr. Gong! What keeps you out so late?

(Drummer): Just a wedding job.

([Gambler] *Jing*): What's taking so long?

([Watchman] *Baijing*): And who do you think you are? Giving me lip right off the bat.

([Gambler] *Jing*): Don't remember me?

([Watchman] *Baijing*): Well, well, big brother Qiao! Lose big tonight, eh? Taking it out on me?

([Gambler] *Jing*): Not this time. The wife's at home waiting up for me. It's really late, quick, open the gate!

([Watchman] *Baijing*): Watch out! Opening the gate!

（All pass through the lane gate.）①

［打四更,白淨醉意上白］阿喲,好酒! 我叫巷門阿九,即得糟子
個口黄湯,故歇四更天哉,弗知阿有啥叫巷門勾来哉。［扮道士、
鼓手、穩婆挈各色燈籠,淨扮道兄上］樓頭交四鼓,心急各歸家。
開巷門! ［白淨］㐀穿吚個花椒,倒合子一大淘来! 難爲吚虱窮
爺哉,官府查夜凶了要問明白子開勾。吚是做啥個勾? ［道士］
九官,是我㠺。［白淨］阿喲喲,原來是聚龍官（觀）師太! 啥了個
道場能散得遲介。［道士］多打子兩套綿帶了。［白淨］你呢?
［穩婆］九官,是我拉。大衛街口收子生勒居来。［白淨］原來是
塔兒巷裏勾陸娘娘! 我醉裏哉了。失照,失照。［鼓手］九老官,
開子我。［白淨］冀老三,你是啥了能晏? ［鼓手］待新人生意耶。
［淨］介勾萬忽有勾多化嚕蘇! ［白淨］啥等樣有樣凡人,拔出嘴
来就罵吓? ［淨］阿認得我了? ［白淨］阿喲,原來是喬阿大。阿
是輸子銅錢了,挈我得来喉極? ［淨］弗是吓。家主婆拉虱等,夜
個了,快洒點開哉滑。［白淨］拉裏開哉滑。［衆齊進巷門下］

All the characters in this passage speak in dialect, which reflects
their status as uneducated urban commoners （see fig.3）. In addi-
tion, the watchman's parts are peppered with slang to capture the
boorishness of a soldier. The word translated as "booze" （*huang-
tang* 黄湯 yellow water） is a coarse Suzhou expression for rice wine
that also connotes urine （compare "piss" as a reference to inferior
alcoholic beverages）. It is also interesting that the gambler men-
tions having to get home immediately to his wife waiting up for his
return—a wife's influence in commoner households is clear, and
apparently something the watchman would understand when listen-
ing to his appeal. Finally, the midwife is unable to get home until
around two in the morning after completing her work. Unlike most

---

①　*Sancaifu* , 2. 2a—3a.

contemporary literary works where lower-class women are usually used as bit parts in romantic plays, here we see an urban working woman portrayed going about her trade in public, another rarity for the period.

FIG.3   Pages 2b—3a of *Sancaifu*, vol.11 (courtesy of Russian State Library).

DIALECT, *GUANHUA*, AND THE SOCIAL AND MORAL HIERARCHY

How can we be certain that the unconventional (for the period) portrayals of commoner women in this play were not intended to con-

vey negative messages, for example, illustrating just how well-
bred women should not behave (the midwife indeed being one of
the morally suspect groups known as *sangu liupo* 三姑六婆 "the
three aunties and six grannies")? In answer, beyond brief appear-
ances of lower-class women, in *Sancaifu* there is a developed sub-
plot that portrays a remarkably virtuous woman, Zhang Cuiyun 張
翠雲, a commoner from a humble family who was sold as a salt
merchant's concubine-to-be when she was only six years old. In
Scene 7 ("Gaizhuang" 改粧, "Cross-Dressing"), she returns to her
parents' home after her husband-to-be has died before their wed-
ding. In a stroke of luck, she is then allowed by the wife of the
merchant to take her belongings and jewelry home with her, and
that allows her to have a say in her marriage plans rather than hav-
ing to submit to whatever might be arranged by her brother (a
struggling porter). Influenced by the fashionable love stories of the
day she determines to marry a scholar, despite her low social
status. It is at this point that she enters Wu Yinzhi's scheme to
have Wen Peilan pass the imperial examination, and, when her
wisdom and courage finally bring the result she desires, she be-
comes a part of Wen's family (and assumes an important support-
ing role in the play). Here we see a lower-class woman portrayed in
a positive, intelligent, and upright light, and in the following two
passages we can also get some idea of how the playwright emphasi-
zes her low social status so as to challenge social norms.

　　Firstly, there is the soliloquy of Zhang Xiaoda, Cuiyun's older
brother.

　　After my father got sick, I was left with no choice but to make
　　a living as a porter. How fortunes turn! Five years ago, my
　　little sister was sold to a salt merchant in Yangzhou as a con-

cubine-in-waiting. Sixteen this year, it was time for her wedding, but the salt merchant dropped dead. How kind his wife was to get everything in her room bundled up and put on a boat to send her back home. With some of the jewelry sold, even I look presentable. After being used to life in a big mansion she is not going to be able to live in my dump. It's best I hurry and find a marriage for her, but what do you know, after her living in a merchant's house she has picked up lots of weird ideas and will talk of nothing else but marrying a *caizi*? What is a *caizi*, exactly? Is he tall or short, wide or narrow?[1]

我駝夫自從老爹告子病，吾也一無事務，居來挑挑白擔罷。囉裏曉得時運到起來哉！五年前頭有個妹子賣拉揚州鹽商瓦做等大，今年十六歲，姜要收耶。貴個鹽商，就別故哉。虧得太太發心，拏房屋裏個物事，收拾一隻船送子渠居來。拏點首飾變賣變賣，連我一軒吇也體面起來哉。即是渠見歇大實面，勾個破房子裏向，只怕住弗慣，要打賬攀一頭親送子渠出去，再弗殼渠拉商家瓦登歇了，學子一謎魔派，動弗動要攀啥勾才子？個個才子嚜，到底長勾呢短勾，闊勾呢狹勾？

This comedic passage functions to set the scene by conveying Cuiyun's social position as well as the courage and intelligence she is ready to show as she sets about changing her fate. A humorous dialogue ensues between brother and sister:

([Brother] *Jing*): Sit down, I need to ask you something. As a brother should, I'm looking after your betrothal. Now, you said that you want to marry what sounded like a *caizi*, so what is one of these *caizi*, exactly?

([Sister] *Huadan*): Brother, as a man, don't you know what

---

[1] *Sancaifu*, 1. 55b.

caizi means?

([Brother] *Jing*): Oh, of course! It's the son of firewood seller (*mai cai gou erzi*) —there's lots of those around Fengmen Gate.

([Sister] *Huadan*): Silly!

([Brother] *Jing*): Then I guess it must be the son of a tailor (*caifeng gou erzi*).

([Sister] *Huadan*): That's not it at all! A *caizi* is a man with a talent for learning.

([Brother] *Jing*): Oh, you mean a scholar? Now what would one of those be doing making a match with the likes of us?

([Sister] *Huadan*): Well, as the age-old saying goes, "Sweet springs have no source and mystic herbs have no roots." Why should a family's standing have anything to do with it?[①]

[淨]坐子勒。看我且問你，做阿哥勾替你攀親，你説要攀啥才子。故故才子到底那哼一件物事？[花旦]哥哥虧你做了一箇人，怎麼連才子兩字多是不懂的。[淨]吓，是裏哉。大約賣柴勾兒子，故是葑門頭上多得勢勾拉哉。[花旦]啐！[淨]只怕是裁縫勾兒子吓。[花旦]什麼説話，才子是有文才的人嚛。[淨]吓，是讀書人吓。即是個樣人家嚛，嚛裏肯攀吾裏介。[花旦]自古道醴泉無源，芝草無根，那裏論得門第吓。

In accord with her social status, Zhang Cuiyun cannot afford to sit prettily and wait for a man of letters to come courting; instead, she cross-dresses as a young scholar and pays a visit to Wen Peilian's close friend Wu Yinzhi. Persuading him to help her with her plan, she also uses her wisdom to assist Wu's own plan to lead Wen back from his extravagant ways. With her quick-witted personality and

---

①　*Sancaifu*, 1. 56a—56b.

rich social experience (which, it is implied, most well-to-do young women lack), she bravely succeeds with her cross-dressed identity and interacts with Wen in a man's role as Wu's cousin. Her adroit intelligence easily guides the credulous Wen into their trap and leaves him no choice but to follow the steps Wu and Cuiyun have mapped out for him. Without the benefit of any formal education, Zhang finds she is still able to play the role of Wen's mentor to ensure that he succeeds in the imperial examination and avoids turning his personal life into a tragic farce. Her role is one of the most pivotal in the play.①

This passage is also striking for the divergence in language between brother and sister. The brother speaks Suzhou dialect, while the sister speaks *guanhua*, even though they have grown up together in Suzhou and belong to the uneducated lower class. This bifurcation operates on a continuum whereby higher-status characters speak *guanhua* and low-status commoners speak dialect. In addition, Cuiyun's brother, as a struggling porter, is quite ignorant of social workings beyond his own circle. Cuiyun herself remains a woman of low status, but in contrast to her brother she is portrayed as spirited and well-informed. Her experience of life at the salt merchant's house has introduced her to the ways of the wider world, and she is plucky enough to believe herself capable of seeking a better life. *Guanhua* and dialect, therefore, serve as a linguistic register through which the playwright indicates how he wants the audience to judge the characters they see on stage (or follow on the page). Cuiyun's *guanhua* aligns with her better knowledge of the workings of the wider world, and unlike her dia-

① See *Sancaifu*, vol.1, Scenes 7—10 and vol.2, Scene 21.

lect-speaking brother she is spiritually, if not socially, aligned with the literati.

The sympathy and understanding the playwright demonstrates toward commoner women emerge not only in the prominence he gives them in the action of the play but also in his manipulation of the plot in directions entirely opposite to those taken in literary works. For example, in Scene 12 ("Nihun" 尼婚, "Married to a Nun"), Qian Shushi 錢恕士, the playboy grandson of a minister, makes a nun pregnant at the same time he is pursuing the hand of a young beauty from an influential family. His high hopes are thwarted, however, when he is tricked into marrying the nun as part of Wu Yinzhi's scheme. During the Qing dynasty, any engagement of nuns in sexual relations with men violated not only their Buddhist vows but also more general social taboos, and in most fiction or other literary works condemnation would be followed either by an unnatural death (as an immediate fruition of bad karma) or by an exile to remote borderlands.① While the playwright makes no attempt to refute the immorality of a nun becoming pregnant, and indeed holds her up to social ridicule by having her played by the clown role, he nevertheless arranges what is eventually a happy ending when both the new mother and her son are warmly accepted

---

① See my paper "Lewd Nuns and Dangerous Sex" (presented at the 2018 Biennial Conference of the Asian Studies Association of Australia, University of Sydney, July 4, 2018). The paper is still in the early stages of development. Nuns lived under codes of discipline, but from the point of view of wider social rules they were anomalous in no longer being attached to a governing male. This anomalous position is one source of the much-cited belief that nuns (and to a lesser degree, monks) are "inherently lascivious and undisciplined"; see Keith McMahon, *Misers, Shrews, and Polygamists: Sexuality and Male-Female Relations in Eighteenth-century Chinese Fiction* (Durham: Duke University Press, 1995), p.96.

into the minister's family.① When her playboy husband continues in his attempts to have her returned to her convent, it is her mother-in-law who takes her side in deciding the just course of action:

　　([Mother] *Lao*[*dan*]): What shame this matter has brought upon our house, all due to your misbehavior.

　　([Son] *Jing*): How was it "misbehavior"? Just send her back to the temple and that's it!

　　([Nun] *Chou*): Ow! Oh, ow!

　　([Mother] *Lao*[*dan*]): What on earth's the matter?

　　([Nun] *Chou*): Ow, oh! It's about to arrive!

　　([Mother] *Lao*[*dan*]): The child she is going to deliver will be your own flesh and blood. What sort of calamitous karma do you want to bring upon yourself accepting the son and rejecting the mother?②

　　[老]家門不幸,致有此事。這多是你自己不好。[淨]啥弗好？送子渠菴裏去嗹就是哉滑。[丑]阿喲,阿喲！[老]爲何這般光景？[丑]阿呀,要養下來哉。[老]他若産下孩兒,就是你的骨血,怎好留子去母有傷陰德！

This richly imagined conversation about the fate of mother and child signals a level of tolerance rarely voiced in late-imperial fiction or drama; it looks beyond the nun's transgression of Buddhist vows and even her conception of a child out of wedlock to question the justice of the woman having to swallow the shame alone while the moral failings of the privileged young man who made her pregnant are disregarded. In general, the play stands on the side of expedient practicality above socially ordained moral standards.

---

① *Sancaifu*, Scene 12, 1. 73a—76a.

② *Sancaifu*, 1. 75a.

In this subplot, where a man from a well-to-do household en-
ters a marriage with a low-status woman (a nun), it is again mean-
ingful to observe the details of language use. The son's moral defi-
ciencies are reflected in the role type assigned to his character
(*jing*, a relatively coarse role compared to the *sheng* 生, which
portrays well-bred young men) and made even clearer by having
him speak dialect, which is out-of-character in light of his well-to-
do background. The fact that his pregnant young wife is assigned
the clown role type and also speaks (however briefly) in dialect
makes his situation appear all the more ridiculous. The contrast in
terms of dialect versus *guanhua* is underscored further by the way-
ward son's use of dialect versus his morality-minded mother's use
of *guanhua*. All of these features of the subplot provide further ev-
idence of the importance dialect has in *Sancaifu* when it comes to
coloring a character's moral standing. What determines whether
characters speak dialect or *guanhua* may not be their geographical
background or social status so much as their moral and educational
sophistication, reflecting an emphasis on achieved status over as-
cribed status. The literati perspective remains crucial: *guanhua*
speakers are morally and intellectually superior to dialect speakers.
While commoners will certainly speak in dialect, those who demon-
strate a certain level of cultivation are admitted to "honorary" lite-
rati status by speaking in *guanhua*; similarly, those who fail to
demonstrate the moral character expected of the higher ranks of so-
ciety are "degraded" by having them speak in dialect. The moral
positioning of linguistic register is thereby aligned with and also
emphasizes characters' "promotion" or "demotion" in role type,

the addition of dialect allowing for greater nuance or play.①

In *Sancaifu* there is a certain irony that derives from this os-
tensibly *egalitarian* application of the literati *meritocratic* ideolo-
gy, while one and the same time reinforcing the hierarchical dis-
tance between *guanhua* and dialect—although we might note too
that it effects the admission of dialect into a literati cultural arti-
fact, the *Kunqu* play. These issues become clearer when we consid-
er the role *guanhua* is given in relation to the two women who
speak it: for Cuiyun, a commoner woman, *guanhua* serves as an
additional confirmation of her courage and cosmopolitan world-
view; for Qian Shushi's mother, who is not a commoner, it signi-
fies her status as the only upright character in a corrupted but in-
fluential family. Taking these two women as examples, therefore,
it appears that in choosing how to allocate *guanhua* between char-
acters the playwright occasionally decides to question its use as a
marker of literati status, reassigning it instead along the lines of a
moral, rather than social, hierarchy. This same moral hierarchy is
linked to the assignment of role types, where some characters with
literati credentials are demoted to dialect-speaking *jing* or *chou*
role categories, or where a humble character is promoted to a *gua-
nhua*-speaking *huadan* role, as in the case of Zhang Cuiyun. *Guan-
hua*-speaking characters are distributed exclusively among the
sheng and *dan* role categories throughout the play, thereby aligning
this linguistic sign of moral character with role category expectations.

---

① It should be remembered, however, that in performance the role types are ac-
companied by subtle musical and visual signs that allow for considerable nuance.

SUZHOU DIALECT USE AND CONCLUSION

As noted already, one of the unusual features of *Sancaifu* is its use
of contemporary Suzhou dialect and expressions, which was quite
unusual for a mid-Qing play. Before I conclude this article, it is
worth considering how the play's unusual linguistic features might
be related to the other features discussed so far.

　　Sancaifu is written in three distinct language registers associ-
ated with three forms of onstage delivery: all arias are in literary
Chinese, with dialogue divided between speakers of *guanhua* and
speakers of Suzhou dialect (a variety of Wu dialect). The use of lit-
erary Chinese for arias was standard for Ming and Qing plays, and
indeed the language of arias was tied to the appreciation of their
musicality by audiences when sung. A patterned division of dia-
logues across two dialects is less usual and will need further sur-
veys and comparisons before it can be properly understood.

　　The appearance of dialect in libretti dialogues was not uncom-
mon in itself in the Qing dynasty, although it was hardly a stand-
ard expectation; rather, the use of dialect in play dialogues depen-
ded on the playwright's design. After an analysis of the printed and
hand-copied versions of the early Qing playwright Li Yu's plays
Qingzhong pu 清忠譜 (Register of the Pure and Loyal) and *Wanli
yuan* 萬里圓 (A Ten-thousand *Li* Reunion), Catherine Swatek has
demonstrated that the use of Wu dialect in some versions of these
plays and the "formulaic nature of dialect humor... can throw light
on how such humor was used in specific performances for specific
audiences," a new feature of the theater that related to questions of
"identity and ethnicity" as they took shape in the evolution of rela-
tions between Manchu officials and Han communities in the South

during the early Qing period.① This was particularly significant in relation to the use of Wu dialect because families from the Lower Yangtze region wielded substantial cultural and political influence in the late-imperial period.

The use of dialect in *Sancaifu*, a mid- to late-Qing *chuanqi* play, in some key respects differs from the early Qing examples described by Swatek in her paper, where characters are observed switching between dialect and *guanhua* for humorous effect. In *Sancaifu*, the language used by each role is fixed rather than variable; that is, when a role speaks in *guanhua*, he or she will speak *guanhua* throughout the entire play, and likewise if he or she speaks in Suzhou dialect.② The intriguing question then becomes,

---

① "Humor and Modularity in Two Plays by the Suzhou Playwright Li Yu (1602? — post 1676)" (paper presented at a conference held at the National Taiwan College of Performing Arts, Taibei, April 2017). I would like to thank the author for sending me the conference version of her paper for consultation.

② In the article on Wu dialect in *nanxi* cited above, Iwaki Hideo draws attention to a scene in the play *Xilouji* 西樓記 (The western bower, by Yuan Yuling 袁于令 [1592—1672]), where a watchman, played by a *jing* actor, switches between dialect and *guanhua*, depending on whom he is addressing (p.638). Iwaki suggests that dialect shows the watchman's mellow side (to those in the audience who understand it), while he shows his hard side when speaking in *guanhua* to an official. Hua Wei has recently cited the same passage from *Xilouji*, suggesting that the use of dialect in this play is aimed at pleasing the audience, representing a popular turn in literati writing; Wei Hua, "The 'Popular Turn' in the Elite Theatre of the Ming after Tang Xianzu: Love, Dream and Deaths in *The Tale of the West Loft*," in Tian Yuan Tan, Paul Edmondson, and Shih-pe Wang, eds., *1616: Shakespeare and Tang Xianzu's China* (London: Bloomsbury Publishing, 2016), pp.36—48, esp. p.38. These more isolated instances of dialect use should be considered quite different from the continuous use of dialect spoken by selected characters in *Sancaifu*; however, the association of dialect as a class or status marker still applies. *Sancaifu* is, therefore, different from this example in two interrelated respects: (1) the extended use of dialect across a character's spoken parts and (2) the use of dialect as a marker of either social or moral status.

"Who speaks *guanhua* and who speaks Suzhou dialect in the play,
and how or why is each role assigned his or her language by the
playwright?" Our first consideration should be to note that the pos-
sibility that dialect is aligned with the geographical origin of the
play's characters must be excluded, as all characters in this play
are from the Wu-speaking region. A close inspection reveals that in
general the playwright has men of letters and upper-class women
speak *guanhua* and uneducated roles speak Suzhou dialect. There
are three characters who are exceptions to this pattern: (1) Zhong
Huan 鍾焕 (*xiaochou* role), the director of the Suzhou prefectural
academy, an unreasonable old man of around seventy who is sche-
ming to marry a young woman through use of his official power
and who speaks in Suzhou dialect even though he is a presented
scholar; (2) Qian Shushi (*jing* role), the grandson of a deceased
minister and irresponsible playboy, who speaks in Suzhou dialect
despite belonging to a family of influential scholars; and (3) Zhang
Cuiyun (*huadan* role), the commoner girl discussed above, who
speaks in *guanhua* despite her low social status and lack of formal
education. Taken together, these three exceptions indicate careful
judgment on the part of the author in relation to what the use of di-
alect by each character can potentially signify. There is no question
that dialect is used to establish social differences assumed to align
with level of education (or distance from literati background), but
this is (somewhat—see below) dynamic rather than a completely
fixed difference, particularly in cases where in addition to level of
education the author wishes to signal a character's moral strength
(or lack thereof). There is thus a built-in assumption that educa-
tional and moral strength are correlated while also acknowledging
the possibility that moral purity is neither a necessary nor exclusive

trait of the well-educated or well-to-do. Carefully deploying passa-
ges of dialect, the author chooses to make clear to his audience or
readership where he thinks those with claims to literati identity fail
to live up to the moral expectations that come with it. By the same
token, when an uneducated woman is heard to speak *guanhua* it
conveys that she is morally courageous, intelligent, and well in-
formed as to the ways of the world.①

　　To further appreciate the moral distribution of dialect, we can
consider the contrasting effect of the following two monologues,
noting that monologues play a particular role in shaping how a
character's moral standing is perceived. Both examples are spoken
in dialect, the first by the philandering literati scion, Qian Shushi,
the second by the commoner nun he has impregnated, Jinglian:

　　[*Jing* performing Qian Shushi] Speaks: Just know me as
　　Qian Shushi. And know that my dead granddad was a former
　　Vice-Minister of Rites. And with that kind of clout if I head
　　out whoring who's going to risk reproaching me? Phoenix
　　Pond Convent has this nun called Jinglian, and I've been hang-
　　ing out with her for two years. Who would have guessed she'd
　　get knocked up just like that? Her belly just grows bigger and
　　bigger. What a pain! I'm not so comfortable climbing big
　　mounds, so it's been a while since I went to spend the
　　night. Today it's the Mid-autumn Festival, and in a moment,
　　with no maids tagging along, I'm heading out to catch up with
　　her. This is what is called, "Once more off to share a night in

---

　　① That this play was in all likelihood written in the capital far from the Suzhou re-
gion, and at the behest of a well-educated Manchu prince who was a philandering *guanhua*
speaker, may have been important factors underlying these experiments with dialect's socio-
cultural significance and literary effects.

the cloister, offering a late-night scented candle to the Buddha!"①

【白】學生錢恕士,過世勾爺爺,做過禮部侍郎,靠子個點勢頭出去嫖娼宿妓,六個敢惹我? 鳳池菴裏有個師姑叫静蓮,大家里相與子兩年哉,落里曉得捆拉巧上倒坐子喜哉。個勾肚皮漸漸能個大得弗成? 啥意思。學生勾高墩實在卅弗慣,爲此多時弗曾去住夜。今日是勾八月半,回頭子阿嬭一個人也弗帶,且溜得去叙舊。介正是重向禪房同一宿,夜深香燭禮如來。

([Jinglian] *Chou*): Fie! I'm not resentful, honest, it's just that my belly grows bigger by the day. I was only thinking how careless I was to get involved with that Mr. Qian, but who'd have expected I'd get pregnant just like that? At the start I could keep it hidden, but before you'd know it, my belly was all swelled up like the Laughing Buddha. Such a disgrace! And what a callous lout that one is! He's too lazy to climb up this high mound, and he wants to find a new girl to fool around with! Got his eye on a Miss Xie staying in our temple, and wants me to act as his go-between. I attempted to send some hints, but before I could get to the point Principal Graduate Wu scolded me, and I never saw him after that. Mr. Qian, on the other hand, is endlessly coming for updates, so I've no choice but to keep trying. Here they are, I'll see if the grandma will invite the young miss to come out so I can talk to her.②

【丑】咳,真正弗争氣,勾肚皮一日大一日拉裏哉! 我静蓮當初一時惑突,大家錢公子老盼子,囉裏曉得有子勾身孕,起初呢,還

---

① *Sancaifu*, 1. 10b—11a.
② Ibid., 1. 50b—51a.

遮掩得過，那間竟弗是裹哉，好像彌勒佛能個疊出子勾肚皮！真
正弗像樣。貴個無良心勾，亦怕爿高墩，要另換一個纏纏。看中
子菴裹個謝小姐，叫我去説親。我聊表説子兩句梭頭匣弗捏，個
個吴會元喫子一頓，也一徑弗來。錢公子只管來討信，無擺法再
去説説看。巳里是哉，嚕老親娘請聲小姐出來。

Taken from Scene 3 ("Naoyan" 鬧艷, "Pestering a Beauty") and
Scene 20 ("Lianyin" 聯姻, "A Well-Suited Marriage") of Volume
1, despite the distance from each other in the play, both passages
narrate the nun's pregnancy and her relationship with Qian Shushi,
conveying the divergent perspectives of the disadvantaged nun and
the privileged playboy. The two roles belong to very different social
strata, yet the playwright has them both deliver their monologues
in dialect (the playboy's being slightly less marked). There are,
nevertheless, some subtle but noteworthy differences.[1] Mr. Qian
is an unpleasant young man from an influential family, so his lan-
guage is arrogant, callous, and rude, and reflects his complete lack
of consideration in relation to women. However, at the end of the
passage, which is otherwise dialect throughout, Mr. Qian recites a
short verse in literary Chinese, which reveals that he is not unedu-
cated, even if the content of the verse is obscene. When we hear the
nun Jinglian's perspective on the same events, however, her lan-
guage is filled with signs of remorse and resignation. In traditional
Chinese society nuns were among the most vulnerable of people. They
claimed little or no support from relatives and were rarely able to
change their fate via marriage. Pregnant by Mr. Qian, she has no

---

① Taken *in toto* these are similar to the different dialect "thicknesses" noted by
Swatek and appear to reflect the playwright's assessment of a character's moral conscious-
ness.

means of applying pressure on him to marry or offer her support, and instead he shunts her aside on the pretext that the changes in her body make sex inconvenient. She becomes a mute receiver or relayer of messages as a new girl has become the object of Mr. Qian's attentions. Her rescue will depend on another woman speaking up for her, Mr. Qian's *guanhua*-speaking mother.

Given the unusually large proportion of commoner parts in *Sancaifu*, the author's decision to pepper the play with dialect along status lines results in approximately two-thirds of the dialogue appearing in Suzhou dialect. While this should be recognized as a significant innovation in mid-Qing drama, this fact may also help explain why the play failed to gain wide circulation—dialect passages would have made little sense to broad audiences or readers from outside of Suzhou. It might suit the many actors from the region working in the capital, but even their most dedicated devotees would have been at a loss, unless they were from the region themselves. In fact, Wu dialect and its representation on the page had never been officially standardized, and writers/playwrights who composed in it used different forms based on their own regional accents. Thus, any literary works in dialect could still be a challenge to read and understand accurately even for those who had grown up in the region. *Sancaifu* is one such case and is sometimes very difficult to punctuate and interpret correctly.①

---

① On the lack of standard representation of dialect, the incomprehensibility of dialect on the page for nonspeakers of the dialect, and the cacophony of dialect and registers heard from the stage, see Shang Wei, "Writing and Speech: Rethinking the Issue of Vernaculars in Early Modern China," in Benjamin Elman, eds., *Rethinking Asian Languages, Vernaculars and Literacies, 1000—1919* (Leiden: Brill, 2014), pp.254—301. When preparing this paper, I had to consult several Suzhou dialect speakers and literary（轉下頁）

In terms of gender representation in late-imperial Chinese literature, the use of Suzhou dialect in *Sancaifu* is of interest in that most female parts (numbering many more than male parts) speak dialect, given that most women in the play are uneducated commoners (including the *guanhua*-speaking Cuiyun). This play, therefore, inherits a number of social binaries: male and female, Mandarin and dialect, educated and uneducated, gentry and commoner. The author was not in a position to be fully critical of these preordained differences, but his careful deployment of dialect can be interpreted as a linguistic experiment aimed at loosening them.

Beginning with the late Ming period, the variety, changeability, and instability of the lives of contemporary urban commoners increasingly drew the attention of writers and playwrights. The poetry and ethos found in urban commoners' everyday existence became an important strand of literary innovation. *Sancaifu*'s experiment with regional dialect is one example of how this trend and its potential for experiment in social criticism could be realized. It also serves as a reminder that the use of dialect in a work of literature is an artistic choice. *Sancaifu*'s arias are rendered in elegant literary Chinese, and the copious use of dialect conveys the significance commoner lives and perspectives had for the play. Put most simply, dialect is a stylistic device that supports the play's overall interest in the diversity of urban life, in particular the role played by

---

（接上頁）historians on numerous points, even though I grew up as a Wu (Wenzhou variety) dialect speaker. However, there are still a number of points that we were unable to ascertain for certain. *Ming-Qing Wuyu cidian* 明清吳語詞典 by Shi Rujie 石汝傑 and Ichiro Miyata 宮田一郎 (Dictionary of Ming and Qing Wu dialect; Shanghai: Shanghai Cishu Press, 2005) proved the most helpful reference work for reading this play, even if there are still words I have yet to identify.

women in that diversity. Unlike other works of *chuanqi* that tended
to aim for pure elegance, this early nineteenth-century play ac-
knowledges the diverse contribution of urban commoners to the
color of urban life.

ACKNOWLEDGEMENTS

In preparing this paper, I should first thank Catherine Swatek for
her valuable comments on my paper at the 2018 CHINOPERL an-
nual conference and for making her unpublished papers available. I
would also like to thank Margaret Wan and Catherine Swatek for
extremely valuable comments and engagement with an earlier ver-
sion of this paper, as well as Wilt Idema for valuable notes and cor-
rections for the finished paper. Feedback from two anonymous
CHINOPERL reviewers also enabled me to make significant im-
provements and corrections. Professor Huang Shizhong (Sun Yat-
sen University, Guangzhou) and Pan Jianguo (Peking University) pro-
vided invaluable advice on dialect and other textual issues. Mark
Stevenson has also contributed editing, polishing, and discussion. This
paper would not have been possible without the kind assistance of
the staff members at the Manuscript Reading Room, Russian State
Library, while I explored their collection in August 2016, and their
library services department in preparing a digital copy of *Sancaifu*.
Many thanks also go to my research assistants Miss Po Kuen Ho
and Miss Xinyue Gao for typing the full text and reading Suzhou di-
alect, respectively. Finally, this research would not have been pos-
sible without support from the Louis Cha Chinese Studies Research
Fund, which generously sponsored digital copying of *Sancaifu*,
and the Hong Kong General Research Fund (17663416), which
provided funds for the hiring of my research assistants.

NOTES ON CONTRIBUTOR

Wu Cuncun is Professor of Traditional Chinese Literature and Head of School at the University of Hong Kong's School of Chinese. She has published widely in both Chinese and English on questions of gender and sexuality in late-imperial Chinese literature. Her books include *Ming Qing shehui xing'ai fengqi*《明清社會性愛風氣》(*Sex and Sensibility in Ming-Qing Society*; People's Literature Press, 2000), *Homoerotic Sensibilities in Late Imperial China* (London: Routledge-Curzon, 2004), *Homoeroticism in Imperial China: A Sourcebook* (coauthored with Mark Stevenson; London: Routledge, 2013), *Wanton Women in Late-Imperial Chinese Literature: Models, Genres, Subversions and Traditions* (coedited with Mark Stevenson; Leiden: Brill, 2017), and *Xi wai zhi xi: Qing zhong wan qi Jingcheng de xiyuan wenhua yu liyuan siyuzhi*《戲外之戲:清中晚期京城的戲園文化與梨園私寓制》(*Drama beyond the drama: Mid-to late-Qing Beijing theater culture and the private-apartment system*; Hong Kong: Hong Kong University Press, 2017).

Correspondence to: Professor Wu Cuncun, School of Chinese, The University of Hong Kong, Pokfulam, Hong Kong. Email: wucuncun@hku.hk.

图书在版编目（CIP）数据

《三才福》校注 / 吴存存校注；石汝杰校订. — 上海：
上海教育出版社，2023.8
（吴语历史文献整理与研究丛书 / 石汝杰，盛益民主编）
ISBN 978-7-5720-2133-6

Ⅰ. ①三… Ⅱ. ①吴… ②石… Ⅲ. ①昆曲 – 剧本 – 中国
– 清代 Ⅳ. ①I236.53

中国国家版本馆CIP数据核字(2023)第151306号

责任编辑　徐川山
封面设计　郑　艺

吴语历史文献整理与研究丛书
石汝杰　盛益民　主编
《三才福》校注
吴存存　校注　石汝杰　校订

出版发行　上海教育出版社有限公司
官　　网　www.seph.com.cn
地　　址　上海市闵行区号景路159弄C座
邮　　编　201101
印　　刷　上海叶大印务发展有限公司
开　　本　890×1240　1/32　印张 8.75　插页 2
字　　数　235 千字
版　　次　2023年10月第1版
印　　次　2023年10月第1次印刷
书　　号　ISBN 978-7-5720-2133-6/H·0070
定　　价　60.00 元

如发现质量问题，读者可向本社调换　电话：021-64373213